O SOM DA MONTANHA

Yasunari Kawabata

O SOM DA MONTANHA

Tradução do japonês
Meiko Shimon

4ª edição

Estação Liberdade

Título original: *Yama no oto*
© herdeiros de Yasunari Kawabata, 1960
© Editora Estação Liberdade, 2009, para esta tradução

Preparação e Revisão	Antonio Carlos Soares, Alyne Azuma, Elisa Buzzo e Fábio Fujita
Composição	B. D. Miranda
Ideogramas à p. 7	Hideo Hatanaka, título da obra em japonês
Ilustração de capa	Obra de Midori Hatanaka para esta edição, acrílico s/ folha de ouro
Edição de arte	Miguel Simon
Assistência editorial	Leandro Rodrigues
Comercialização	Arnaldo Patzina e Flaiene Ribeiro
Administrativo	Anselmo Sandes
Coordenação de produção	Edilberto F. Verza
Editor responsável	Angel Bojadsen

CIP-BRASIL. CATALOGAÇÃO NA PUBLICAÇÃO
SINDICATO NACIONAL DOS EDITORES DE LIVROS, RJ

K32s

Kawabata, Yasunari, 1899-1972
  O som da montanha / Yasunari Kawabata ; tradução Meiko Shimon. -- São Paulo : Estação Liberdade, 2017.
  344 p. ; 21 cm.

  Tradução de: Yama no oto
  ISBN: 978-85-7448-157-9

  1. Romance japonês. I. Shimon, Meiko. II. Título.

17-40305
CDD: 895.63
CDU: 821.521-3

10/03/2017   13/03/2017

Todos os direitos reservados à Editora Estação Liberdade. Nenhuma parte da obra pode ser reproduzida, adaptada, multiplicada ou divulgada de nenhuma forma (em particular por meios de reprografia ou processos digitais) sem autorização expressa da editora, e em virtude da legislação em vigor.

Esta publicação segue as normas do Acordo Ortográfico da Língua Portuguesa, Decreto nº 6.583, de 29 de setembro de 2008.

Editora Estação Liberdade Ltda.
Rua Dona Elisa, 116 | 01155-030 | São Paulo-SP
Tel.: (11) 3660 3180 | Fax: (11) 3825 4239
www.estacaoliberdade.com.br

Sumário

O som da montanha — 11

As asas da cigarra — 32

As labaredas de nuvens — 55

As castanhas — 71

O sonho das ilhas — 97

A cerejeira do inverno — 120

Água na manhã — 139

A voz na noite — 158

Os sinos da primavera — 179

A casa dos pássaros — 203

O jardim da capital — 222

O restabelecimento — 245

No período das chuvas — 265

Uma nuvem de mosquitos — 280

O ovo de serpente — 294

Peixes do outono — 313

O som da montanha

I

Com as sobrancelhas um pouco apertadas e os lábios ligeiramente abertos, Shingo Ogata estava mergulhado numa reflexão. Talvez um estranho achasse que ele não pensava, mas que estivesse um pouco tristonho.

Shuichi, seu filho, percebeu, mas não se preocupou, pois estava habituado a ver o pai com aquela expressão.

Para ele, era claro o que acontecia. Não achava, simplesmente, que seu pai pensava em algo. Shingo tentava lembrar-se de alguma coisa.

O pai tirou o chapéu e continuou segurando-o com as pontas dos dedos da mão direita, mantendo-o sobre o joelho. Sem dizer nada, Shuichi o pegou e pôs no porta-bagagem acima deles.

— Eh, bem... quero dizer... — Nessas ocasiões, Shingo tinha dificuldade de encontrar as palavras.

— A criada que se despediu no outro dia, como se chamava?

— Está falando de Kayo?

— Ah, sim. Kayo. Quando ela foi embora mesmo?

— Na última quinta-feira. Faz cinco dias.

— Só cinco dias? Ela nos deixou há apenas cinco dias, e não consigo me lembrar de seu rosto, nem das roupas que usava. Que coisa espantosa!

Shuichi achou que seu pai estava exagerando um pouco.

— Essa Kayo, acho que uns três dias antes de ela ir embora... — contou Shingo. — Eu estava saindo para dar uma volta e, ao calçar os tamancos, comentei que meus pés poderiam estar com micose; então ela disse: "O senhor está com o pé ferido." Fiquei encantado, achando que ela falara de modo muito elegante. Eram feridas causadas pelas tiras do tamanco durante meu passeio anterior. Achei que ela mostrara respeito pelo ferimento ao dizer aquilo. Fiquei, de fato, muito encantado. Mas há pouco me dei conta do engano. Ela dissera "Ozure" (ferimento causado pela tira). Não era "o" de respeito, mas "o" de "tira".[1] Nada além disso. A pronúncia dela é que era esquisita e me causou confusão. Só há pouco percebi isso.

— Diga então "*ozure*" de respeito — pediu ao filho.

— *Ozure*.

— E o causado pela tira.

— *Ozure*.

— Bem, minha observação estava correta. A pronúncia de Kayo estava errada.

De origem provinciana, Shingo não se sentia seguro com a pronúncia de Tóquio. Já Shuichi lá nascera e crescera.

— Pensar que ela se referiu à ferida do pé com respeito me soou gentil, elegante. Ela me acompanhou até o vestí-

---

1. Questão de homófonos. Ambas as expressões envolvem "*ozure*": "*o*" prefixo de respeito ou "*o*" de "tiras" + "*zure*" de arranhar a ponto de causar ferimento.

bulo e disse aquilo sentada no soalho da entrada. Agora que percebi a verdade, perdeu a graça. Além disso, não conseguia me lembrar do nome da empregada. Não me recordo direito de seu rosto nem das roupas que usava. Ela ficou conosco pelo menos seis meses, não foi?

— Sim. — Acostumado a lidar com o pai, Shuichi não demonstrou a menor compaixão por ele.

O próprio Shingo, apesar de estar habituado com essas ocorrências, não podia deixar de sentir certo temor. Por mais que tentasse lembrar-se de Kayo, não era capaz de formar uma imagem clara. Algumas vezes, ele conseguia amenizar esses esforços inúteis e a inquietude de sua mente agarrada ao sentimentalismo.

Era o que acontecia naquele momento. Poderia vê-la sentada no soalho do vestíbulo, à sua frente e com as mãos postas no chão diante dos joelhos. Lembrava-se de que fora nessa postura, inclinando-se um pouco, que ela dissera: "O senhor está com o pé ferido".

A criada Kayo ficara cerca de seis meses na casa deles e seria lembrada apenas por causa desse episódio no vestíbulo. Isso fez Shingo sentir que aos poucos sua vida estava desaparecendo.

II

Yasuko, a esposa de Shingo, tinha 63 anos, um ano a mais do que ele.

Eles tinham um filho e uma filha. A mais velha, Fusako, era mãe de duas meninas.

Yasuko aparentava ser um pouco mais nova do que realmente era. Não parecia ser mais velha que o marido. Não que Shingo estivesse envelhecido, mas como costuma ser, a esposa era considerada mais nova do que o marido, e eles, de fato, tinham essa aparência. A pequena estatura e a constituição robusta de Yasuko a favoreciam.

Não era uma mulher bonita. Quando o casal era jovem, ela aparentava ter mais idade do que o marido e não gostava de ser vista em público com ele.

A partir de que época eles passaram a ter a aparência de um casal comum, o marido mais velho do que a esposa? Shingo não sabia responder. Talvez quando passaram da metade da casa dos cinquenta. A mulher costuma envelhecer mais cedo do que o homem, mas, nesse caso, aconteceu o contrário.

No ano anterior, quando Shingo completou o ciclo dos sessenta anos[2], ele cuspiu um pouco de sangue. Parecia provir dos pulmões, mas Shingo não chegou a fazer um exame médico cuidadoso nem buscou algum tratamento especial. Porém, não tornou a acontecer.

Não sentiu que tivesse chegado à velhice. Ao contrário, sua pele ganhou mais vitalidade. As cores dos olhos e dos lábios rejuvenesceram após ele ter repousado em seu leito por uma quinzena.

---

2. Comemoração dos sessenta anos de vida, baseada na astrologia chinesa. O cruzamento do ciclo de doze anos do horóscopo com o ciclo de dez valores numéricos resulta em sessenta diferentes combinações. Considera-se que completar sessenta anos representa o renascimento da pessoa.

Shingo não notara antes nenhum sintoma de tuberculose, e cuspir sangue pela primeira vez na sua idade parecia-lhe algo muito deprimente. De certa forma, fora por isso que evitara o exame médico. Na opinião do filho, não passava de teimosia do velho; todavia, Shingo não pensava da mesma maneira.

Yasuko, que gozava de boa saúde, costumava dormir profundamente. Às vezes, Shingo acordava de madrugada com a impressão de ter ouvido a esposa roncar. Ela adquiriu esse hábito quando ainda era uma adolescente de quinze ou dezesseis anos, e seus pais tiveram dificuldade para corrigir o problema. Parou de roncar quando casou, mas o hábito voltou após os cinquenta.

Shingo apertava o nariz dela e a balançava, tentando fazê-la parar; quando esse procedimento não resolvia, ele segurava a mulher pela garganta e a sacudia. Isso se estivesse de bom humor; do contrário, ele sentia repúdio por aquele corpo envelhecido com o qual vinha convivendo por longos anos.

Naquela noite ele também estava de mau humor. Acendeu a luz e ficou olhando de viés o perfil da esposa. Depois, agarrou-a pela garganta e a sacudiu. Notou que ela suava um pouco.

Ao pensar que ultimamente tocava o corpo da esposa só para fazê-la parar de roncar, Shingo sentiu uma autocomiseração infinita.

Apanhou uma revista que estava junto do travesseiro, mas o calor era excessivo. Levantou-se e foi abrir uma das portas do *amado*.[3] Agachou-se ali mesmo.

---

3. Portas corrediças externas de folhas de madeira, que ocupam um lado das edificações em estilo japonês. Geralmente são fechadas somente à noite.

Era noite de luar.

Um vestido de Kikuko estava pendurado no lado de fora, perto do *amado*. Sua cor esbranquiçada era desagradável à vista. Talvez ela tivesse esquecido de recolher a roupa lavada, pensou, mas o vestido pode ter sido deixado exposto ao orvalho noturno a fim de eliminar o cheiro de suor.

"Guiaah! Guiaah! Guiaah!" Os sons vinham do jardim. Eram as cigarras que estavam no tronco da cerejeira do lado esquerdo da abertura do *amado*. Shingo estranhou sons tão sinistros, que nunca ouvira antes, mas eram cigarras.

Imaginou que elas tivessem se assustado com algum pesadelo.

Uma delas voou para dentro da casa e pousou na bainha do mosquiteiro.

Shingo pegou-a, mas a cigarra não emitiu som.

— É muda — disse para si. Não foi essa que soltara o "Guiaah!".

Para que a cigarra não se enganasse outra vez com a luz, Shingo lançou-a com toda a força para o alto, à esquerda dos ramos da cerejeira. Não sentiu na mão nenhuma reação do inseto.

Segurando o *amado*, ficou observando o entorno do pé de cerejeira. Não conseguiu saber se a cigarra pousou ou não naquela árvore. A noite de luar lhe parecia muito profunda. Sentia que a profundidade se estendia horizontalmente, tornando tudo muito distante.

Agosto começara não fazia dez dias, mas os insetos outonais já cantavam.

Podia ouvir as gotas de orvalho caindo das folhas mais altas das árvores para as mais baixas.

Foi então que Shingo ouviu o som da montanha.

Não havia vento. A lua quase cheia era clara, mas, devido à umidade do ar da noite, o contorno das copas das árvores, que marca a crista dos morros, era indistinto. Não se movia. Tampouco se moviam as folhas de fetos sob a varanda onde Shingo se encontrava.

A casa se situava no vale — o fundo de uma reentrância entre os morros — de Kamakura; à noite, ele às vezes ouvia o marulhar das ondas. Por isso, Shingo se perguntou se não teria sido o ruído vindo do mar, mas não havia dúvida de que o som vinha da montanha.

Era semelhante ao ruído de um vento distante; como um ronco surdo que vem das profundezas da terra. Pensando que poderia ser um zumbido nos ouvidos, Shingo sacudiu a cabeça, pois tinha a sensação de que soava dentro dela.

O som cessou.

Então, ele se sentiu aterrorizado. Teve calafrios ao imaginar que talvez fosse o prenúncio de sua morte.

Teria sido o ruído do vento, ou do mar, ou um zumbido nos ouvidos? Acreditava ter avaliado com calma, mas começou a achar que não houvera som algum. Contudo, não havia dúvida de que ele ouvira o som da montanha.

Era como se um demônio passando pelo local a tivesse feito ressoar.

A parte frontal da montanha era um declive íngreme e, à sombra noturna intumescida pela umidade, tinha o aspecto de um paredão escuro. Era mais uma colina do que propriamente uma montanha, pois fazia parte do jardim da casa de Shingo. O paredão, na realidade, apresentava a forma de um ovo em pé cortado ao meio.

Havia outros morros atrás e ao lado daquele, mas o som parecia ter vindo da montanha situada nos fundos da casa. Algumas estrelas cintilavam entre as árvores da crista.

Enquanto fechava o *amado*, uma recordação estranha veio à sua mente.

Havia cerca de dez dias, esperava um cliente numa casa de encontros.[4] Só uma gueixa tinha chegado. O cliente e as outras gueixas convidadas estavam atrasados.

— Por que não tira a gravata? Sinto calor só de olhar — disse a gueixa.

— Está bem.

Shingo deixou a mulher tirar sua gravata.

Não era uma gueixa com quem Shingo tivesse intimidade, mas ela guardou a gravata no bolso de seu terno, pendurado ao lado do *tokonoma*[5], e começou a contar sua vida.

Cerca de dois meses antes, ela fizera um pacto de suicídio com o carpinteiro que construíra aquela casa de encontros. Porém, no momento em que iriam ingerir cianureto, ela foi tomada por uma dúvida: seria a quantidade de veneno suficiente para matar os dois?

— Ele assegurou que era a dose certa para matar os dois e disse: "Trouxe dois pacotinhos, um para cada um de nós. Foram medidos com precisão."

Ela não acreditava. Uma vez perdida a confiança, a dúvida crescia cada vez mais: "Quem o preparou? As doses podem

---

4. No original, *machiai*: casa de diversão para homens acompanhados de gueixas.

5. Recanto nobre nas residências em estilo tradicional, onde se colocam obras de arte ou arranjos florais.

ser menores só para que soframos, para dar uma lição a você e a mim, sua amante."

— Perguntei quem lhe dera, que médico ou farmacêutico, mas negou-se a responder. Não acha estranho? Por que não podia me dizer, já que ambos morreríamos? Ninguém saberia depois.

— Está contando uma anedota? — Shingo quase disse, mas se conteve.

A gueixa queria tentar de novo. Em outra ocasião, ela mesma pediria a alguém para preparar o veneno com a medida exata.

— Tenho o veneno aqui, tal como foi feito.

Shingo achou a história pouco convincente. Só lhe chamou a atenção o fato de que o parceiro fosse o carpinteiro que construíra aquela casa.

A gueixa retirou da carteira o pequeno pacote de veneno e exibiu o conteúdo.

— Ah, é isso? — disse ele, apenas lançando um olhar. Não poderia saber se era cianureto ou não.

Enquanto fechava o *amado*, Shingo se lembrou daquela gueixa.

Voltou a se deitar, mas não tinha vontade de acordar a esposa de 63 anos para contar o terror que sentira ao ouvir o som da montanha.

III

Shuichi trabalhava na mesma empresa de Shingo, e uma de suas funções era servir de memória a seu pai.

A esposa, Yasuko, naturalmente, e a mulher de Shuichi, Kikuko, também se dividiam na mesma função de Shingo. Os três membros da família cuidavam para preencher as lacunas de sua memória.

Na empresa, a funcionária exclusiva que atendia no gabinete de Shingo também o auxiliava nisso.

Shuichi entrou na sala de Shingo, retirou um livro da pequena estante do canto e folheou algumas páginas.

— Vejam só! — disse, indo até a mesa da funcionária e mostrando a página aberta.

— O que é? — perguntou Shingo, sorrindo um pouco.

Shuichi levou o livro até ele com a página aberta.

"Não que a concepção de castidade estivesse esquecida nesta terra", dizia o texto. "O homem não suporta a angústia de amar uma única mulher; a mulher, a de amar um único homem. Dessa forma, a fim de que ambos vivam com alegria, continuando a amar um ao outro pelo maior tempo possível, procuram outros parceiros do sexo oposto. Em outras palavras, como um método para fortalecer a união do casal..."

— Onde é "nesta terra"? — indagou Shingo.

— Paris. A *Crônica de viagem à Europa* de um romancista.

A cabeça de Shingo já estava pouco sensível a aforismos e paradoxos. Contudo, parecia-lhe que no caso não se tratava nem de um nem de outro, mas de uma reflexão sábia e profunda.

Shuichi não teria se sensibilizado por aquelas palavras. Estaria, isso sim, com a intenção de levar a funcionária para algures depois do expediente, e sinalizou-lhe dessa forma, de modo rápido e perspicaz. Shingo tinha certeza disso.

Ao descer na estação em Kamakura, arrependeu-se de não ter combinado com Shuichi de voltarem juntos para casa, ou até de retornar depois do filho.

Como os ônibus estavam lotados de pessoas que voltavam de Tóquio, Shingo decidiu ir a pé para casa.

Parou em frente à peixaria para dar uma olhada. Notou que o dono o cumprimentava, decidiu entrar para comprar algo. Na bacia de camarões pitu, graúdos e listrados, a água estava esbranquiçada e turva. Shingo cutucou a lagosta com o dedo. Estava viva, mas não se mexeu. Viu que havia muitas conchas *sazae* graúdas e decidiu comprá-las.

— Quantas vai levar?

Shingo demorou alguns instantes para responder.

— Deixe-me ver. Três. Bem graúdas.

— Quer que as preparemos? É para já.

O dono e seu filho enfiaram a ponta das facas nas conchas. O som do atrito da faca que forçava a concha para extrair a carne não agradou a Shingo.

Depois de lavá-las com água da torneira, começaram a cortar em fatias rapidamente, quando duas moças pararam na entrada.

— Que desejam? — perguntou o dono, continuando a cortar as *sazae*.

— Tem cavalas?

— Tenho. Quantas?

— Uma.

— Uma só?

— Sim.

— Uma só?

Eram cavalas meio graúdas. As moças não pareciam se preocupar muito com a atitude grosseira do peixeiro, que pegou o peixe com um pedaço de papel e o entregou a uma das moças.

A que estava atrás, quase colada à outra, disse cutucando o cotovelo da companheira:

— Não precisava do peixe.

A mocinha da frente pegou a cavala, mas ficou olhando as lagostas.

— Será que vão durar até sábado? Meu namorado adora lagosta.

A moça de trás não falou nada.

Sentindo um choque, Shingo lançou um olhar furtivo à jovem que dissera aquilo.

Eram prostitutas. Estavam com as costas totalmente expostas, calçavam sandálias de tecido. Tinham corpos bem-torneados.

O dono da peixaria juntou a carne fatiada das *sazae* no centro da tábua de cortar, dividindo-a em três porções, e colocou-as nas conchas.

— Ultimamente, aumentou muito o número de garotas desse tipo em Kamakura — disse, como se cuspisse as palavras.

Shingo achou inesperado o tom da fala do peixeiro e tentou apaziguá-lo:

— Mas elas não são louváveis? Fico encantado.

O dono da peixaria se ocupava em encher as conchas, mas as carnes das três conchas se misturaram. Shingo se deu conta desse minucioso detalhe: o corpo de cada uma não retornaria à concha de origem.

Era quinta-feira, portanto dali a dois dias seria sábado; ultimamente, as lagostas apareciam com certa frequência nessa peixaria. Shingo ficou refletindo. De que forma aquela garota de natureza selvagem prepararia uma lagosta para seu amante estrangeiro? De qualquer modo, o prato de lagosta é simples e muito gostoso, seja cozido, assado ou mesmo preparado no vapor.

Sem dúvida, Shingo simpatizara com a garota; todavia, logo em seguida teve de reconhecer que uma indizível melancolia surgiu dentro de si.

A sua família era de quatro pessoas, mas comprou três conchas *sazae*. Não tinha clara consciência de que o fizera em consideração ao sentimento da nora, Kikuko, por saber que Shuichi não voltaria para o jantar. À pergunta do peixeiro, de quantas conchas levaria, excluíra Shuichi sem razão especial.

Shingo parou também no verdureiro no caminho para casa e comprou nozes de ginkgo.

IV

Não era costume de Shingo parar no peixeiro e trazer algo na volta do trabalho, mas nem Yasuko nem Kikuko se mostraram surpresas.

Talvez fosse para disfarçar os sentimentos causados pela ausência de Shuichi, que deveria ter voltado com ele.

Shingo entregou para Kikuko as conchas e as nozes de ginkgo e entrou na cozinha atrás dela.

— Dê-me um copo d'água com açúcar.

— Sim. Já vou preparar — disse ela. Mas Shingo abriu a torneira.

Na pia havia lagostas e camarões pitu listrados. Notou a coincidência. Pensou em comprar camarão na peixaria, mas não lhe ocorreu trazer também lagosta.

Shingo observou a cor dos camarões e disse:

— Bonitos camarões. — Estavam com ótimo aspecto, com as cascas reluzentes.

Kikuko quebrava os invólucros de nozes de ginkgo com a lateral da lâmina de uma pesada faca de cozinha quando decretou:

— Sinto dizer isso, pai. Mas não prestam para comer.

— Ah, é? Achei mesmo fora da época.

— Vou telefonar para o verdureiro e reclamar.

— Deixe estar. Camarão e *sazae* são quase a mesma coisa. Minha compra era desnecessária.

— É como na casa de chá de Enoshima[6] — disse Kikuko, mostrando a pontinha da língua.

— Vou preparar as *sazae* na casca e a lagosta assadas na brasa; com os camarões pitu farei *tempura*. Vou comprar os *shiitake*. Enquanto isso, pai, poderia apanhar algumas berinjelas do quintal?

---

6. Praia a oeste de Tóquio, muito popular. As casas de chá oferecem mariscos e camarões assados na brasa.

— Está bem.
— Não muito graúdas. E também um pouco de folhas de *shiso*[7], por favor. Pensando bem, só os camarões seriam suficientes?

Na hora do jantar, Kikuko pôs na mesa duas *sazae* assadas na casca.

Shingo ficou indeciso por um instante antes de perguntar:

— Não tinha mais uma?

— Ah, sim — respondeu Kikuko. — Pensei que, por causa dos dentes fracos, os vovôs repartissem amigavelmente uma *sazae*.

— O quê?... Não me fale assim que me causa dor — disse Shingo. — Nem temos netos em casa, por que me chama de vovô?

Yasuko abafou o riso, abaixando a cabeça.

— Desculpe-me. — Kikuko se levantou rapidamente e foi buscar a outra *sazae*.

— Como Kikuko disse, nós podemos repartir uma — disse Yasuko.

Shingo estava encantado com a hábil resposta da nora. Não se importando se havia três ou quatro *sazae*, ela contornara assim o constrangimento. E respondera com ar inocente, demonstrando presença de espírito.

Ela poderia deixar de comer a sua e guardá-la para Shuichi, ou propor repartir uma com a sogra, mas solucionou dessa forma.

---

7. Planta herbácea da família das labiadas, cujas folhas e minúsculos frutos são aromáticos. Utilizada na preparação de certas iguarias.

No entanto, sem tomar conhecimento da sutileza da reflexão do marido, Yasuko continuou revolvendo o assunto:

— Só tinha três *sazae*? Somos quatro em casa, mas você comprou só três... — era um comentário tolo e sem necessidade.

— Não era preciso mais, já que Shuichi não volta para o jantar.

Yasuko teve de forçar um sorriso amarelo. Porém, talvez por causa da idade, não conseguiu obter sucesso.

Nenhum traço de tristeza apareceu no semblante de Kikuko, que não perguntou onde Shuichi teria ido.

Ela era a filha caçula de oito irmãos.

Todos os sete mais velhos eram casados e tinham muitos filhos. Algumas vezes, Shingo pensava a respeito da alta fecundidade daquela família, dos pais de Kikuko.

Muitas vezes ela reclamava de Shingo, que não conseguia memorizar o nome de todos os seus irmãos. Ainda mais difícil para ele era saber o nome de numerosos sobrinhos e sobrinhas.

Kikuko nasceu quando os pais acreditavam que não mais conceberiam, nem queriam mais ter outro bebê. Sua mãe ficou envergonhada por causa da idade e, amaldiçoando o próprio corpo, tentou o aborto, mas falhou. O parto foi difícil, tiveram que colocar um gancho na testa do bebê e puxá-lo para fora.

Kikuko contou essa história para Shingo, afirmando tê-la ouvido de sua mãe.

A mãe contara para a filha, e Kikuko contou para o sogro; ambas estavam além da compreensão de Shingo.

Kikuko apartou com a mão os cabelos da fronte e mostrou uma cicatriz quase apagada na testa.

Desde então, sempre que notava a marca na testa de Kikuko, Shingo sentia, por alguma razão, um profundo carinho por ela.

Kikuko parecia ter sido criada como uma filha caçula. Não que fosse mimada, mas era amada, de forma incondicional, por todos que a cercavam. Era um pouco frágil fisicamente.

Quando Kikuko casou e veio morar na casa dos Ogatas, Shingo notou que ela movia os ombros num belo e delicado balançar. Não havia dúvida de que era uma nova forma de sensualidade.

Ao observá-la, esbelta e de tez clara, Shingo se lembrava da irmã mais velha da esposa.

Ainda adolescente, Shingo se apaixonara por essa irmã. Quando ela morreu, Yasuko foi viver na casa dos sogros da falecida para ajudar nos serviços domésticos e cuidar das crianças. Trabalhou com muita dedicação. Queria ocupar o lugar que fora da irmã. Era óbvio que Yasuko gostava do cunhado, um belo homem, e, mais do que isso, também adorava a irmã. Uma linda mulher, que nem parecia ter nascido da mesma mãe. Para Yasuko, a irmã e o cunhado pertenciam a um mundo ideal.

Para o viúvo e as crianças, a presença de Yasuko era útil, mas ele fingia não notar a verdadeira intenção da cunhada. Ele buscava prazeres e não escondia isso. Yasuko parecia ter escolhido para si uma vida servil, de autossacrifício.

Quando soube dessa realidade, Shingo decidiu se casar com Yasuko.

Decorridos mais de trinta anos, ele acreditava que não fora um equívoco ter se casado com ela. A vida matrimonial duradoura não necessariamente é regida por seu ponto de partida.

Entretanto, a imagem da irmã estava sempre no fundo da consciência dos dois. Embora não comentassem a respeito da falecida, isso não queria dizer que a tivessem esquecido.

Não seria de todo doentio que, com a vinda de Kikuko para a casa, as recordações de Shingo ganhassem maior brilho, como o relampejo de um raio.

No entanto, em menos de dois anos de casamento, Shuichi já estava envolvido com outra mulher. Isso era algo incrível para Shingo.

Diferentemente de Shingo, que passara a juventude no interior, seu filho não parecia sentir inquietação por causa dos desejos carnais nem por questões amorosas. Não demonstrava angústia. Shingo não fazia ideia de quando fora a primeira experiência do filho com uma mulher.

Estava certo de que o atual caso de Shuichi era com uma profissional, um tipo de prostituta.

Shuichi costumava levar as funcionárias do escritório para dançar, mas era apenas para confundir a vigilância do pai; não havendo um envolvimento maior.

A mulher com quem ele tinha um caso não devia ser uma garota como essas. Sem um motivo especial, Shingo deduzia isso ao ver sua nora. Percebeu que, desde que o filho arranjara a amante, as relações íntimas do casal Shuichi e Kikuko evoluíam rapidamente. O corpo de Kikuko amadurecia.

Naquela noite da *sazae* assada com casca, Shingo acordou de madrugada e ouviu gritinhos de Kikuko, que nunca havia escutado antes.

Imaginou que ela nem desconfiava da existência da amante de Shuichi.

"O pai pediu perdão pelo filho com um mísero *sazae*", Shingo quase disse em voz alta.

O que teria sido, então, a energia vinda daquela mulher que, como as ondas do mar, atingiu Kikuko, mesmo que esta não soubesse?

Shingo ficou dormitando e, quando acordou, já amanhecia. Saiu para apanhar o jornal. A lua continuava no alto. Deu uma olhada nas notícias e voltou a dormir mais um pouco.

V

Na estação Tóquio, Shuichi subiu às pressas num vagão do trem para pegar um assento e se levantou para dar lugar a Shingo, que entrou depois, com calma.

Entregou ao pai o jornal vespertino e os óculos de leitura que estavam em seu bolso. Shingo também carregava óculos, mas não era raro esquecê-los em algum lugar, e Shuichi sempre os tinha de reserva.

Inclinando-se sobre o jornal, Shuichi aproximou seu rosto do pai e disse:

— Hoje falei com Tanizaki. Uma colega dela da escola primária quer trabalhar como doméstica.

— Ah, é? Não seria inconveniente o fato de essa colega ser amiga de Tanizaki?

— Por quê?

— Ela pode saber sobre você por intermédio de Tanizaki e contar para Kikuko.

— Que bobagem! Contar o quê?
— Bem. Pelo menos teremos referências certas. — Shingo voltou a ler o jornal.

Quando desceram na estação Kamakura, Shuichi voltou ao assunto:

— Pai, Tanizaki comentou alguma coisa sobre mim?
— Não disse nada. Parece que está proibida de falar.
— Como? Que é isso...? Se eu fizesse alguma coisa com uma secretária sua, seria motivo de falatório de todo mundo e embaraçoso também para o senhor.
— Sem dúvida! Mas não deixe Kikuko saber disso.

Shuichi parecia não fazer questão de esconder o caso.

— Então Tanizaki acabou dando com a língua nos dentes.
— Como ela sabe que você tem uma amante, decerto quer uma chance também.
— Deve ser isso. Metade é por ciúme!
— Fico pasmo com tudo isso.
— Vou terminar com a mulher. Estou tentando terminar já faz algum tempo.
— Não compreendo esse seu modo de falar. Pois bem, um assunto como esse é preciso ouvir com mais calma.
— Contarei tudo com calma depois de terminar com ela.
— De qualquer modo, não deixe Kikuko saber.
— Sim, mas talvez ela já saiba.
— Mesmo?

Shingo se calou, mal-humorado.

Mesmo depois de voltar para casa, o mau humor não arrefeceu. Após o jantar, ele se levantou rápido e se retirou para seu aposento.

Kikuko lhe trouxe um pedaço de melancia.

— Kikuko, você esqueceu o sal. — Yasuko veio atrás.

As duas se sentaram na varanda, junto ao *fusuma*[8] do quarto dele.

— Não escutou Kikuko dizendo "melancia, melancia"?

— Não. Só sabia que tinha melancia gelada.

— Viu só, Kikuko? O pai não ouviu — disse Yasuko, virando-se para a nora. Kikuko também se voltou para ela e comentou:

— É que o pai está irritado por algum motivo.

Shingo permaneceu calado por algum tempo e depois disse:

— Ultimamente minha audição anda um pouco esquisita. Não faz muito tempo, no meio da noite, abri o *amado* e fiquei me refrescando; de repente ouvi um som, um ronco surdo que vinha daquela montanha ali. A velhinha dormia profundamente.

As duas mulheres olharam na direção da montanha atrás da casa.

— Pode a montanha ressoar assim? — perguntou Kikuko.

— A senhora me contou uma vez que, um pouco antes de sua irmã falecer, o pai ouviu o soar da montanha, não foi?

Shingo levou um choque. Considerou imperdoável o próprio lapso, ter esquecido o fato. Por que não se lembrou disso quando ouviu o som da montanha?

Kikuko também percebeu que dissera algo grave e permaneceu com seus belos ombros imóveis.

---

8. Portas de correr forradas de papel resistente que separam os aposentos.

As asas da cigarra

I

Fusako apareceu trazendo suas duas filhas.

A maior estava com quatro anos, e a menor tinha feito apenas o primeiro aniversário. Se continuasse com esse ritmo, a terceira demoraria a chegar. Shingo perguntou, sem propósito:

— Você está esperando outro bebê?

— De novo, pai! Que coisa! Da última vez, também me fez a mesma pergunta.

Fusako deitou o bebê de costas e, tirando-lhe a fralda para trocá-la, disse:

— E Kikuko, ainda não...?

Ela perguntou apenas por perguntar, mas o semblante de Kikuko, que se inclinava sobre a criança, ficou tenso por um instante.

— Deixe esse bebê como está — disse Shingo.

— Ela é Kuniko, não é "esse bebê". O nome que o senhor mesmo escolheu — reclamou Fusako.

Apenas Shingo teria notado a mudança do semblante de Kikuko? Todavia, ele também não se preocupou com isso e ficou observando com carinho os movimentos das pernas nuas, libertadas do bebê.

— Deixe-a como está. Parece que está gostando — disse também Yasuko. — Estava mesmo muito quente. — Ela se arrastou para junto do bebê e fez-lhe cócegas no ventre e na parte interior das coxas. Depois, dando-lhe tapinhas, disse:

— Quanto à mamãe, vá agora ao quarto de banho enxugar o suor. Leve a maninha também.

— E as toalhas? — Kikuko ia se levantar.

— Eu trouxe as nossas — respondeu Fusako.

Parecia que ela viera com a intenção de ficar por algum tempo.

A menina maior, Satoko, ficava agarrada às costas da mãe, que retirava do embrulho de *furoshiki*[9] as toalhinhas de algodão e as mudas de roupas, e se mantinha emburrada. Desde que chegara, a menina não dissera uma palavra. Vista por trás, seus cabelos intensamente negros chamavam a atenção.

Shingo reconheceu o *furoshiki* que Fusako usava para carregar a bagagem; no entanto, tudo o que conseguia lembrar era que antes estava nesta casa.

Fusako viera caminhando da estação de trem com a pequena Kuniko nas costas, puxando a mão de Satoko e carregando o *furoshiki*. Shingo deu um profundo suspiro.

Satoko era uma criança difícil de lidar, e ainda mais difícil de ser levada pela mão daquela maneira. Quando a mãe estava em dificuldade, ou fragilizada, a menina ficava ainda mais mal-humorada e chorosa.

---

9. Pano quadrado de seda ou de algodão usado para embrulhar e carregar objetos.

Estaria sua mulher, Yasuko, sentindo-se amargurada por ver a nora sempre limpa e arrumada?, perguntava-se Shingo.

Depois que Fusako foi para o banho, Yasuko ficou alisando com a mão o lado interno das coxas de Kuniko, que ficaram avermelhadas, e comentou:

— Tenho a impressão de que vai ser mais fácil lidar com esta menina do que com Satoko.

— Deve ser porque ela nasceu depois que os pais se desentenderam — opinou Shingo. — Satoko já tinha nascido quando isso aconteceu e deve ter sido afetada.

— Uma criança de quatro anos entenderia?

— Entende, sim. E sofre influência.

— Acho que o caso de Satoko é de nascença...

De forma inesperada, o bebê se virou de bruços e começou a engatinhar. Segurou-se no *shoji*[10] e se levantou.

Kikuko se assustou e acorreu de braços abertos. Ficou segurando as duas mãos do bebê, que foi andando em direção ao quarto contíguo.

Yasuko se pôs de pé. Apanhou a carteira que estava ao lado da bagagem e espiou o conteúdo.

— Ei! O que está fazendo? — perguntou Shingo em voz baixa. Sua voz tremia. — Não faça isso!

— Por que não? — Yasuko respondeu com calma.

— Pare! Eu disse para parar. O que pensa que está fazendo?

As pontas dos dedos de Shingo tremiam.

— Não estou pensando em roubar.

— É pior do que roubo.

---

10. Porta ou janela corrediça na qual o papel japonês branco é usado no lugar de vidro

Yasuko pôs a carteira de volta no mesmo lugar e continuou sentada ali. Em seguida, disse:

— Que mal teria? Só estou querendo saber sua situação. Fusako vem para nossa casa e seria preocupante se ela não conseguisse comprar nem docinhos para as crianças. Também quero saber a situação na casa dela.

Shingo continuou fitando-a com raiva.

Fusako retornou do quarto de banho.

Assim que a viu, Yasuko lhe contou como se denunciasse o que acontecera:

— Escute só, filha. Agorinha mesmo seu pai me repreendeu porque eu estava espiando sua carteira. Se você não gostou, me desculpe.

— O que quer dizer com "se você não gostou"? — O mau humor de Shingo cresceu ao ouvir as palavras da esposa.

Ele tentou se convencer de que, de fato, como ela afirmara, isso era um ato corriqueiro entre mãe e filha; contudo, seu corpo tremia de raiva, e sentiu que uma fadiga devido à idade aflorava do profundo abismo do seu ser.

Fusako procurava sondar a fisionomia do pai. Apesar de sua mãe ter olhado o conteúdo de sua carteira, ela parecia ter ficado surpresa com o súbito mau humor dele.

— Podem olhar quanto quiserem, por favor — disse, sem muito cuidado, como se jogasse fora as palavras, e atirou a carteira em frente ao joelho da mãe.

A atitude da filha mexeu com os nervos de Shingo.

Yasuko não esboçou um gesto para apanhar a carteira.

— Aihara pensa que eu não fugirei de casa se não tiver dinheiro, por isso não há nada dentro dela — disse Fusako.

O bebê, que caminhava com o apoio de Kikuko, perdeu de repente a força dos pés e tombou. Kikuko o segurou nos braços e o trouxe de volta.

Fusako levantou a blusa e começou a amamentar.

Ela não era bonita, mas tinha um corpo bem-feito. Os seios eram firmes e bem formados; intumescidos de leite, estavam grandes e fartos.

— Shuichi foi a algum lugar, mesmo hoje, que é domingo? — perguntou ela por seu irmão mais novo.

Só então Fusako pareceu ter percebido o ar carregado entre seus pais e tentou atenuar a tensão.

II

Chegando perto de casa, Shingo parou para olhar uma enorme flor de girassol de uma residência da vizinhança.

Enquanto erguia a cabeça para admirá-la, caminhou em sua direção e parou bem embaixo da flor. O girassol crescera junto do portão da casa e pendia para a entrada; dessa forma, sem querer, Shingo estava obstruindo a passagem de quem entrasse ou saísse por aquele portão.

Uma menina da casa chegou. Parou atrás de Shingo e ficou aguardando. Poderia adentrar o portão passando pelo lado dele, mas preferiu esperá-lo, pois o conhecia de vista.

Shingo notou a presença da menina e disse:

— Que flor enorme. É realmente esplêndida.

A menina sorriu, um pouco encabulada.

— Só deixamos uma flor — explicou.

— Uma só? Então foi por isso que ficou assim enorme? Já faz muitos dias que ela continua assim florida?

— Sim.

— Quantos dias?

A menina de doze ou treze anos não soube responder. Pensando, fitou o rosto de Shingo e depois juntou-se a ele, levantando a cabeça para olhar a flor. A menina estava queimada de sol e, apesar de ter um rosto redondo e cheio, tinha os braços e as pernas magros.

Shingo ia recuar para dar passagem à menina quando olhou para o outro lado e notou mais girassóis no pátio de uma casa adiante. Essa tinha três flores em um único pé. A dimensão das flores que coroavam a extremidade dos caules não passava da metade do girassol da casa da menina.

Antes de deixar o lugar, Shingo levantou a cabeça mais uma vez para admirar a flor.

— Pai — ouviu a voz de Kikuko a chamá-lo.

Ela estava parada às suas costas. Os ramos de soja verde apareciam das bordas de sua cesta de compras.

— Já está de volta, pai? Está admirando o girassol?

Não foi por estar olhando o girassol que ele se sentia constrangido perante Kikuko, mas por não ter retornado junto com Shuichi. Por isso, ao chegar perto de casa, demorara-se olhando a flor de girassol.

— Não é magnífica? — perguntou Shingo. — Parece uma cabeça de grande personalidade.

Kikuko assentiu, concordando sem muita convicção.

A expressão "cabeça de grande personalidade" surgira naquele momento. Não estava pensando em nada disso.

Porém, no instante em que pronunciou as palavras, Shingo sentiu a presença de uma poderosa força que emanava do girassol. Também notou que a estrutura da flor tinha uma ordem perfeita.

As pétalas pareciam o ornamento do anel da coroa, enquanto o disco, vigoroso e avolumado, era uma aglomeração de gineceus e androceus. Todavia, não se notava disputa entre eles, todos quietos e ordenados, mas transbordantes de energia.

A flor era maior do que a cabeça de uma pessoa adulta. Talvez por ter sido sensibilizado por sua volumosa presença e por sua perfeita ordenação, Shingo teria associado essa flor ao cérebro humano.

Por outro lado, nessa sensação de intensa e volumosa força da natureza, Shingo imaginou, por um instante, um gigantesco símbolo da masculinidade. Ele não sabia como estavam arranjados os gineceus e androceus no disco da flor, mas sentia uma presença máscula nele.

O sol de verão já se punha, era a hora de calmaria.

As pétalas douradas que circundavam o disco dos gineceus e androceus pareciam femininas.

Seria por causa da proximidade de Kikuko que ele teria imaginado algo tão inusitado? Perplexo, Shingo se afastou do girassol e começou a caminhar.

— Ultimamente, minha cabeça não funciona com clareza, tanto que, ao olhar a flor de girassol, acabo pensando na minha cabeça. Será que minha mente é bem organizada como aquela flor? Havia pouco, no trem, vinha pensando se não poderia mandar somente a cabeça para a lavanderia ou para o conserto. Cortar o pescoço seria um método rude demais, queria apenas removê-la do tronco e entregar ao Hospital Universitário, como se faz com as roupas na lavanderia. Enquanto o hospital processa a lavagem do cérebro, ou conserta as partes estragadas, o corpo descansa em casa, dormindo profundamente por três dias, uma semana, o tempo que for necessário, sem se revirar no leito nem ter sonhos.

As pálpebras superiores de Kikuko se anuviaram, e ela disse:

— O senhor deve estar cansado.

— Estou mesmo. Hoje, na empresa, estava atendendo um cliente e acendi um cigarro, dei uma tragada e o coloquei no cinzeiro. Em seguida, acendi outro, dei uma tragada e o coloquei no cinzeiro; quando me dei conta, a fumaça subia de três cigarros igualmente longos, colocados lado a lado. Fiquei envergonhado.

Era verdade que imaginara a lavagem do cérebro no trem. No entanto, mais do que no cérebro sendo lavado, ele pensava no corpo dormindo, descansando. Parecia-lhe que seria agradável o sono do corpo que fora desligado de sua cabeça. Não havia dúvida de que estava cansado.

Naquela madrugada sonhara duas vezes. Em ambos os sonhos, com uma pessoa já morta.

— Não vai tirar férias de verão? — indagou Kikuko.

— Penso em tirar férias e ir a Kamikochi. Já que não há como desligar a cabeça do resto do corpo, quero ver as montanhas.

— O senhor deve ir mesmo! — disse Kikuko, um pouco faceira.

— Ah, sim. Mas Fusako está conosco. Parece que ela também veio para descansar por um tempo. Não sei se prefere que eu esteja em casa ou não. O que acha, Kikuko?

— Que pai maravilhoso ela tem. Eu a invejo. — O tom de sua conversa também era estranho.

Shingo teria tido vontade de esconder de Kikuko o embaraço que sentia por não ter retornado com Shuichi. Ora assustando-a, ora esquivando-se dela. Não tinha essa intenção; no entanto, de certa forma, era verdade.

— Hum, isso é uma ironia? — perguntou Shingo com simplicidade, mas Kikuko se mostrou surpresa. — Fusako está daquele jeito, não mereço ser classificado como bom pai.

Ela ficou embaraçada. As faces ruborizaram, até as orelhas ficaram coradas.

— Não é por culpa do senhor, pai.

O tom da voz de Kikuko proporcionou certo consolo a Shingo.

III

Mesmo no verão, Shingo não gostava de bebida gelada. Adquirira esse hábito por causa de Yasuko.

De manhã, ao acordar, e quando retornava da rua, ele tomava uma grande quantidade de *bancha*[11] quente. Kikuko se encarregava de prepará-lo.

---

11. Chá-verde de qualidade ordinária.

Depois de ver o girassol, foi para casa; quando lá chegou, Kikuko se apressou em lhe servir o *bancha*. Shingo tomou metade do conteúdo do copo; em seguida, trocou de roupa por um *yukata*[12], e saiu para a varanda com o copo na mão. Sorveu um gole enquanto andava.

Kikuko veio logo atrás, trazendo uma toalhinha gelada e cigarros, e serviu mais *bancha* quente até encher o copo. Levantou-se e foi buscar o vespertino e os óculos de leitura para ele.

Shingo achou incômodo colocar os óculos depois de refrescar o rosto com a toalhinha e ficou contemplando o jardim.

Era um jardim com gramado, que carecia de cuidados. Na extremidade oposta, porções de lespedezas e eulálias cresciam com aspecto selvagem.

Uma borboleta esvoaçava atrás do pé de lespedeza. Como Shingo a enxergava através dos espaços entre as folhas verdes, parecia haver várias borboletas. Ficou na expectativa para ver se ela se elevaria acima da lespedeza ou se apareceria do lado da planta; no entanto, a borboleta continuou voando atrás das folhas por um longo tempo.

Enquanto observava, ele desconfiou que havia um pequeno mundo encantado no outro lado da lespedeza; e começou a achar belas as asas da borboleta que se entrevia no espaço entre as folhas.

Lembrou-se das estrelas que vira, numa noite pouco antes da lua cheia, entre os galhos das árvores da montanha atrás da casa.

---

12. Quimono simples, de algodão ou linho, usado no verão em ocasiões informais.

Yasuko veio se sentar na varanda. Sacudindo o abano, perguntou:

— Shuichi vai chegar mais tarde de novo hoje?

— Hum.

Shingo virou o rosto para o jardim.

— Tem uma borboleta lá, atrás da lespedeza. Está vendo?

— Sim. Estou vendo.

Porém, nesse instante, como se ficassem desgostosas por serem descobertas por Yasuko, as borboletas surgiram sobre a lespedeza. Eram três.

— Então, havia três. São do tipo cauda de andorinha — disse Shingo.

Para borboletas cauda de andorinha, eram de porte menor e cores mais discretas.

Cortando em linha oblíqua o espaço junto ao muro de tábuas, as borboletas voejaram em direção ao pé do pinheiro da casa vizinha. Formando uma coluna, sem nunca desviar do alinhamento nem variar as distâncias entre si, alcançaram o pinheiro e subiram com rapidez para a extremidade da copa. O pinheiro, como não recebia os cuidados com que se ornamenta um jardim, havia se expandido livremente.

Algum tempo depois, uma borboleta cauda de andorinha surgiu de um lado inesperado e atravessou o jardim, voando baixo, e passou sobre a lespedeza, quase tocando nela.

— Esta madrugada, pouco antes de acordar, sonhei duas vezes com pessoas mortas — contou Shingo para a esposa.

— O tio da Casa Tatsumiya me ofereceu um prato de *soba*.[13]

— Querido, você comeu esse *soba*?

---

13. Macarrão feito de farinha de trigo sarraceno.

— Hum? Será? Não devia ter comido?

Shingo se perguntou se havia alguma crença popular de que a pessoa morreria em breve caso aceitasse, em sonho, a comida oferecida por um falecido.

— Não estou certo. Acho que não comi. Era um prato de *zarusoba*[14] servido na esteira de bambu.

Ele acreditava ter acordado antes de comê-lo.

O macarrão estava num recipiente quadrado de madeira, laqueado de preto por fora e vermelho carmim por dentro, forrado por uma esteira de bambu finamente trançada. Ele lembrava com clareza até da cor do *soba* desse sonho.

Não estava seguro se o sonho fora colorido, ou atribuíra as cores depois de ter despertado. De qualquer modo, naquele momento, só conseguia recordar com nitidez aquele *soba* sobre a esteira de bambu. Dos demais detalhes só restavam vagas lembranças.

Somente aquele prato, nada mais, havia sobre o tatame. Parecia que Shingo estava em pé diante do prato. Tatsumiya e sua família estavam sentados. Nenhum dos presentes usava almofada. Parece estranho que só Shingo estivesse em pé, mas era assim no sonho. Isso era tudo de que ele conseguia se lembrar, e de forma vaga.

Quando o sonho foi interrompido, ele se lembrava de todos os detalhes. Depois, voltou a adormecer e, pela manhã, quando acordou, ainda se lembrava muito bem dele. No entanto, ao entardecer, esquecera quase tudo. Só recordava a cena com

---

14. Prato muito popular, serve-se com um caldo à base de alga *kombu*, raspa de bonito seco, *shoyu* e saquê.

o *zarusoba*, que pairava, de forma vaga, em sua memória; mas o que acontecera antes e depois disso havia desaparecido por completo.

Tatsumiya era um marceneiro de mais de setenta anos de idade que morrera havia três ou quatro anos. Shingo gostava de seu temperamento, que preservava a antiga tradição de orgulho profissional, e costumava lhe encomendar serviços. Contudo, não mantinha uma intimidade no relacionamento a ponto de sonhar com ele passados mais de três anos de sua morte.

O local onde o *zarusoba* fora servido no sonho teria sido a sala de estar, que ficava nos fundos de sua oficina. Shingo estivera ali e conversara em pé com o velho artesão sentado na sala de estar, mas ele mesmo nunca entrara naquela sala. Não fazia a menor ideia do motivo de tal sonho.

Tatsumiya tinha seis filhas. Nenhum filho homem.

Naquela hora do entardecer, Shingo já não sabia mais se teria sido com uma dessas suas filhas, mas, no sonho, ele se relacionara com uma jovem.

Recordava com clareza que a tocara. Sobre a identidade dela, não conseguia relembrar absolutamente nada. Não havia pista nenhuma que pudesse reavivar sua memória.

Parece que, quando despertou do sonho, ele sabia quem era a mulher. Embora tivesse voltado a dormir, pela manhã, talvez ainda soubesse quem teria sido. Contudo, ao entardecer, já não se lembrava de nada.

Mesmo considerando que poderia ter sido uma das filhas de Tatsumiya, já que era uma continuação do sonho com ele, isso não surtia nenhuma sensação real. Mais que isso, Shingo não tinha lembrança da fisionomia das garotas.

Era a continuação do sonho, sem dúvida, mas não compreendia o que o *zarusoba* tinha a ver com o resto. Quando despertou, recordava agora, a imagem mais nítida que havia na sua mente era a do *zarusoba*. No entanto, seria natural considerar que despertara devido à surpresa de ter tocado uma garota.

Na realidade, entretanto, não houvera nenhuma excitação que provocasse o romper do sonho.

Desse sonho também não ficara nenhuma lembrança. A imagem da parceira igualmente se apagou, não conseguia recordar nada dela. O que ele se lembrava agora era de uma sensação de frouxidão. As partes dos corpos não se ajustavam, e ele não sentia a esperada reação da mulher. Era algo totalmente frustrante.

Mesmo na vida real, Shingo não tivera experiência com uma mulher tão sedutora quanto essa do sonho. Não sabia quem era, mas seria impossível que acontecesse na vida real, pois, de qualquer maneira, tratava-se de uma jovem.

Aos 62 anos, era raro ele ter sonhos eróticos; porém, fora um sonho tão insípido que nem poderia chamá-lo de erótico e o deixou perplexo mesmo depois de ter acordado.

Logo depois desse sonho voltou a adormecer. Não demorou muito, teve outro.

Um amigo chamado Aida, corpulento e obeso, veio visitá-lo em sua casa, trazendo um garrafão de cerâmica com um *sho*[15] de saquê. Seu rosto vermelho, revelando os poros dilatados, denunciava que já tinha bebido bastante, e até nos gestos notava-se sua embriaguez.

---
15. Unidade de medida, equivalente a 1,8 litro.

Era só isso o que lembrava desse sonho. Shingo não sabia se sua casa era a atual ou a anterior.

Aida ocupara um cargo na diretoria da empresa de Shingo até cerca de dez anos antes. No final do ano anterior, morreu de derrame cerebral. Nos últimos anos, vinha emagrecendo.

— Depois, tive outro sonho. Dessa vez, Aida veio me visitar, trazendo um garrafão de cerâmica com um *sho* de saquê — contou para Yasuko.

— Senhor Aida? Ele não bebia. Isso é muito estranho.

— É verdade. Aida sofria de asma e, quando teve derrame, morreu por causa do catarro que ficou preso na garganta. Não bebia, mas costumava andar com uma garrafa de saquê.

Contudo, ele vinha caminhando com passos firmes e um ar de beberrão de primeira. A imagem de Aida do sonho ressurgia com nitidez na memória de Shingo.

— E, então, vocês ficaram bebendo?

— Não. Aida vinha caminhando em minha direção, mas parece que acordei antes de ele se sentar.

— Que coisa desagradável. Duas pessoas falecidas.

— Será que vieram me buscar? — disse Shingo.

Por ter chegado a essa idade, era natural que muitos amigos já estivessem mortos. Não seria estranho, portanto, os mortos aparecerem nos sonhos.

Mas tanto Tatsumiya quanto Aida não haviam aparecido como pessoas mortas. Tinham vida nos sonhos de Shingo.

E nos sonhos daquela madrugada ele vira com toda clareza o rosto e o aspecto dos dois. Eram mais nítidos do que as memórias do dia a dia. Shingo, na verdade, nunca vira o rosto de Aida vermelho pela embriaguez, mas recordava até os poros dilatados.

Era capaz de recordar com tanta clareza as imagens de Tatsumiya e Aida e, no entanto, por alguma razão, não se lembrava do aspecto da garota que havia tocado no mesmo sonho, nem quem teria sido.

Desconfiou que esquecera de propósito devido ao sentimento de remorso. Mas não havia fundamento. Não chegara a despertar por completo, a ponto de refletir sobre as implicações morais, e voltara a adormecer. Só restara na lembrança a sensação de frustração.

Shingo se perguntava: por que tivera tal sonho, ficando com essa sensação de frustração? Não achava nada divertido.

Não contou essa parte a Yasuko.

Vinham da cozinha as vozes de Kikuko e Fusako, que preparavam o jantar. Falavam um pouco alto demais.

IV

Todas as noites, as cigarras do pé de cerejeira voavam para dentro da casa.

Quando saiu ao jardim, Shingo parou debaixo da cerejeira.

Ouviu o ruído do bater das asas de inúmeras cigarras que voavam para todos os lados. Surpreendeu-se com a quantidade e, mais ainda, com o volume do ruído. Achou que era tão forte quanto o de um bando de pardais levantando voo.

Ergueu a cabeça para observar o grande pé de cerejeira, a partir do qual as cigarras continuavam a alçar voo.

As nuvens cobriam todo o céu e corriam para o leste. As previsões do tempo anunciavam que não haveria o perigo do 210º dia[16], mas Shingo pressentia que naquela noite poderia ocorrer forte chuva com vento e queda de temperatura.

Kikuko se aproximou.

— Que houve, pai? Com tanto barulho de cigarras, pensei que tivesse acontecido algo.

— De fato. É um barulho e tanto, até parece que aconteceu um acidente. Fala-se do ruído do bater das asas dos pássaros aquáticos, mas eu me assustei com o bater das asas das cigarras.

Kikuko segurava nos dedos uma agulha com linha vermelha.

— Mais terrível do que o ruído das asas são os gritos assustados das cigarras — disse ela.

— Os gritos não me chamam muito a atenção.

Shingo olhou para o cômodo de onde ela tinha surgido. Kikuko estava costurando um quimono vermelho de criança, aproveitando o tecido do quimono de baixo de Yasuko, de muitas décadas atrás.

— Satoko continua brincando com as cigarras? — indagou Shingo.

Kikuko assentiu afirmativamente. Apenas mexeu os lábios, que pareciam dizer "sim".

Cigarras atraíam a curiosidade de Satoko, que nasceu e cresceu em Tóquio; no entanto, tinha medo no começo, talvez por sua natureza, pois a mãe cortara as asas do inseto com uma tesoura e o entregara a ela. Era uma espécie comum,

---

16. Nas proximidades do 210º dia do ano do calendário lunar, é comum a ocorrência de grandes tufões no Japão.

chamada *aburazemi*. Desde então, sempre que apanhava uma cigarra, Satoko pedia, para Yasuko ou Kikuko, que cortasse as asas do bichinho.

Isso causava repugnância em Yasuko.

Disse que Fusako não tinha esse tipo de comportamento quando moça. E que era por causa do marido dela, que a estragara.

Quando descobriu um bando de formigas vermelhas arrastando a cigarra sem asas, Yasuko empalideceu de verdade.

Sabendo que a esposa não costumava se abalar com tal visão, Shingo achou engraçado e também ficou perplexo.

Entretanto, a razão de ela parecer ter sido afetada por esse ar virulento seria o mau pressentimento que a perseguia. Shingo sabia que a questão não eram as cigarras.

Satoko era amuada e obstinada; mesmo depois que o adulto, vencido, cortasse as asas da cigarra, ela continuava fazendo birra. Por vezes, a menina fingia esconder com cuidado a cigarra com as asas cortadas que acabava de ganhar e, com um olhar sombrio, atirava-a no jardim. Sabia que havia adultos observando.

Fusako se queixava à mãe todos os dias, mas não dizia quando pretendia retornar a sua casa; pelo visto, ela não conseguia abordar o assunto principal.

Depois de se deitarem, Yasuko transmitia para Shingo as queixas da filha daquele dia. Shingo não prestava atenção na maior parte do que lhe era contado, mas percebia que Fusako deixava de dizer algo importante.

Mesmo sabendo que eram os pais que tinham de tomar a iniciativa de aconselhá-la, os problemas da filha casada, já com trinta anos, não eram tão simples de resolver. Também não era uma questão fácil acolher a filha com duas crianças. Como se aguardassem a evolução natural dessa situação, o assunto era deixado para o dia seguinte.

— Que bom que papai é tão carinhoso com Kikuko — comentou Fusako certo dia.

Era a hora do jantar, e Shuichi e Kikuko estavam presentes.

— Sim, claro. Eu também penso que sou carinhosa com ela — comentou Yasuko.

A maneira como Fusako dissera não requeria uma resposta, mas Yasuko respondeu. Falou rindo, mas acrescentou, como se reprimisse Fusako:

— É porque ela é sempre muito dedicada conosco.

Kikuko ruborizou com simplicidade.

Yasuko também teria dito isso sem segundas intenções. Porém, soou como se fizesse uma insinuação para a própria filha.

Soou como se amasse a nora feliz e desgostasse da filha que aparentava ser infeliz. Chegava a levantar suspeitas de que escondia certa malícia e crueldade.

Shingo entendeu que isso devia ter sido motivado pela aversão que Yasuko sentia por si mesma. Dentro dele também havia um sentimento semelhante. Contudo, era um tanto inesperado para ele o fato de Yasuko, mulher e mãe idosa, tê-lo desabafado à filha infeliz.

— Não acredito que Kikuko seja tão carinhosa assim! Com o marido ela não é nem um pouco — disse Shuichi, mas ninguém riu.

O fato de Shingo tratar a nora com carinho era sabido tanto por Shuichi e Yasuko, obviamente, quanto pela própria

Kikuko, e nem era mais tema de comentário na casa; no entanto, ao ouvir o que Fusako dissera, Shingo se afundou na melancolia.

Para ele, Kikuko era uma janela aberta naquele deprimente lar. Não bastasse ele não conseguir conduzir os membros do próprio sangue da forma que acreditava ser melhor para eles; por sua vez, eles mesmos não conseguiam levar a vida de acordo com suas vontades. Essa consciência significava para Shingo um peso opressivo da relação consanguínea que recaía sobre ele. Observar a jovem nora lhe proporcionava um alívio.

Tratá-la com carinho, no entanto, não significava nada mais que iluminar de forma tênue a penumbra da solidão de Shingo. Com essa indulgente autoexplicação, sentia crescer uma doce ternura em tratar Kikuko carinhosamente.

Kikuko não suspeitava da psicologia própria da idade de Shingo. Nem tomava cuidado com ele.

As palavras de Fusako revelaram o pequeno segredo que Shingo guardava em seu íntimo.

Foi durante o jantar de três ou quatro dias atrás.

Sob o pé da cerejeira, Shingo recordou o caso de Satoko e as cigarras e, ao mesmo tempo, as palavras de Fusako na ocasião.

— Fusako está fazendo a sesta?

— Creio que sim. Estava com Kuniko, fazendo-a dormir — respondeu Kikuko, olhando o rosto de Shingo.

— Satoko é engraçada, não é? Sempre que Fusako se deita com o bebê para ninar, Satoko também vai, deitar-se coladinha nas costas da mãe e acaba adormecendo. Nessa hora, ela é bem sossegada.

— É uma gracinha.

— A velha não gosta daquela neta, mas quem sabe ela possa puxar à vovó e, quando chegar aos catorze ou quinze anos, talvez comece a roncar como ela.

Kikuko ficou de olhos arregalados, sem entender.

Ela retornou ao quarto onde estivera costurando. Shingo se encaminhava à outra sala quando Kikuko o chamou:

— Pai. Soube que o senhor foi dançar.

— Como é? — Shingo se virou. — A notícia já chegou? Que surpresa!

Na antevéspera ele fora a um salão de dança com uma funcionária de sua firma.

Era domingo. Isso significava que essa funcionária, Eiko Tanizaki, relatara ainda ontem para Shuichi, que, por sua vez, contara para Kikuko.

Nos últimos anos, Shingo não frequentava mais esses lugares. Eiko parecia ter ficado admirada ao ser convidada. Disse que não queria ir com ele, pois poderia ser alvo de comentários na empresa. Shingo respondeu que era só manter o bico fechado. Apesar disso, logo no dia seguinte, ela contara para Shuichi.

E Shuichi, embora soubesse de tudo por Eiko desde o dia anterior, fingiu nada saber para Shingo. No entanto, revelara à esposa sem perda de tempo.

Shingo resolveu ir com Eiko por saber que Shuichi costumava ir dançar com ela. No salão de dança que Shuichi frequentava com Eiko poderia estar a amante dele, pensou Shingo.

Uma vez lá, entretanto, seria impossível procurar a tal mulher sem nenhum conhecimento prévio, tampouco sentiu vontade de questionar Eiko a respeito.

Como não esperava ser convidada por Shingo, Eiko estava excitada e exultante em demasia, o que a fazia parecer frágil para Shingo; uma criatura graciosa.

Embora tivesse 22 anos, seus seios pequenos mal preenchiam a palma da mão de um homem. Sem querer, Shingo imaginou os desenhos eróticos de Harunobu.[17]

Contudo, percebendo a total desordem que reinava no ambiente, pensar em Harunobu era, sem dúvida, algo cômico, e ele achou engraçado.

— Da próxima vez, vamos eu e você — disse Shingo.

— É verdade? Gostaria de acompanhá-lo.

Kikuko estava ruborizada desde que reteve Shingo para interrogá-lo.

Teria adivinhado que ele fora com a intenção de procurar a amante de Shuichi?

Não havia razão para fazer segredo de que fora dançar, mas o verdadeiro motivo era a amante de Shuichi; abordado de repente por Kikuko, Shingo ficou um tanto atrapalhado.

Passando pelo vestíbulo e entrando na casa, Shingo foi até Shuichi e disse, ainda em pé:

— Ei, você soube por Tanizaki?

— É, é a novidade da casa, certo?

— Que novidade! Já que você a leva para dançar, por que não lhe compra um vestido próprio para o verão?

— Ah, é?! Quer dizer que o senhor passou vergonha?

---

17. Harunobu Suzuki (1725?-1770). Pintor de *ukiyoe*, especializado em desenho de belas mulheres. Ganhou fama com seus traços eróticos chamados *makurae* (ilustração de travesseiro).

— Hum! Parecia que a blusa e a saia dela não combinavam nem um pouco.

— Ela tem roupas adequadas. O problema foi que o senhor a convidou de repente. Se tivesse combinado com antecipação, ela teria ido preparada — replicou Shuichi e virou o rosto para o outro lado.

Shingo passou rente a Fusako e às duas crianças adormecidas, entrou na sala de estar e olhou para o relógio da parede.

— Cinco horas — disse para si, como se estiversse se certificando de alguma coisa.

As labaredas de nuvens

I

Os jornais anunciavam que não haveria grandes problemas no 210º dia, mas na véspera sobreveio um furacão.

A verdade é que Shingo não lembrava mais quando lera essa notícia no jornal, por isso não poderia considerá-la como uma previsão de tempo. Desde que o furacão se aproximou, foram feitos, naturalmente, previsões e alertas.

— Hoje você vai voltar cedo, não vai? — Shingo convidou Shuichi, e foram para casa.

Com a ajuda da funcionária Eiko, Shingo se arrumou para ir embora, e ela mesma se apressou para sair. Vestindo uma capa branca e transparente, seus seios pareciam ainda menores.

Desde que a levara para dançar e notara seus seios magros, Shingo, sem querer, reparava neles.

Logo depois, Eiko desceu a escada quase correndo e parou na porta da empresa ao lado deles. Talvez por causa da chuva intensa, ela nem retocou a maquiagem.

— Está indo para onde? — Shingo ia perguntar, mas desistiu. Já questionara pelo menos vinte vezes e não memorizara.

Na estação Kamakura, os passageiros que desceram dos trens também se comprimiam debaixo do abrigo e olhavam a chuva fustigada pelo vento.

Quando chegaram à altura do portão da casa onde havia o pé de girassol, Shingo e Shuichi ouviram a canção-tema do filme *Festival de Paris*[18] misturada com o ruído da chuva e do vendaval.

— Ela é mesmo despreocupada — disse Shuichi.

Kikuko estava tocando o disco com a versão original do filme, cantada por Lys Gauty.

A canção ia até o fim, mas recomeçava do início.

Na metade da música, ouviu-se o barulho das portas do *amado* sendo fechadas. Então, os dois ouviram Kikuko cantar junto com o disco enquanto fechava o *amado*.

Por causa da tempestade e da canção, ela não percebeu a chegada deles, que passaram pelo portão e entraram no vestíbulo.

— Que coisa terrível. Meus sapatos estão cheios de água — disse Shuichi, descalçando-os no vestíbulo.

Shingo entrou na antecâmara com as roupas molhadas.

— Estão de volta. Que bom! — Kikuko se aproximou radiante.

Shuichi lhe entregou as meias, que segurava com a ponta dos dedos.

— Oh! O pai também deve ter se molhado — disse Kikuko.

O disco terminou. Kikuko recolocou a agulha no começo da música e se levantou, carregando nos braços as roupas molhadas dos dois.

---

18. Título japonês de *Quatorze Juillet*, dirigido por René Clair (1933).

Shuichi vestiu seu quimono e, enquanto enrolava o *obi* em torno do ventre, disse:

— Kikuko, você é despreocupada demais. Até na vizinhança ouvia-se a música.

— Eu tocava porque tinha medo. Estava preocupada demais com vocês, não conseguia me manter sossegada — defendeu-se.

No entanto, ela parecia bastante alegre e agitada, como se estivesse possuída pela energia da tempestade.

Quando foi buscar o *bancha* de Shingo na cozinha, continuou cantarolando em voz baixa.

As *chansons* parisienses eram as músicas prediletas de Shuichi, que presenteara aquele álbum a Kikuko.

Ele falava francês muito bem. Kikuko não entendia, mas aprendeu as pronúncias com Shuichi e, depois de repetir várias vezes as letras das canções, conseguia cantar com certa habilidade. Não que Kikuko tivesse a profundidade adquirida pelas experiências de vida, como, por exemplo, de Lys Gauty no filme *Festival de Paris*, que conseguira sobreviver a situações bastante adversas. Mas o modo delicado e inseguro de cantar de Kikuko era delicioso ao ouvido.

Quando se casara com Shuichi, ela ganhou de suas colegas de classe do colegial uma coleção de discos com as cantigas de ninar do mundo. Na época de recém-casada, costumava tocar aquelas cantigas. Quando não havia ninguém por perto, cantava em voz baixa junto com o disco.

Shingo sentiu despontar um suave afeto no coração.

Um presente de gosto tão feminino deixou-o encantado. Imaginou que, enquanto ouvia essas cantigas, Kikuko estaria recordando com saudade seus tempos de moça solteira.

— No meu funeral, basta tocar um desses discos de cantigas de ninar. Não vai precisar de mais nada, nem recitação de sutras, nem discurso fúnebre — dissera Shingo, um dia, para Kikuko. Não falara sério, mas sentira algo quente subir de seu coração.

Entretanto, Kikuko ainda não tinha um bebê e, talvez, tivesse ficado cansada de escutar tantas vezes as cantigas de ninar; o fato é que, ultimamente, já não tocava mais aqueles discos.

A canção do *Festival de Paris* se aproximava do fim quando, de súbito, o tom baixou e emudeceu.

— Acabou a luz — disse Yasuko da sala de estar. — Não vai voltar mais hoje.

Desligando o toca-discos, Kikuko disse:

— Mãe, vamos servir o jantar mais cedo.

Mesmo durante a refeição, as chamas das velas magras se apagaram três ou quatro vezes devido ao vento que entrava pelas frestas.

Além dos ruídos da tempestade, ouvia-se o marulhar forte. Muito mais do que os sons da tempestade, o intenso marulhar parecia aumentar a sensação de pavor.

II

O cheiro da vela que Shingo apagou junto ao travesseiro continuava incomodando seu olfato.

Quando a casa estremeceu um pouco por causa da ventania, Yasuko procurou a caixa de fósforos, tateando sobre a coberta; quando a encontrou, sacudiu-a para ver se a caixa tinha fósforos e também para que Shingo ouvisse.

E então procurou a mão de Shingo. Não que tentasse segurá-la, apenas a manteve em contato com a sua.

— Será que estamos seguros? — perguntou ela.

— Não vai acontecer nada. Mesmo que voem algumas coisas do lado de fora, é melhor não sair para verificar.

— E a casa de Fusako, estaria segura?

— A casa dela?

Shingo, que havia esquecido, disse:

— Bem. Não deve ter problema. Pelo menos na noite de tempestade, ela e o marido devem se deitar cedo, em harmonia.

— Será que estão conseguindo dormir? — Yasuko desviou o rumo da conversa e se calou.

Ouviam-se as vozes de Shuichi e Kikuko conversando. Ela pedia mimo.

Algum tempo depois, Yasuko continuou:

— Eles têm duas crianças. Não são fáceis como esses dois que estão conosco.

— Além do mais, a sogra tem problema nas pernas. Como estará sua nevralgia?

— Ah, pois é! Caso quisessem buscar um abrigo, Aihara teria de carregar a mãe nas costas.

— Ela não consegue caminhar?

— Locomover-se até que consegue, segundo soube, mas com uma tempestade desta... Aquela família é deprimente, não acha?

Shingo achou engraçado o comentário "é deprimente, não acha?" de Yasuko, do alto de seus 63 anos.

— Todo o lugar é deprimente — observou.
— Li num jornal que "uma mulher usa diversos penteados diferentes em sua vida". É uma afirmação perspicaz, não acha?
— Em que jornal você leu isso? — perguntou Shingo.

Yasuko disse que fora a abertura de um artigo escrito por um pintor em homenagem póstuma a uma pintora falecida recentemente; ambos eram especialistas em "retrato de belas mulheres". Contudo, o conteúdo do artigo era o oposto dessa afirmação inicial: a pintora não usara vários penteados diferentes. Ela, desde os vinte e poucos anos até os 75, quando morreu, isto é, durante cerca de cinquenta anos, usara somente cabelos lisos e longos enrolados em torno de um pente.

Yasuko ficara admirada com o fato de uma pessoa passar a vida com os cabelos enrolados em torno de um pente, mas, independentemente disso, parecia ter se sensibilizado pelas palavras que diziam "uma mulher usa diversos penteados diferentes em sua vida".

Ela tinha o hábito diário de ler os jornais e depois guardá-los; passados alguns dias, voltava a ler um ou outro artigo. Por isso, era difícil saber a que texto se referia. Além disso, às vezes vinha com comentários surpreendentes, pois, às nove da noite, ouvia com atenção as notícias comentadas do rádio.

— Quer dizer que Fusako também vai ter oportunidade de usar penteados diferentes? — questionou Shingo.

— Sim, pois é uma mulher. Mas não vai acontecer grande transformação como no meu tempo, quando usávamos o penteado japonês. Se Fusako fosse bonita como Kikuko, a mudança de penteados seria um prazer até para nossos olhos.

— Quando ela esteve aqui, você a tratou de modo muito ríspido. Acho que ela foi embora bastante decepcionada.

— Devo ter sido contagiada por sua atitude. Você só trata Kikuko com carinho.

— Não é verdade. É uma acusação sem fundamento!

— Verdade sim! Desde que nossos filhos eram bem novos, você não gostava de Fusako e só tratava Shuichi com carinho, não é? Você é assim mesmo. Agora Shuichi tem outra mulher, mas você não consegue dizer nada para ele. Ficar tratando Kikuko com um carinho maior é estranho e chega a ser uma crueldade! Em consideração ao sogro, ela não pode nem demonstrar o ciúme que sente de Shuichi. É uma situação deprimente! Seria bom que o furacão arrancasse tudo e varresse para longe!

Shingo estava estarrecido.

Entretanto, ouviu os argumentos de Yasuko, que pareciam rajadas de vento, e disse apenas:

— É um furacão.

— Sim, é um furacão mesmo! Quanto à Fusako, também é uma covardia esperar que nós, seus pais, tomássemos iniciativa para seu divórcio, na idade em que ela está e nos dias de hoje, não acha?

— Eu não penso assim. Mas a situação está mesmo chegando a ponto de pensarem em separação?

— Antes de falar em separação, já vejo seu semblante de desânimo, só de pensar que temos de acolher Fusako e as netinhas.

— Foi você que mostrou essa expressão sem a menor cerimônia.

— Ah, isso! É que já temos Kikuko, sua predileta. Mesmo deixando isso de lado, para dizer a verdade, também não gosto dessa situação. Quando Kikuko diz alguma coisa, sinto, às vezes, meu coração ficar leve; no entanto, com Fusako, fico deprimida... Quando ela era solteira, não tínhamos tantos problemas assim. Sei muito bem que são nossa filha e nossas netas; não sei como nós mesmos mudamos tanto. Estou aterrorizada. Só pode ser influência sua.

— Você é mais covarde do que Fusako.

— É mentira. Eu disse "só pode ser influência sua" e botei a língua para fora, mas você não viu porque está escuro.

— Que velha tagarela! Isso é um absurdo!

— Sinto pena de Fusako, ela é infeliz. Não sente pena dela?

— Podemos trazê-la para nossa casa.

De repente, Shingo se lembrou de algo.

— Aquele *furoshiki* que ela trouxe outro dia...

— *Furoshiki*?

— É, *furoshiki*. Eu já o tinha visto antes, só não me lembrava onde. Era da nossa casa, não era?

— Um bem grande, de algodão? Foi usado para enrolar o espelho do toucador do enxoval de Fusako, não lembra? Um espelho enorme.

— Então era isso.

— Fiquei desgostosa só de olhar aquele embrulho de *furoshiki*. Não precisava ter carregado uma coisa daquela para vir. Em vez disso, ela podia, por exemplo, ter colocado tudo na mala que tinha usado na viagem de lua de mel.

— Mala é pesada. Trazendo duas crianças, acho que nem se importava mais com as aparências.

— Mas aqui em casa temos Kikuko. Aquele *furoshiki* fui eu que trouxe para cá embrulhando alguma coisa quando casei.

— Ah, foi?

— É bem mais antigo. Acho que pertencia a minha irmã. Depois que ela morreu, mandaram para a casa de meu pai um vaso de bonsai embrulhado com aquele *furoshiki* gigante. Era bonsai de um pé de bordo, enorme.

— Ah, sim — disse Shingo, calmamente; porém, o vermelho-carmesim das folhas de bordo do magnífico bonsai resplandeceu, ocupando todo o espaço de sua mente.

Vivendo numa cidadezinha do interior, o pai de Yasuko era aficionado por bonsai e, em especial, apaixonado por bonsai de bordo. A irmã de Yasuko auxiliava o pai nas tarefas de cuidar deles.

Deitado no leito, ouvindo os sons da tempestade, Shingo recordava a imagem daquela jovem em pé entre as prateleiras de bonsai.

O pai teria presenteado a filha com um de seus bonsais quando ela se casou. Era possível que a filha tivesse desejado. Entretanto, quando ela morreu, a família do marido o devolveu, por considerar, talvez, que fosse uma preciosidade do pai dela, e também que não houvesse ninguém capaz de cuidar desse bonsai. Pode até ser que o pai tenha solicitado reavê-lo.

Naquele momento, o bordo que ocupava todo o imaginário de Shingo, tingido em carmesim devido ao rigor da baixa temperatura daquela região, era do bonsai que estava na sala do oratório de Buda da casa do pai de Yasuko.

Isso quer dizer que a irmã de Yasuko morrera no outono, pensou Shingo. Na região de Shinano, o outono chegava cedo.

Entretanto, teriam devolvido o bonsai logo que a nora morreu? As folhas estavam vermelhas, e o vaso se encontrava na sala do oratório, o que era uma combinação muito conveniente. Tudo não teria sido um produto de imaginação devido à nostalgia reminiscente? Shingo não estava seguro de si.

Esquecera o aniversário da morte da irmã de Yasuko. Contudo, resolveu não lhe perguntar.

— Não cheguei a ajudar meu pai a cuidar dos bonsais — contara-lhe certa vez Yasuko. — Talvez por causa do meu temperamento, mas eu ficava sentida porque papai só tratava com carinho a minha irmã. Como eu também a adorava, o que sentia, na verdade, não era só ciúme; se eu não conseguisse fazer o trabalho tão bem quanto ela, ficaria envergonhada.

A história era lembrada sempre que falavam da predileção de Shingo por Shuichi. Nessas ocasiões, Yasuko comentava:

— Eu também devo ter sido um pouco como Fusako.

Shingo ficou surpreso ao saber que aquele *furoshiki* era uma lembrança da irmã de Yasuko. Como a conversa se estendera até a recordação da cunhada, Shingo se calou.

— Vamos dormir? Eles devem pensar que os velhos custam a pegar no sono — disse Yasuko. — No meio de uma tempestade como esta, Kikuko consegue ficar rindo toda alegre... Ouvindo disco o tempo todo. Eu tenho muita pena dela.

— Tem várias contradições no que você acaba de dizer.

— Mas, ora! Não tem por quê, querido.

— Você me tirou a palavra, eu é que queria dizer isso. Só porque resolvemos deitar cedo, você me arrasou por completo.

O bonsai de bordo persistia na mente de Shingo.

O fato de ele ter se apaixonado pela irmã mais velha de Yasuko quando ainda era um adolescente continuaria como uma velha ferida aberta, mesmo decorridos trinta e tantos anos de casado com Yasuko? Ele refletia num canto da cabeça ocupada pelo vermelho-carmesim do bordo.

Shingo só conseguiu adormecer mais de uma hora depois de Yasuko, porém foi despertado por estrondos assustadores.

— O que foi isso?

Ouviu os passos de Kikuko, que vinha tateando no escuro. Ela perguntou do outro extremo da varanda:

— O senhor está acordado? Parece que foram as placas de zinco da cobertura da casinha do *mikoshi*.[19] O vendaval as arrancou e jogou sobre nosso telhado — informou ela.

III

Todas as placas de zinco que cobriam a casinha do *mikoshi* foram arrancadas.

Sete ou oito delas tinham caído no telhado e no jardim da casa de Shingo, e, de manhã cedo, o administrador do santuário veio buscá-las.

No dia seguinte, a linha Yokosuka voltou a funcionar e Shingo se dirigiu à empresa.

— Então, como passou? Você não dormiu? — perguntou à funcionária, que lhe serviu o *bancha*.

— Não, não consegui dormir.

---

19. Santuário xintoísta portátil, colocado sobre o andor e carregado nas festividades do santuário.

Eiko relatou duas ou três cenas do estrago causado pelo furacão, que vira da janela do trem naquela manhã.

Shingo fumou dois cigarros e disse:

— Hoje não dá para irmos dançar.

Eiko levantou o rosto e sorriu.

— Na manhã seguinte àquele dia, fiquei com dor nas cadeiras. Estou velho demais — suspirou Shingo.

Com um sorriso travesso nos lábios, Eiko perguntou:

— Não seria porque o senhor dançou de corpo arqueado?

— Arqueado? Ah, foi? Será que fiquei forçando a coluna?

— O senhor dançou o tempo todo arqueando as costas, talvez para manter distância e não encostar em mim.

— É? Isso me surpreende. Creio que não agi dessa forma.

— Mas...

— Talvez porque tentava manter a postura correta. Não reparei nisso.

— Ah, não?

— Vocês jovens dançam sempre bem agarradinhos, isso é um péssimo hábito.

— Que crueldade!

Naquele dia, enquanto dançava, Shingo achava que Eiko estava excitada e se comportava de modo exagerado, mas compreendeu que seu julgamento fora simplório. A questão era que, na realidade, quem estava tenso e excitado era ele.

— Então, da próxima vez, tentarei me encurvar para a frente e dançar bem coladinho em você. Vamos?

Pendendo a cabeça para a frente e abafando o riso, Eiko disse:

— Sim, eu o acompanho. Mas não hoje. Não estou vestida adequadamente. Seria falta de educação.

— Não, hoje não — disse Shingo.

Observou que ela vestia uma blusa branca e prendia o cabelo com uma fita branca.

A blusa branca não era novidade, mas a impressão de alvura era reforçada por causa da fita branca. Era uma fita um pouco larga, com a qual ela prendia firmemente o cabelo atrás, fazendo um laço. De certa forma, trajava-se de acordo com um dia de furacão.

Estavam à mostra as orelhas e a parte de trás delas, onde se notavam belas curvas do contorno do couro cabeludo na palidez da pele normalmente escondida pelo cabelo.

Usava uma saia azul-marinho de lã fina. Era uma peça velha.

Seu modo de vestir revelava que não se preocupava com os seios pequenos.

— Depois daquele dia, Shuichi não a convidou mais?

— Não, senhor.

— Isso é uma lástima. Só porque dançou com o velho pai, o jovem filho fica evitando você? Não é justo.

— Oh, isso de me constrange. Eu convido o senhor, por favor!

— Quer dizer que não tenho por que me preocupar, hein?

— Se continuar caçoando, me recusarei a dançar com o senhor.

— Está bem. No entanto, Shuichi não tem autoridade nenhuma, já que você sabe de tudo.

Ele notou que a atingira em cheio.

— Conhece a amante de Shuichi, não é? — indagou Shingo.

Eiko parecia não saber se deveria ou não responder.

— É uma dançarina?

Não houve resposta.

— É mais velha?

— Mais velha? Tem mais idade do que a esposa dele.

— Uma bela mulher?

— É. Bonita mesmo — balbuciou, e acrescentou em seguida: — Mas a voz dela é muito rouca. Não exatamente uma voz rouca, mais parece rachada, como se saísse em dupla tonalidade. O senhor Shuichi acha a voz dela muito erótica.

— Hummm.

Vendo que Eiko estava prestes a contar tudo, Shingo ficou com vontade de tapar os ouvidos.

Sentia vergonha de si mesmo e, ao mesmo tempo, uma repugnância pela amante de Shuichi e a verdadeira natureza de Eiko, que estava aparecendo.

Ela disse que a voz rouca da mulher era erótica, esse modo de começar a contar deixou Shingo em choque. Se Shuichi era desavergonhado, Eiko não ficava atrás.

Notando o semblante de Shingo, Eiko se calou.

Nesse dia, Shuichi voltou cedo para casa com Shingo. Fecharam as portas e o *amado*, e os quatro saíram juntos para assistir ao filme *Kanjincho*, peça de kabuki adaptada para o cinema.

Quando Shuichi tirou a camisa com colarinho para trocar a camiseta de baixo, Shingo notou pequenas manchas vermelhas acima do mamilo, na junção do braço e em várias partes de seu corpo. "Teria sido Kikuko no meio da noite de tempestade?", perguntou-se Shingo.

Os três atores principais de *Kanjincho* — Koshiro, Uzaemon e Kikugoro[20] — já estavam mortos. As emoções suscitadas por esse fato eram diferentes para Shingo e os jovens Shuichi e Kikuko.

— Quantas vezes nós vimos *Benkei* interpretado por Koshiro? — perguntou Yasuko para Shingo.

— Não me recordo.

— Você se esquece logo.

As ruas estavam iluminadas pelo luar. Shingo elevou a vista para o céu.

A lua estava no meio das labaredas. Sem saber a razão, assim lhe parecia.

As nuvens em torno da lua assemelhavam-se a línguas de fogo, como as que Fudo Myo-o[21] carrega nas costas, ou a bola de fogo da raposa[22], representadas nas ilustrações antigas. Eram nuvens de estranhas formas.

Contudo, as labaredas de nuvens eram frias e esbranquiçadas, tal como a lua. De repente, Shingo sentiu o gélido hausto de outono penetrar-lhe as entranhas.

---

20. Matsumoto Koshiro, sétimo (1870-1949), Ichimura Uzaemon, décimo quinto (1874-1945), Onoe Kikugoro, sexto (1885-1949). Todos são atores de kabuki com excepcional talento, que marcaram a época.

21. Fudo Myo-o. Significa "rei da sabedoria imóvel". *Acala*, em sânscrito. No budismo japonês é considerado protetor da seita esotérica Shingon. Sua imagem é representada com expressão irada e carrega intensa labareda nas costas.

22. Espécie de fogo-fátuo. No passado foi considerada obra de raposas. Contam lendas regionais que a raposa possuía uma bola de fogo, com a qual iluminava as noites escuras.

A lua pendia um pouco ao leste e estava quase cheia. Encontrava-se no meio das nuvens em labareda, sua luminosidade produzia uma gradação nas nuvens, chegando quase a se extinguir nas bordas.

Além dessas nuvens brancas em forma de labareda que cercavam a lua, não havia outras por perto; nessa noite, o céu, depois da tempestade, tornou-se negro e profundo.

As lojas da cidade estavam de portas fechadas, deixando as ruas desoladas, e no caminho de volta do cinema não se viam outros transeuntes. Estava silencioso.

— Na noite passada não consegui dormir. Hoje vou me deitar cedo — enquanto falava, Shingo sentia uma espécie de calafrio, a falta do calor do corpo de uma mulher.

Teve a sensação de que chegava o momento de tomar uma decisão crucial, algo imprescindível a sua vida. Algo que exigia sua decisão se aproximava.

As castanhas

I

— O ginkgo está brotando de novo — observou Kikuko.
— Só agora você notou? — perguntou Shingo. — Eu já tinha visto há alguns dias.
— É que o senhor se senta sempre de frente para o ginkgo.

Kikuko sentara-se defronte a Shingo, e falou virando a cabeça para trás, em direção ao pé da árvore.

Na hora das refeições, os assentos dos quatro membros da família na sala de estar estavam definidos havia muito tempo. Shingo sentava-se virado para o leste; Yasuko, à sua esquerda, tinha o sul à sua frente; Shuichi sentava-se à direita de Shingo, de frente para o norte; e Kikuko ficava defronte a Shingo, virada, portanto, para o oeste.

Como o jardim se estendia do lado sul ao leste, podia-se dizer que o casal idoso ocupava as melhores posições. Os assentos das duas mulheres, por outro lado, eram convenientes para servirem os pratos durante a refeição.

Mesmo que não fosse hora de refeição, quando eles vinham à sala de estar e sentavam à mesa, naturalmente, ocupavam os lugares de costume. Assim, Kikuko se sentava sempre de costas para o pé de ginkgo.

Apesar disso, Shingo ficou preocupado ao constatar que sua nora deixava passar os dias sem perceber que aquele gigantesco pé estava brotando fora da época; o fato poderia indicar a existência de certo vazio no coração de Kikuko.

— Devia ter atraído sua atenção quando você abria o *amado* ou varria a varanda — disse Shingo.

— Pensando assim, realmente.

— Além disso, quando volta para casa, você caminha em direção a esse ginkgo, não é? Querendo ou não, o vê. Ou caminha sempre cabisbaixa, perdida em pensamentos?

— Oh! Não sei responder. — Kikuko moveu os ombros. — De agora em diante, tomarei cuidado para observar tudo o que o senhor vê.

Shingo notou algo tristonho na voz de Kikuko.

— Também não é assim.

Ele gostaria que tudo o que ele visse a sua amada também visse; mas em toda sua vida, Shingo nunca tivera uma namorada que fosse assim.

Kikuko continuou olhando para o ginkgo.

— Lá no alto da montanha, há também uma árvore com folhas novas — observou ela.

— De fato. Será que aquele pé também perdeu as folhas na tempestade?

A montanha atrás da casa de Shingo terminava junto ao santuário. O jardim do santuário fora construído numa parte plana do sopé, onde ficava o pé de ginkgo; mas, visto da sala de estar, parecia fazer parte das árvores da montanha.

Esse ginkgo ficara desnudo na noite do furacão.

AS CASTANHAS

Os ventos arrancaram todas as folhas do ginkgo e da cerejeira. Esses dois eram os únicos pés de grande porte nas proximidades da casa de Shingo, por isso teriam recebido diretamente o impacto da força dos ventos, ou talvez suas folhas fossem vulneráveis ao vento forte.

A cerejeira conservara algumas poucas folhas murchas nos primeiros dias, mas depois perdeu todas, ficando desnuda.

As folhas de bambu da montanha atrás da casa também murcharam e secaram. Talvez por causa da proximidade do mar, pois o vento trazia um ar úmido e salobro. Alguns pés de bambu haviam sido decepados pela ventania e arremessados no jardim da casa de Shingo.

O gigantesco pé de ginkgo brotou novamente.

Shingo olhava para ele todos os dias, pois, ao dobrar a avenida e seguir pela travessa que o levava para sua casa, caminhava em direção a esse pé. Observava-o também da sala de estar.

— Realmente, pode-se ver que o ginkgo é mais forte que a cerejeira. Gosto de admirá-lo. Uma árvore capaz de viver por muito tempo é mesmo diferente das demais — disse Shingo.

— Um pé velho como aquele, capaz de gerar folhas novas mais uma vez no outono. Quanta energia será necessária?

— Mas parecem ser folhas tristes — observou Kikuko.

— Sim. Estou observando para ver se conseguirão chegar ao tamanho das folhas que nascem na primavera, mas custam a crescer.

As folhas não eram apenas menores, mas também esparsas. A quantidade não era suficiente para esconder os galhos, e além disso as folhas não eram espessas e nem chegavam a adquirir um verde intenso característico, apenas um verde amarelado.

A impressão que se tinha era que o sol matinal do outono incidia no ginkgo desnudo.

Na montanha atrás do santuário predominavam as árvores sempre-verdes. Suas folhas deviam ser mais resistentes à chuva e ao vento, já que não havia nenhuma marca de estrago.

No alto, sobressaindo-se a essas árvores sempre-verdes, havia um pé com folhas novas de cor esverdeada.

Eram essas folhas novas que Kikuko descobrira.

Nesse instante, Yasuko entrou pela porta dos fundos. Ouvia-se o som da água da torneira. Ela dizia alguma coisa, mas Shingo não conseguia discernir por causa do barulho da água.

— O que disse? — gritou.

— Ela disse que a lespedeza está lindamente florida — intermediou Kikuko.

— Ah, sim.

— E que as eulálias também já estão floridas. — Mais uma vez, Kikuko transmitiu as palavras de Yasuko.

— Ah, sim.

Yasuko continuou dizendo alguma coisa.

— Quer parar de falar? Não estou ouvindo nada! — gritou Shingo.

— Pode deixar que eu interpreto para o senhor — disse Kikuko, tentando conter o riso e inclinando a cabeça para a frente.

— Interpretação? Deixe que a velhinha fique falando sozinha.

— Ela disse que, na noite passada, sonhou que a casa do interior estava quase em ruínas.

— Hummm.

— E qual é a sua resposta?

— Só posso dizer "hummm".

O barulho da água da torneira cessou, e Yasuko chamou Kikuko.

— Coloque isto num vaso, Kikuko. Achei-as bonitas e as colhi, mas vou deixar você cuidar delas.

— Claro! Vou mostrar ao pai primeiro.

Kikuko trouxe para ele as lespedezas e eulálias, carregando-as nos braços.

Yasuko lavou as mãos e, depois de pôr água no vaso de cerâmica de Shigaraki, trouxe-o para a sala.

— As pervincas da casa vizinha também ganharam uma bela coloração — comentou Yasuko, sentando-se.

— Havia pervincas também naquela casa onde havia o girassol — disse Shingo, lembrando-se de que a tempestade derrubara a magnífica flor.

A flor com o caule de cinco ou seis *shaku*[23] estava caída na beira da rua. Permaneceu ali por vários dias. Parecia uma cabeça humana tombada.

As pétalas ao redor começavam a murchar, e o grosso caule foi perdendo o vigor e secando, mudando de cor e ficando coberto de terra.

Na ida e na volta da empresa, Shingo tinha de passar pelo girassol, com cuidado para não pisar, mas não queria vê-lo.

A parte inferior do caule, mesmo depois de perder a cabeça, continuava em pé ao lado do portão da casa. Não sobrara nenhuma folha.

A seu lado, havia cinco ou seis pés de pervincas coloridas enfileirados.

---

23. Unidade de medida equivalente a 30,3 cm.

— Mas nas redondezas não existem pervincas tão bonitas como as da vizinha — sentenciou Yasuko.

II

A casa do interior em ruínas com que Yasuko sonhou pertencera a seus pais.

Depois da morte deles, muitos anos atrás, não havia ninguém morando lá.

Tudo indicava que o pai pensara em fazer de Yasuko sua herdeira, e, assim, deixou a primogênita sair de casa para casar. Para o pai, que tinha predileção pela mais velha, era uma decisão contrária à própria vontade, pois sua bela filha tinha muitos pedidos à sua mão, e o pai deve ter sentido pena de Yasuko.

Por isso, depois que a irmã morreu e Yasuko foi trabalhar na casa da família do cunhado, sem esconder a vontade de ocupar o lugar da falecida, o pai deve ter ficado decepcionado com ela. Talvez tenha sentido amargo arrependimento, pois, de certa forma, os pais e a família foram responsáveis por Yasuko alimentar tal esperança.

O casamento de Yasuko com Shingo parecia contentar o pai.

Ele antes decidira passar o resto da vida sem um herdeiro para sua casa.

Atualmente, Shingo já passara da idade que o sogro tinha quando consentira o casamento de Yasuko.

Quando a mãe de Yasuko morreu e, depois, o pai, verificaram que as terras cultiváveis haviam sido todas vendidas e que restava apenas a casa e um pouco das montanhas reflorestadas. Dos objetos deixados, não havia quase nada que tivesse algum valor como antiguidade.

Tudo isso passou a ser propriedade de Yasuko, mas ficou sob os cuidados de parentes do interior. Certamente, extraíram as madeiras das montanhas para pagar impostos e cobrir outras despesas. Durante muitos anos, Yasuko não tivera nem despesa nem rendimento dessas propriedades.

Numa época em que os refugiados da guerra procuravam se estabelecer no interior, houve quem se propusesse a comprar a casa; porém, Shingo compreendia o apego de Yasuko e recusou as propostas.

O casamento de Shingo e Yasuko fora realizado naquela casa. Era desejo do pai fazer a cerimônia lá, em troca de deixar a filha que ficara com ele se casar e ir embora.

Shingo lembrava que uma castanha *kuri*[24] caíra no momento em que trocavam as taças de saquê.[25] A castanha bateu em uma grande pedra do jardim e, talvez pela inclinação da face, foi lançada para longe, indo cair no rio do vale. O salto inesperado que a castanha deu após bater na pedra fez Shingo quase soltar um grito, mas ele conseguiu segurar e olhou em volta.

Nenhum dos presentes pareceu ter percebido a queda da castanha.

Na manhã seguinte, Shingo desceu até o rio do vale e encontrou a castanha na beira da água.

---

24. Castanheiro-japonês, uma variedade de castanheiro-da-europa.
25. Ritual xintoísta de matrimônio. O noivo e a noiva se revezam em tomar goles de saquê em três taças cerimoniais.

Havia várias castanhas caídas nas proximidades, e não era possível saber se aquela seria a da cerimônia, mas ele a apanhou pensando em mostrá-la para Yasuko.

No entanto, achou que era infantil demais. Por outro lado, tanto Yasuko como outras pessoas que ouviriam dela esse fato acreditariam tratar-se da mesma castanha?

Atirou-a na moita à margem do rio.

Mais do que a insegurança sobre Yasuko acreditar ou não, Shingo sentia vergonha da opinião do marido da falecida cunhada.

Não fosse a presença dele na cerimônia do dia anterior, Shingo teria dito que um fruto da castanheira havia caído lá.

A presença do cunhado em seu matrimônio causava em Shingo um embaraço semelhante à humilhação.

Por ter nutrido um amor secreto pela irmã de Yasuko, mesmo depois que ela se casara, Shingo carregava um sentimento de culpa; além do mais, depois de sua morte, casara-se com Yasuko. Tudo isso suscitava certa disposição inquietante em Shingo contra o cunhado.

Por sua vez, a situação de Yasuko era ainda mais humilhante. Era possível pensar que o cunhado fingia ignorar seus sentimentos, aproveitando-se dela como uma empregada doméstica.

Por ser um parente, era natural que o cunhado estivesse presente no casamento, mas Shingo não conseguia encará-lo e sentia-se desconfortável. De fato, sua presença se destacava mesmo nessas ocasiões, pois era um belo homem, chegando a ser ofuscante.

Shingo acreditou haver certa atmosfera radiante nas imediações de onde seu cunhado estava sentado.

Para Yasuko, o casal formado pela irmã e o marido pertencia ao mundo ideal, e Shingo, por ter se casado com ela, acabou assumindo o mesmo lugar das pessoas comuns, abrindo mão de tentar alcançar o nível do cunhado.

Shingo chegou a imaginar que o cunhado observava do alto, friamente, seu casamento com Yasuko.

Aquele fato insignificante da queda de uma castanha, que Shingo não podia comentar com a esposa, permaneceu durante todo o tempo em algum recanto da vida do casal.

Quando nasceu a filha Fusako, Shingo nutria uma secreta expectativa de que ela se tornasse uma bela menina, parecida com a irmã de Yasuko. Não conseguia contar isso à esposa. Contudo, Fusako se tornou uma moça ainda mais feia do que a mãe.

Para Shingo, o sangue da cunhada não renasceu através da irmã. Uma decepção secreta para com a esposa passou a viver dentro dele.

Três ou quatro dias após Yasuko ter sonhado com a casa do interior, chegou daquela terra um telegrama de um parente, informando que Fusako se encontrava lá com as duas filhas.

Kikuko recebeu o telegrama e o entregou para Yasuko, que ficou aguardando o marido voltar do trabalho.

— Teria sido uma premonição aquele sonho com a casa do interior? — perguntou Yasuko, enquanto aguardava Shingo terminar de ler o telegrama. Ela estava relativamente calma.

— Hummm. Então ela foi para a casa do interior? — disse Shingo. Nesse caso não haveria perigo de tentar suicídio. Foi o que pensou na hora.

— Mas por quê, então, não veio para cá?

— Ela deve ter pensado que, se viesse, Aihara descobriria logo — opinou Yasuko.
— E ele mandou dizer alguma coisa?
— Não.
— Significa que não tem mais remédio. A mulher saiu de casa levando as crianças, e mesmo assim...
— Talvez ela o tenha avisado que vinha para nossa casa, como da outra vez; e, na situação de Aihara, seria um pouco constrangedor aparecer aqui.
— De qualquer modo, está tudo acabado, não é?
— Fico admirada que ela tenha conseguido chegar até lá.
— Bem que podia ter vindo para cá.
— Podia ter vindo é um modo muito frio de dizer. Nós temos de ter compaixão pela pobre Fusako, que não teve a disposição de nos procurar. Fiquei desolada pensando a que ponto chegou nossa relação de pais e filha.

Shingo franziu as sobrancelhas e projetou o queixo para a frente, enquanto desfazia o nó de gravata.
— Espere um pouco. Onde está meu quimono?

Kikuko trouxe o quimono e os acessórios. Pegou as roupas ocidentais que ele despira[26] e, sem dizer nada, deixou o recinto.

Nesse meio-tempo, Yasuko se manteve cabisbaixa, mas logo olhou para a porta do *fusuma* que Kikuko havia fechado e disse, baixando a voz:
— Quem garante que Kikuko também não irá fugir qualquer dia desses?

---

26. Na época desta narrativa, era comum os homens usarem roupas ocidentais para sair e ao retornar para casa se trocavam com vestimenta tradicional.

— Não podemos ser responsáveis para sempre pela vida dos filhos casados.

— Você é incapaz de compreender os sentimentos de uma mulher... A mulher é diferente do homen quando se trata de coisas que a deixam triste.

— Mas não seria demais pensar que uma mulher é capaz de compreender os sentimentos de todas as outras mulheres?

— Hoje Shuichi não volta de novo para casa. Por que você não voltou com ele? Veio sozinho e deixou Kikuko guardar suas roupas. Não acho isso correto.

Shingo não respondeu.

— Sobre Fusako, seria melhor conversar com ele e saber sua opinião — disse Yasuko.

— Vamos mandar Shuichi para o interior? Temos de buscar Fusako.

— Se Shuichi for, pode ser que Fusako não goste — opinou Yasuko. — Porque ele sempre desprezou sua irmã.

— Não vale a pena agora começar a dizer essas coisas sem importância. Mandarei Shuichi ir logo no sábado.

— Foi uma vergonha de nossa parte perante os parentes do interior. Nós mesmos nunca mais voltamos lá, como se tivéssemos rompido os vínculos, mas me espanta a coragem de Fusako de ir até lá sem ao menos ter alguém para pedir ajuda.

— Na casa de quem ela estaria hospedada? — perguntou Shingo.

— Pode estar naquela casa vazia. Não poderia permanecer por muito tempo na casa da minha tia, não acha?

A tia de Yasuko já passava dos oitenta anos. E Yasuko não mantinha relacionamento de parentesco com o primo, o atual chefe daquela família. Shingo não conseguia recordar nem ao menos quantas pessoas havia em sua família.

No sonho de Yasuko, a casa estava quase em ruínas. E, ao pensar que Fusako buscara refúgio lá, Shingo sentiu um arrepio percorrer sua espinha.

III

Na manhã de sábado, Shuichi saiu de casa com Shingo e foi para a empresa. Tinha tempo até o horário do trem.

Ele foi à sala do pai.

— Vou deixar o guarda-chuva aqui — disse à funcionária Eiko.

Ela pendeu a cabeça para um lado e, estreitando os olhos, disse:

— Vai viajar a serviço?

— Exato.

Shuichi pousou a pasta no chão e sentou na cadeira em frente a Shingo.

Ela parecia acompanhar Shuichi com o olhar.

— A previsão diz que vai esfriar. Tenha cuidado na viagem — disse Eiko.

— Ah, ia me esquecendo — olhando para ela, Shuichi disse a Shingo. — Eu tinha prometido ir dançar com ela hoje.

— Ah, é?

— Peça a meu pai para levá-la.

Eiko enrubesceu.

Shingo sentia-se indisposto até para abrir a boca e dizer algo.
Quando Shuichi ia deixar a sala, Eiko apanhou a pasta dele para acompanhá-lo.
— Não precisa. O que vão pensar de nós?
Shuichi pegou a pasta e desapareceu atrás da porta.
Como se tivesse sido abandonada, Eiko fez um gesto discreto e, desconsolada, retornou à sua mesa.
Shingo não sabia discernir se fora proposital ou por encabulamento, mas essa frívola feminilidade o deixou descontraído.
— Foi uma pena estragar o compromisso — disse ele.
— Ultimamente, o sr. Shuichi não tem cumprido muito as promessas — respondeu.
— Eu serei seu substituto.
— Como disse?
— Tem algum inconveniente?
— Oh, não!
Eiko levantou os olhos espantados.
— É porque a amante de Shuichi dança no salão?
— Não, senhor.
Shingo só ouvira Eiko falar da amante do filho uma vez, que essa mulher tinha uma voz rouca, erótica, segundo Shuichi. Não procurara saber mais.
Até a secretária particular de Shingo conhecia a tal mulher, enquanto os familiares de Shuichi nunca a tinham visto; isso devia ser comum neste mundo, mas Shingo não estava satisfeito.
E sentia-se ainda mais insatisfeito por Eiko estar na sua frente.
Bastava um olhar para deduzir que Eiko era uma mulher frívola, mas agora ela estava diante de Shingo como uma pesada

cortina do mundo humano. Nem imaginava o que se passava na cabeça da moça.

— E, então, ele levou você para dançar, e você conheceu essa mulher? — perguntou Shingo como que por acaso.

— Sim, senhor.

— Viu-a muitas vezes?

— Não muitas.

— Foi Shuichi quem a apresentou a você?

— Não foi assim, apresentar...

— Eu continuo sem entender. Ele vai se encontrar com ela e leva você junto; ela não fica com ciúme?

— Minha presença não os incomoda — disse Eiko, e encolheu um pouco os ombros.

Sabendo que Eiko estava apaixonada por Shuichi e tinha ciúmes, Shingo disse:

— Bem que podia incomodá-los.

— Oh, não! — Eiko riu olhando seus botões. — Ela também vem acompanhada — acrescentou.

— Ah, é? Ela vem com um homem?

— É uma mulher. Não um homem.

— Bem. Isso me tranquiliza.

— Ora! — Eiko olhou para Shingo e continuou. — É uma senhora que mora com ela.

— Mora junto, quer dizer que as duas alugam um quarto?

— Não. É uma casa pequena, mas muito boa.

— Então você já esteve lá!

— Sim, mas... — Eiko se mostrou hesitante.

Shingo se surpreendeu mais uma vez. E perguntou de repente:

— Onde é essa casa?

AS CASTANHAS

No mesmo instante, o constrangimento se estampou no rosto de Eiko.

— Não sei se devo... — murmurou.

Shingo se manteve calado.

— Fica no bairro Hongo, perto da universidade.

— Ah, sim.

Como se fugisse da perseguição, ela continuou a falar.

— Numa ruela mal-iluminada, mas é uma casa bonita. A outra senhora é realmente bonita, e eu gosto muito dela.

— A outra, ou seja, a mulher que não é a amante de Shuichi?

— Sim, senhor. Uma pessoa muito simpática.

— Hummm. E então, o que elas fazem na vida? São solteiras?

— Sim. Mas não sei ao certo.

— Elas vivem juntas, então?

Eiko balançou a cabeça afirmativamente e disse com doçura:

— Eu nunca vi antes alguém tão simpática quanto ela. Tenho vontade de vê-la todos os dias. — Eiko falava como se a própria falta cometida ganhasse perdão, de alguma forma, pelo fato de essa mulher ser uma criatura simpática.

Shingo se surpreendia a cada revelação de Eiko.

Chegava a suspeitar de que ela elogiava a "outra" para, indiretamente, desdenhar a amante de Shuichi; no entanto, não atinava com a verdadeira intenção de Eiko.

Ela olhou pela janela.

— Senhor, o sol apareceu.

— É mesmo. Abra um pouco a janela.

— Quando o senhor Shuichi deixou o guarda-chuva, fiquei um pouco insegura, mas foi bom que o tempo tenha melhorado para sua viagem.

Ela pensava que Shuichi viajara a trabalho.

Segurando a janela de vidro que acabara de levantar, ela ficou parada. Um lado da bainha de sua saia estava levantado. Parecia indecisa.

Retornou, cabisbaixa, à sua mesa.

O auxiliar do escritório entrou com três ou quatro correspondências.

Eiko as recebeu e colocou na mesa de Shuichi.

— Mais um funeral. Que pesar! É Toriyama, desta vez — murmurou Shingo. — É hoje às duas. Como estará a esposa dele?

Eiko, acostumada com o monólogo dele, limitou-se a observá-lo.

Shingo estava com a boca um pouco aberta e com o ar ausente. Então, disse:

— Hoje não podemos ir dançar por causa do funeral. — Fez uma pausa e continuou: — Esse sujeito foi terrivelmente maltratado pela esposa no período em que ela estava na menopausa. A mulher não deixava que ele fizesse as refeições em casa. Proibia mesmo, você acredita? De manhã, pelo menos, conseguia comer, mas não que tivesse algo preparado para ele. Havia comida para os filhos, e ele a comia escondido da esposa. Quando terminava o serviço, não podia voltar para casa por medo dela. Todas as noites, então, ele ficava perambulando, ia ao cinema, entrava nos teatros cômicos, e só tarde da noite, depois que a esposa e os filhos estivessem dormindo, é que voltava para casa. Os filhos apoiavam a mãe e também maltratavam o pai.

— Por que será?

— Não há nem porquê. Tudo por causa da menopausa. A menopausa é algo terrível, sabe?

Eiko devia estar pensando que ele caçoava dela.

— Mas o marido não era culpado de alguma coisa?

— Na época, ele era um funcionário público exemplar. Depois, passou a trabalhar numa empresa privada, mas, de qualquer maneira, a família alugou um templo para realizar o funeral. Isso significa que não é um ato simples. No tempo em que era funcionário público, nem procurava prazeres como bebida e mulher.

— Sustentava a família toda, não?

— Naturalmente!

— Eu não entendo.

— Pois é. Vocês jovens nem imaginam, mas não são poucos os respeitáveis cavalheiros de seus cinquenta ou sessenta anos que, por medo da esposa, não conseguem voltar para casa e ficam vagando pelas ruas até altas horas da noite.

Shingo tentou lembrar o rosto de Toriyama, mas só tinha uma vaga lembrança. Não se encontrava com ele havia cerca de dez anos.

Ficou pensando se Toriyama morrera em casa.

IV

Shingo esperava rever alguns colegas da universidade no funeral de Toriyama. Depois de oferecer o incenso diante do altar, ficou parado ao lado do portal do templo, mas não encontrou ninguém.

Tampouco viu alguém de sua faixa etária.

Talvez tivesse chegado um tanto tarde demais.

Olhou para dentro e viu que a fila na entrada do pavilhão principal estava se desfazendo.

A família do falecido se encontrava no interior do pavilhão.

Como Shingo imaginara, a esposa ainda vivia. A mulher magra em pé junto ao ataúde devia ser ela.

Ela estava com o cabelo tingido, mas as raízes brancas revelavam que não retocava a pintura já havia algum tempo.

"Durante a longa enfermidade do esposo, talvez não tivera tido tempo para cuidar do próprio cabelo", foi o que pensou Shingo ao inclinar a cabeça em cumprimento à idosa mulher. Entretanto, quando se voltou para o ataúde e ia queimar o incenso, quase deixou escapar o murmúrio: "Quem sabe o que teria acontecido de verdade?"

Enquanto subia a escadaria do pavilhão principal e cumprimentava a família, ele se esqueceu completamente dos maus-tratos que a esposa infligia a Toriyama. Só quando se voltou para o finado para inclinar-se em reverência é que se lembrou do ocorrido. Shingo levou um choque.

Deixou o pavilhão evitando olhar a viúva, que estava num dos assentos reservados à família do falecido.

O choque que Shingo levou foi devido a seu estranho esquecimento, nada teve a ver com a esposa de Toriyama; mesmo assim, um sentimento desagradável o acompanhou durante a volta pelo caminho pavimentado de pedra.

Enquanto caminhava, parecia que a sensação de esquecimento e perda pressionava sua nuca.

AS CASTANHAS

Restaram poucas testemunhas do que acontecia entre Toriyama e a esposa. Mesmo que alguma ainda estivesse viva, tudo já caíra no esquecimento. A recordação ficaria por conta apenas da viúva. Não havia uma terceira pessoa que lembrasse os episódios com a seriedade devida.

Algum tempo atrás, houve um encontro de seis ou sete colegas da universidade, inclusive Shingo, e, quando comentaram a respeito de Toriyama, ninguém chegara a refletir seriamente sobre a questão. Só deram risada. O homem que tinha levantado o assunto se entusiasmara com os próprios exageros e escárnio.

Entre os que estavam naquela reunião, dois tinham morrido antes de Toriyama.

Shingo pensava hoje que talvez o próprio Toriyama e a esposa não tivessem compreendido a razão dos maus-tratos que protagonizaram.

Toriyama foi para o túmulo sem entender nada. Para a esposa, aquilo passou a pertencer ao passado, um passado sem Toriyama, seu parceiro. Ela também morrera sem compreender.

O homem que tinha tocado no assunto sobre Toriyama no encontro dos colegas contara que em sua casa havia quatro ou cinco máscaras antigas de nô, transmitidas por gerações. Quando Toriyama o visitou, mostrou-lhe as máscaras, e ele permaneceu imóvel por longas horas. Segundo esse homem, Toriyama não teria se interessado propriamente pelas máscaras, já que as via pela primeira vez, mas estaria fazendo hora, pois não poderia voltar para casa antes de a esposa dormir.

Contudo, Shingo achava hoje que, vagando assim todas as noites, Toriyama, que já passara dos cinquenta anos, devia ter alcançado reflexões profundas sobre algo.

O retrato de Toriyama exposto na cerimônia fúnebre fora tirado na época em que ele era funcionário público, no ano-novo ou em alguma ocasião especial; ele vestia um traje formal e tinha um sorriso brando no rosto arredondado. Esse retrato teria ganhado o retoque de um fotógrafo, já que não apresentava nenhuma impressão sombria.

E o semblante brando de Toriyama era desproporcionalmente jovial em comparação à viúva, que se postava junto do ataúde. Quem os olhasse pensaria que a esposa envelhecera assim por ter recebido maus-tratos do marido.

Por ser uma mulher de estatura pequena, Shingo viu, quando baixou o olhar, as raízes brancas do cabelo dela. Com um dos ombros caído, ela dava a impressão de abatimento.

Ao lado dela estavam seus filhos e filhas e os prováveis cônjuges deles, mas Shingo não lhes deu muita atenção.

— E como está indo você e sua família?

Com a intenção de fazer essa pergunta caso encontrasse algum amigo antigo, Shingo ficou parado ao lado do portal do templo.

Se o amigo lhe fizesse a mesma pergunta, responderia:

— Pensava que tivesse conseguido chegar até aqui sem grandes incidentes, mas, infelizmente, nem o lar de minha filha nem o do meu filho estão em paz. — Era o que gostaria de comentar.

Mesmo que abrissem o coração, não poderiam esperar o apoio mútuo. Nem teriam vontade de se intrometer na vida do outro. Conversariam caminhando até a estação e se separariam.

Entretanto, isso era desejável e suficiente para Shingo.

No entanto, não se sabe como, de repente, surgiram no coração de Shingo, um após o outro, os pensamentos que gostaria de revelar para os velhos amigos.

"Toriyama, agora que está morto, não apresenta nenhum sinal de que foi maltratado pela esposa."

"Caso os lares dos filhos e das filhas de Toriyama fossem felizes, isso significaria que o casal Toriyama alcançou o sucesso, não acha?"

"No mundo de hoje, até que ponto os pais serão responsáveis pela vida conjugal dos filhos?"

Sobre o telhado do portal do templo, um bando de pardais chilreava animadamente.

Os pardais voavam sob o beiral descrevendo um arco, iam sobre o telhado e logo retornavam fazendo outro arco.

V

Quando Shingo voltou do templo para a empresa, dois visitantes o aguardavam.

Ele mandou tirar a garrafa de uísque do armário atrás de si e colocou um pouco no chá-preto. Isso o auxiliava de alguma forma a avivar sua memória.

Enquanto conversava com as visitas, lembrou-se dos pardais que vira em casa na manhã do dia anterior.

Estavam no sopé da montanha atrás da casa, entre as folhas de eulália, e bicavam as espigas. Estariam comendo as sementes de eulália ou apanhando os insetos? Com esse pensamento observava-os, quando descobriu alguns *hoojiro*[27] no meio do bando de pardais.

Como os pardais e os *hoojiro* estavam misturados, Shingo observava-os com a maior atenção.

Seis ou sete passarinhos saltavam de uma espiga a outra, fazendo-as balançarem muito.

Havia três *hoojiro*. Eram mais sossegados. Não tão agitados como os pardais. Poucas vezes saltavam para outra espiga.

O brilho das asas e a cor da penugem do peito indicavam que aqueles *hoojiro* haviam nascido naquele ano. Os pardais pareciam empoeirados.

Shingo achou os *hoojiro* graciosos, no entanto, ao ouvir o canto dessas duas espécies de passarinhos, notou que a natureza de suas vozes era distinta, assim como seus movimentos, que revelavam a natureza de cada tipo.

Imaginando se eles brigariam, ficou observando-os por algum tempo.

Mas os pardais ficaram se chamando entre si, voando e se entrecruzando, enquanto os *hoojiro* se juntavam aos de sua espécie, mantendo-se, assim, separados. Às vezes, misturavam-se sem mostrar sinais de briga.

Shingo ficara encantado. Isso aconteceu quando ele lavava o rosto.

Deve ter recordado aquela cena por ter visto os pardais no portal do templo.

Logo que se despediu dos visitantes, Shingo fechou a porta e, voltando-se para Eiko, disse:

---

27. Literalmente "bochecha branca", devido à penugem branca em cima e abaixo dos olhos. É um pássaro pouco maior que um pardal.

— Leve-me para a casa da amante de Shuichi.

Pensara nisso enquanto conversava com os clientes, mas foi inesperado para Eiko.

Ela fez um gesto de contestação, com uma expressão visivelmente contrariada, mas logo se abateu. E perguntou com uma voz dura:

— O que o senhor pretende fazer? — a voz soou fria.

— Não lhe causarei problemas.

— Vai se encontrar com ela?

Ele não pensara em ver a mulher naquele dia.

— O senhor não poderia deixar para ir junto com o senhor Shuichi, quando voltasse? — disse Eiko, já mais calma.

Shingo achou que Eiko zombava dele.

Mesmo depois de entrar no táxi, ela continuava abatida.

Shingo se sentia deprimido só pelo fato de estar ofendendo e pisoteando a dignidade de Eiko. Além disso, estava ofendendo o filho e a si próprio.

De certa forma, imaginava que pudesse resolver essa questão na ausência do filho, mas suspeitava que tudo não passava de sua imaginação.

— Se o senhor quer conversar, acho melhor fazer isso com a senhora que mora com ela — sugeriu Eiko.

— Aquela que você acha simpática, não é?

— Sim. Eu poderia chamá-la para que venha à empresa.

— Pois é — respondeu Shingo, de modo vago.

— Na casa delas, o senhor Shuichi tomou saquê e ficou bêbado e muito violento. Obrigou aquela senhora a cantar. E, quando ela cantou com sua bela voz, a senhora Kinuko chorou. Já que chega a ponto de chorar, imagino que a senhora Kinuko ouça e aceite os conselhos da outra.

Seu modo de falar era esquisito, mas Kinuko devia ser a amante de Shuichi.

Shingo desconhecia esses maus hábitos de Shuichi ao se embriagar.

Na frente da universidade, desceram do táxi e dobraram uma ruela.

— Se o senhor Shuichi ficar sabendo disso, eu não poderei continuar na empresa — disse Eiko em voz baixa. — Pedirei demissão.

Shingo levou um susto.

Eiko estava parada.

— Dobrando aquele muro de pedra, é a quarta casa, onde há uma plaqueta com o nome Ikeda. Eu não irei até lá, pois meu rosto é conhecido.

— Vamos deixar para lá, então, já que isso lhe constrange.

— Por quê, senhor? Já que veio até aqui... O mais importante é restabelecer a paz em sua casa, não é isso?

O protesto de Eiko denotava certo ódio.

Ela dissera um muro de pedra, mas era de concreto, e havia um grande pé de bordo no jardim. Dobrando a esquina, a quarta casa era de Ikeda, pequena e velha, sem nada de especial. Orientada para o norte, a entrada era mal-iluminada, as janelas de vidro do segundo andar estavam fechadas; o silêncio era total.

Shingo passou em frente a casa. Não viu nada que lhe chamasse atenção.

Ao passar pela casa, sentiu a tensão desaparecer.

Que espécie de vida secreta do filho estaria escondida naquele lugar? Era impossível para Shingo imaginar que pudesse entrar lá de modo abrupto.

Contornou pelo outro caminho.
Eiko não estava mais onde a deixara. Também não estava na avenida em que desceram do carro.
Ao voltar para casa, Shingo evitou olhar para o rosto de Kikuko. Apenas informou:
— Shuichi passou rapidamente pela empresa e viajou. Que bom que o tempo está melhor.
Sentia-se muito cansado e foi se deitar cedo.
— Quantos dias de licença ele conseguiu? — perguntou Yasuko da sala de estar.
— Bem. Não perguntei, mas como ele foi só buscar Fusako, acho que uns dois ou três dias — respondeu do seu leito.
— Hoje ajudei Kikuko a encher de algodão os futons de Fusako.
Shingo pensava nas dificuldades que Kikuko teria depois que Fusako viesse com as duas crianças.
Pensou em deixar Shuichi constituir seu próprio lar, separado deles, mas se lembrou da casa da mulher que vira em Hongo.
Lembrou-se também da revolta de Eiko. Ela trabalhava todo dia a seu lado, mas Shingo nunca a vira explodir daquela maneira.
Refletiu que ainda não vira também uma explosão de Kikuko. "Ela nem pode se mostrar ciumenta, em consideração ao sogro", dissera Yasuko uma vez.
Pouco depois ele adormeceu, mas acordou por causa dos roncos de Yasuko e apertou o nariz dela com os dedos.
Como se estivesse acordada até aquela hora, ela disse:

— Será que desta vez Fusako trará também o embrulho de *furoshiki*?
— Bem possível.
A conversa cessou nesse ponto.

O sonho das ilhas

I

Uma cadela vira-lata deu cria embaixo do soalho da casa de Shingo. "Deu cria" era um modo frio de se referir ao fato, mas a situação era exatamente essa para a família. Ninguém sabia quando aconteceu, mas ela havia parido embaixo do soalho da casa.

— Mãe, Teru não apareceu nem ontem nem hoje. Não teria tido filhotes? — Kikuko comentara para Yasuko na cozinha, sete ou oito dias antes.

— Por falar nisso, eu também não a tenho visto — respondeu Yasuko, indiferente.

Shingo estava sentado no *kotatsu*[28] cavado no soalho, com as pernas pendentes, e preparava o chá *gyokuro*.[29] Desde o outono, tinha o hábito de tomar esse tipo de chá todas as manhãs, servindo-se pessoalmente.

---

28. Sistema de aquecimento tradicional na habitação japonesa. Estufa a carvão, provida de uma armação, coberta com acolchoado grosso e que possui uma tábua quadrada que serve de mesa. O modelo cavado no soalho é mais antigo do que outros, postos sobre o piso.
29. Variedade fina de chá-verde, produzida usando brotos tenros colhidos em condições especiais.

Kikuko comentara sobre Teru enquanto preparava a refeição matinal, mas o assunto ficou por isso mesmo.

Quando ela, de joelhos no tatame, pôs a tigela de sopa de missô diante de Shingo, ele lhe perguntou, servindo uma taça de *gyokuro*:

— Quer tomar um chá?

— Sim, aceito.

Por ter sido algo inusitado, ela se sentou formalmente. Shingo olhou para ela e disse:

— *Obi* e *haori*[30] com motivo de crisântemo? Já passou o outono, a época dessa flor. Este ano nós esquecemos seu aniversário por causa da vinda de Fusako.

— O *obi* é com motivo de *shikunshi*.[31] Posso usá-lo o ano todo.

— O que quer dizer *shikunshi*?

— Orquídea, bambu, *ume*[32] e crisântemo... — explicou Kikuko com simplicidade. — O senhor já deve ter visto em algum lugar. Aparece nas ilustrações e é muito usado nos quimonos.

— Motivo um tanto ganancioso, não acha?

Kikuko pousou a taça e disse:

— Foi delicioso.

— Bem, aquele... quem foi mesmo? Mandou-nos *gyokuro*

---

30. Quimono curto usado como casaco.
31. Literalmente "quatro príncipes". Motivo de decoração de quimonos com flores representativas das quatro estações.
32. Ameixeira-do-japão, *Prunus mume*. Árvore frutífera e ornamental da família das rosáceas. Floresce no fim do inverno japonês; suas flores são brancas ou rosas e muito perfumadas. O fruto contém toxina e só pode ser consumido em forma de conserva.

em retribuição ao *koden*[33], e desde então voltei a tomá-lo.

Antigamente, eu costumava tomar muito. Em nossa casa não usávamos o *bancha*.

Naquela manhã, Shuichi saiu antes do pai e foi para a empresa.

Calçando os sapatos no vestíbulo, Shingo procurava lembrar o nome do amigo cuja família lhe mandara o *gyokuro* em retribuição ao *koden*. Seria fácil perguntar a Kikuko, mas não o fez. O amigo havia levado uma jovem a um hotel termal e lá morrera subitamente.

— De fato, Teru não veio — observou Shingo.

— É. Nem ontem nem hoje — respondeu Kikuko.

Teru costumava aparecer no vestíbulo quando ouvia o ruído de Shingo sair de casa e, às vezes, acompanhava-o até fora do portão.

Lembrou-se de que, alguns dias antes, Kikuko acariciara o ventre de Teru no vestíbulo.

— Me dá arrepios. Parece elástico. — Kikuko franzia as sobrancelhas, mas, apesar disso, parecia tentar tocar nos filhotes.

— Quantos tem? — perguntava à cadela.

Teru olhou-a de um jeito esquisito, mostrando o branco dos olhos, e deitou-se de lado, virando de barriga para cima.

O ventre não estava tão inchado a ponto de amedrontar Kikuko. A parte inferior era rosada, como se a pele estivesse mais fina. No entanto, a base dos mamilos estava manchada de sujeira.

— Tem dez tetas?

A pergunta de Kikuko foi para Teru, mas Shingo contou

---

33. Oferenda em dinheiro em sinal de condolências no funeral. Posteriormente, a família do finado costuma retribuir com algum presente.

com o olhar os mamilos da cadela. O par mais acima parecia pequeno e murcho.

Teru tinha dono e usava um registro no pescoço, mas parecia não ganhar alimento e acabou se tornando uma vira-lata. Circulava pelas portas das cozinhas das casas da vizinhança de seu dono. Desde que Kikuko começara a alimentá-la de manhã e à noite com restos de refeições, Teru passou a ficar mais tempo na casa de Shingo. Ouvia-se seu frequente latido durante a noite no jardim; parecia que ela se habituara a viver com eles. Contudo, não chegava a ser considerada o cão da casa, nem mesmo por Kikuko.

Além disso, quando chegava a hora do parto, sempre voltava à casa de seu dono.

Por isso, sua ausência na véspera e naquele dia foi considerada, como dissera Kikuko, decorrência do parto na casa do dono.

Shingo achou comovente o fato de Teru retornar para a casa do dono para ter sua cria.

Mas, dessa vez, os filhotes nasceram embaixo do soalho da casa de Shingo. Por cerca de dez dias, ninguém se deu conta.

Assim que Shingo e Shuichi voltaram juntos da empresa, Kikuko anunciou:

— Pai, Teru ganhou filhotes em nossa casa.
— Foi? Onde?
— Embaixo do quarto de empregada.
— Hummm.

Como não havia mais empregada na casa, o quarto de três tatames estava sendo usado como despensa.

— Vi Teru entrando embaixo do quarto de empregada e fui espiar. Parece que há filhotes.

— Hum. Quantos?
— Não deu para ver direito, é escuro. Estão bem para dentro.
— Ah, sim. Então, decidiu parir aqui.
— A mãe me contou que, outro dia, Teru ficou dando voltas e voltas de um jeito estranho e escavando a terra junto ao depósito. Acho que estava procurando um lugar para ter os filhotes. Se tivéssemos preparado com palhas, ela teria parido no depósito.
— Vai ser um problema quando os filhotes crescerem — interveio Shuichi.

Shingo também gostou do fato de Teru ter dado cria em sua casa, todavia imaginou a desagradável sensação que teria quando fosse abandonar os filhotes da vira-lata por não poderem continuar lá.

— Kikuko me disse que Teru teve os filhotes em casa — informou também Yasuko.
— Sim. Eu já soube.
— Disse que estão embaixo do quarto de empregada. Teru foi esperta, já que aquele é o único cômodo que ninguém usa.

Sentada no *kotatsu*, Yasuko ergueu o rosto para Shingo, franzindo um pouco a testa.

Shingo também se enfiou no *kotatsu* e, depois de tomar seu *bancha*, perguntou para Shuichi:

— Como ficou o assunto da empregada que Tanizaki ia nos recomendar?

E serviu para si o segundo copo de *bancha*.

— Aí é o cinzeiro, pai! — Shuichi chamou sua atenção.

Shingo se enganara e estava vertendo o chá no cinzeiro, por engano.

II

— Acabei envelhecendo sem nunca ter escalado o monte Fuji — murmurou Shingo quando estava na empresa.

Essa constatação lhe surgiu sem nenhum propósito, mas parecia ter algum sentido. Shingo tornou a murmurar isso várias vezes.

Seria por ter sonhado na noite anterior com as ilhas Matsushima[34], que teria lhe vindo à mente essa frase?

Shingo achava estranho ter sonhado com Matsushima, pois nunca estivera lá.

Então, lembrou-se de que até chegar à idade em que estava não conhecera Matsushima nem Ama-no-Hashidade[35], dois dos "três cenários mais privilegiados do Japão". Visitara somente Miyajima, em Aki[36], no caminho de volta de Kyushu onde fora a trabalho. Descera do trem para conhecer o local, embora tivesse ido no inverno, fora das estações de turismo.

Pela manhã, só se lembrava de alguns trechos do sonho; as cores dos pinheiros das ilhas e do mar, no entanto, estavam nitidamente gravadas em sua memória. Não havia a menor dúvida de que era Matsushima.

Shingo abraçava uma mulher no capinzal à sombra dos pinheiros. Os dois se escondiam, amedrontados. Parecia que haviam se separado de outras pessoas. A mulher era bem jovem, uma garota. Sua própria idade, ele não sabia. Pelo fato

---

34. Baía da província de Miyagi.
35. Enseada do mar do Japão, na costa norte da província de Kyoto. Famosa pelo istmo de areia branca e pinheiros.
36. Local onde há um santuário flutuante construído no século XII. Aki é o nome antigo de parte da atual província de Hiroshima.

de ter corrido com ela entre os pinheiros, Shingo também devia ser jovem. Abraçando a garota, não sentia a diferença de idade. Ele a abraçou e agiu como um jovem. Contudo, não sentiu ter rejuvenescido nem achou que estivesse revivendo o passado. Shingo estava na casa dos vinte, mas mantinha-se tal qual seus 62 anos reais. Eram mistérios de um sonho.

O barco a motor de seus companheiros se afastava mar adentro. Uma mulher estava em pé no barco e agitava um lenço. O branco do lenço em contraste com o azul do mar ficara gravado na memória de Shingo depois que despertou do sonho. Shingo fora deixado numa pequena ilha com a moça, mas não se sentia inseguro. Só ficava pensando no fato de que via o barco no mar. Quem estava no barco, no entanto, não poderia descobrir onde Shingo e a mulher estavam escondidos.

Despertou no momento em que abanava o lenço branco.

Depois de acordar, de manhã, não sabia mais quem era sua companheira. Sem rosto nem imagem. Não restou nem a sensação tátil. Apenas as cores das paisagens permaneceram nítidas. Entretanto, não compreendia por que estava em Matsushima, nem por que sonhara com o local.

Shingo nunca fora a Matsushima, nem tinha ido de barco para uma ilha desabitada.

Ficou com vontade de perguntar a alguém da casa se ter um sonho colorido não seria sintoma de neurose, mas não encontrou o momento oportuno. Era desagradável ter sonhado que estava com uma mulher nos braços. Parecia razoável considerar que, mesmo na idade presente, ele ainda fosse também o jovem de outrora. O mistério do tempo no mundo onírico confortou Shingo de alguma forma.

Na empresa, ele não parava de fumar, pensando que talvez pudesse desvendar esse mistério se conseguisse descobrir quem era a mulher do sonho. Quando estava imerso nesses pensamentos, alguém bateu de leve à porta e a abriu.

— Bom dia! — Suzumoto foi entrando. — Acho que cheguei cedo demais.

Ele tirou o chapéu e o pendurou num gancho. Eiko se levantou e se aproximou dele rapidamente para pegar o sobretudo, mas Suzumoto sentou na cadeira assim como estava. Shingo teve vontade de sorrir ao ver a cabeça calva do amigo. Acima das orelhas tinham aumentado as manchas senis, que davam impressão de sujeira.

— O que o trouxe tão cedo?

Contendo a vontade de rir, Shingo olhou as próprias mãos. Sabia que as manchas fracas apareciam e desapareciam, de tempos em tempos, na região do dorso até o punho.

— É sobre Mizuta, aquele que teve uma morte invejável...

— Ah, Mizuta — lembrou-se Shingo. — Sim, sim. Desde que ganhei o *gyokuro* em retribuição ao *koden*, voltei a ter o hábito de tomá-lo. Era de excelente qualidade.

— Quanto ao *gyokuro*, tudo bem, mas eu gostaria de ter a mesma sorte dele. Já ouvi falar de uma morte feliz como aquela, mas nunca imaginei que aconteceria com Mizuta.

— Hum.

— Não acha invejável?

— Você está gordo e careca. Tem boa probabilidade.

— Não tenho a pressão muito alta. Contaram-me que Mizuta temia sofrer um derrame. Não tinha coragem de dormir fora de casa sozinho.

Mizuta teve morte súbita num hotel termal. Em seu funeral, os velhos amigos comentavam em voz baixa que ele tivera a chamada morte invejável. Pensando mais tarde, contudo, Shingo achou a história um tanto suspeita, pois só pelo fato de estar acompanhado de uma mulher jovem não teria necessariamente morrido desse jeito. No entanto, naquela ocasião, ele olhava ao redor com curiosidade, imaginando se a tal mulher estaria presente no funeral. Uns afirmavam que a mulher se lembraria disso a vida toda como uma recordação desagradável, enquanto outros diziam que, se ela o amasse de verdade, teria ficado satisfeita com o que aconteceu.

Ao ver homens, que já tinham passado dos sessenta, conversarem alto sem a menor cerimônia e usarem gírias estudantis só porque foram colegas de universidade, Shingo considerou isso uma espécie de decrepitude da velhice. Tratavam-se uns aos outros pelo apelido ou pelo diminutivo familiar. Como se conheciam desde o tempo da juventude, havia intimidade e saudade, mas, por outro lado, a carcaça coberta de musgos do ego revelava rejeição. A morte de Mizuta, que fizera piada com a morte de Toriyama, passava a ser mais uma anedota.

Durante o funeral de Mizuta, Suzumoto falara com insistência da morte invejável; porém, Shingo quase estremeceu ao imaginar a cena em que ele morria conforme seu desejo.

— Isso fica ridículo para um velho.

— De fato. Nós, então, nem sonhamos mais com uma mulher — disse Suzumoto, acalmando-se.

— Você escalou o Fuji alguma vez? — perguntou Shingo.

— Fuji? Monte Fuji? — Suzumoto o olhou sem entender. — Nunca o escalei. Mas, por quê?

— Eu também não. Acabei envelhecendo sem nunca ter escalado o monte Fuji.
— Que é isso? Tem algum significado erótico?
— Nada disso! Que bobagem! — Shingo caiu na gargalhada.
Na mesa perto da porta, Eiko, que guardava o ábaco *soroban*, abafou o riso.
— Quer dizer que há muitos que terminam sua vida sem nunca ter escalado o monte Fuji nem visitado os três cenários mais privilegiados do Japão, não é? Quantos por cento dos japoneses escalariam o monte Fuji?
— Bem. Um por cento, ou menos? — disse Suzumoto, voltando ao assunto. — Nesse caso, o sortudo do Mizuta deve ser um em dezenas ou centenas de milhares de pessoas.
— É uma loteria. Mas não é nada agradável para a família do finado.
— Concordo. Na verdade, a viúva de Mizuta me procurou — disse Suzumoto num tom de quem começava um assunto sério.
— Ela me confiou isto. — Abriu o embrulho de *furoshiki* na mesa.
— Máscaras. São máscaras de nô. Trouxe-as para você dar uma olhada, pois a viúva de Mizuta me pediu que as comprasse.
— Não entendo nada de máscaras. Assim como os três cenários privilegiados do Japão, sei que elas existem, mas nunca tive oportunidade de apreciá-las.
Havia duas caixas. Suzumoto retirou as máscaras guardadas em seus invólucros de brocado.
— Esta é Jido, esta aqui se chama Kasshiki. Ambas representam meninos.

— São meninos?

Shingo tomou Kasshiki na mão e, segurando pelo cordão de papel que passava por trás da máscara, de orelha à orelha, analisou-a longamente.

— Você vê as franjas? Tem a forma de uma folha de ginkgo. Significa um garoto antes de seu *genpuku*.[37] Tem covinhas também.

— Hummm.

Sem querer, Shingo esticou os braços até onde podia e disse a Eiko:

— Tanizaki, meus óculos.

— Não, meu amigo. Disseram-me que as máscaras de nô devem ser apreciadas assim, esticando os braços um pouco acima dos olhos. A distância ideal é conveniente para nossa vista cansada. Assim, inclinando um pouco para baixo, torna-se nublado...

— É parecida com alguém. Um retrato realista.

Suzumoto explicou que se denomina "nublar" o ato de inclinar a máscara para baixo, quando o semblante dela assume um ar melancólico; e "iluminar", o de incliná-la para trás, pois o semblante se torna alegre. Movê-la para a direita e para a esquerda chama-se "usar" ou "cortar".

— Ela lembra alguém — tornou a dizer Shingo. — Não me parece um menino, mas um rapaz.

— Garotos de antigamente eram precoces. Além disso, o que chamamos de "rosto infantil" fica engraçado para o nô.

---

37. Cerimônia de maioridade dos filhos homens nos períodos clássico e feudal japonês (até 1886). Em geral, acontecia na idade de doze a quinze anos, dependendo das circunstâncias. Após o *genpuku*, os meninos ingressavam no mundo dos adultos, com a mesma responsabilidade social.

Observe bem. É um adolescente. Esse Jido, dizem que é um ente sobrenatural, deve simbolizar o eterno adolescente.

Shingo moveu a máscara de Jido como Suzumoto lhe recomendou.

A franja de Jido era de um corte reto sobre as sobrancelhas, no estilo de *kamuro*.[38]

— O que acha? Pode me ajudar? — perguntou Suzumoto. Shingo pôs a máscara na mesa.

— Mas ela procurou você. Compre você mesmo.

— Sim. Eu também comprei. Na verdade, a viúva tinha cinco máscaras. Fiquei com duas máscaras femininas, empurrei uma para Unno e estou pedindo para você.

— Ah, quer dizer que estas são as que sobraram. Você ficou com as máscaras femininas, que egoísta.

— Prefere as femininas?

— Agora vem com essa, se eu prefiro!

— Se quiser, posso trocar. Se as comprar, é um alívio para mim. Mizuta morreu daquele jeito, e, vendo o rosto da viúva, fiquei tão condoído que não pude recusar. Mas ela me disse que estas são obras superiores às máscaras femininas. Não é comovedor um eterno adolescente?

— Mizuta morreu, e Toriyama, que ficou contemplando as máscaras na casa de Mizuta, também morreu algum tempo atrás. Não me parece agradável.

— Mas a máscara de Jido é um eterno adolescente. Não acha uma boa ideia?

— Você foi à cerimônia de adeus de Toriyama?

---

38. Corte de cabelo para crianças de ambos os sexos, usado no passado feudal: corte reto na testa e na altura de ombros, cabelos soltos.

— Não pude. Tive um compromisso.
Suzumoto se levantou.
— Então, deixo-as com você. Olhe-as com calma. Se não for de seu agrado, pode encaminhar para alguém.
— Agradem-me ou não, não têm nada a ver comigo. Você me disse que são muito valiosas. Isso significa que seria uma pena afastá-las do mundo do nô para apenas ficarem guardadas conosco. É o mesmo que tirar-lhes a vida.
— Não são tão importantes assim.
— E o preço? É muito caro? — perguntou Shingo, sem perda de tempo.
— Sim. Pedi para a viúva escrever nesse papel de cordão para não me esquecer. O valor é aproximado, mas ela pode baixar mais.

Shingo pôs os óculos para abrir o papelote retorcido. Porém, no instante em que começou a visualizar com nitidez os objetos à sua frente, por pouco não soltou um grito, deslumbrado com a beleza das linhas do cabelo e dos lábios de Jido.

Depois que Suzumoto deixou o recinto, Eiko se aproximou da mesa.

— É bonita, não acha? — perguntou ele.
Ela assentiu com a cabeça, sem dizer nada.
— Coloque-a por um instante?
— Mas... não ficaria bem em mim. Estou com roupas ocidentais — disse Eiko, mas tomou a máscara da mão de Shingo, colocou no rosto e amarrou os cordões atrás da cabeça.
— Tente se mover lentamente.
— Sim.
Mantendo-se em pé, moveu a cabeça de vários modos.

— Está ótimo! — Elogiou-as sem querer. Só com aqueles movimentos singelos, a máscara adquiriu vida.

Eiko usava um vestido bordô, e os cabelos ondulados apareciam dos lados da máscara. Shingo se sentiu tocado pela graciosa criatura que ela se tornara.

— Já posso tirar?

— Ah, sim.

Logo depois, Shingo mandou Eiko comprar livros sobre máscaras de nô.

III

As máscaras de Kasshiki e Jido levavam os nomes dos autores. Consultando o livro, Shingo descobriu que não chegavam a ser as aclamadas máscaras clássicas da era Muromachi[39], mas eram obras de grandes mestres que só perdiam para os de primeira linha. Para Shingo, que segurava as máscaras de nô nas mãos pela primeira vez na vida, elas pareciam autênticas.

— Ai, me dá arrepios. Deixe-me ver. — Yasuko colocou os óculos para vista cansada e as examinou.

Kikuko abafou o riso.

— Esses são os óculos do pai. A senhora está conseguindo enxergar?

---

39. Era Muromachi (1336-1573): período de xogunato em que a sede do governo militar se encontrava no bairro Muromachi, em Kyoto. O teatro nô floresceu nessa época, protegido pelos sucessivos xoguns.

— Enxerga sim. Os óculos para idosos não são especiais. — Foi Shingo quem respondeu. — Pega-se emprestado de qualquer um e quase sempre funciona.

Yasuko colocara o par de óculos que Shingo tirara do bolso.

— Em geral, o marido começa a usar primeiro, mas aqui em casa é diferente, a velha tem um ano a mais.

Estava muito bem-humorado. Sem tirar o sobretudo, enfiou os pés no *kotatsu*.

— O que me deprime na vista cansada é não poder enxergar direito a comida. Os pratos servidos. Às vezes, não consigo identificar em que consiste cada coisa ao comer preparos miúdos e complicados. Quando comecei a ter vista cansada, eu levantava a tigela de arroz, e os grãos ficavam fora de foco, não conseguia vê-los um por um. Realmente foi um desgosto. — Enquanto falava, Shingo não desviava o olhar das máscaras.

No entanto, notou que Kikuko pusera o quimono dele diante dos joelhos e o aguardava para que ele trocasse de roupa. Então, ele se deu conta de que, mais uma vez, Shuichi não voltara para casa.

Nem quando ficou em pé para se trocar Shingo tirou os olhos das máscaras sobre o *kotatsu*.

Naquele momento, no entanto, parecia que ele estava evitando olhar o rosto de Kikuko.

Ela não tinha se aproximado das máscaras para olhá-las e, com um jeito casual, arrumava as roupas de Shingo. Imaginando que seria porque Shuichi não voltara, Shingo sentiu o coração anuviar-se.

— Continuo achando horripilante. Parece uma cabeça humana — disse Yasuko.

Shingo voltou ao *kotatsu*.

— Qual delas você acha mais bonita?

— Esta aqui — declarou Yasuko sem hesitar, pegando a máscara de Kasshiki. — Parece viva.

— Humm. Você acha?

A rápida resposta da esposa deixou Shingo um tanto sem graça.

— São da mesma época, mas de diferentes autores. Foi no tempo de Toyotomi Hideyoshi[40] — disse, e aproximou o rosto da máscara de Jido.

O rosto de Kasshiki era de homem, bem como suas sobrancelhas. Mas Jido, de certa forma, era andrógino; o espaço entre as sobrancelhas e os olhos era amplo, as sobrancelhas encurvadas em lua crescente lhe davam impressão de ser uma máscara de rosto feminino.

Olhando de cima, ele foi aproximando os olhos; a tez lisa de uma menina foi se abrandando suavemente nos olhos cansados de Shingo e adquirindo o calor da pele humana: a máscara ganhou vida e sorriu.

— A... ah! — Shingo prendeu a respiração. Tão perto do seu rosto, apenas a três ou quatro *sun*[41], uma mulher com vida lhe sorria. Um límpido e belo sorriso.

Os olhos e a boca tinham vida de verdade. Os buracos de olhos vazios foram preenchidos com pupilas negras. Os lábios vermelho-escuros pareciam graciosamente úmidos.

---

40. Toyotomi Hideyoshi (1536-1598): de origem camponesa, tornou-se o homem mais poderoso de sua época. Protegeu as artes e viveu no luxo e na extravagância. Não ganhou o título de xogum devido a sua origem humilde.
41. Unidade métrica, equivalente a 3,03 cm.

Shingo reteve a respiração e, quando seu nariz quase tocava a máscara, aquelas pupilas negras flutuaram, e o lábio inferior intumesceu. Por pouco Shingo não beijou a boca da máscara. Expirou fundo e desviou o rosto.

Assim que se afastou, tudo pareceu irreal. Por algum tempo ficou respirando com dificuldade.

Carrancudo, Shingo guardou a máscara de Jido no estojo. Era de brocado de ouro com fundo vermelho. Entregou o estojo de Kasshiki para Yasuko.

— Guarde-o.

Shingo acreditava ter visto até dentro do lábio inferior de Jido, cuja cor clássica de batom ia se apagando da borda para dentro. A boca estava só um pouquinho aberta, sem mostrar os dentes inferiores. Os lábios lembravam o botão de uma flor sobre a neve.

Aproximar tanto o rosto da máscara, a ponto de quase tocá-la, seria uma maneira despropositada de apreciar uma máscara de nô. Sem dúvida, seus autores não teriam imaginado essa possibilidade. Uma máscara adquire maior expressão de vida quando vista de uma distância conveniente sobre o palco de nô. Todavia, Shingo acreditou que isso era um segredo do criador da máscara, que, por ser um apaixonado por sua arte, fizera com que ela adquirisse também uma expressão de vida quando vista de perto.

O próprio Shingo sentira uma palpitação que só poderia ser definida como um amor celestial, embora pecaminoso. Queria rir de si mesmo e de sua vista cansada, pois a máscara de Jido lhe parecia mais sensual do que uma mulher de verdade.

Entretanto, ultimamente andavam acontecendo fatos estranhos: teve um sonho em que abraçava uma jovem, achou

Eiko encantadora usando uma máscara, e por pouco não beijou a boca de Jido. Tudo isso fez Shingo pensar se havia uma chama queimando em seu interior.

Desde que ficara com vista cansada, Shingo nunca mais beijou a boca de uma mulher jovem. Esse declínio da visão, por outro lado, proporcionava um sabor suave e atenuado.

— Essas máscaras eram da velha coleção de Mizuta, aquele que teve morte súbita num hotel termal... Você se lembra? É aquele que nos deu *gyokuro* em retribuição ao *koden* — explicou Shingo para Yasuko.

— Me dão arrepios — Yasuko tornou a repetir.

Shingo verteu uísque no *bancha* e bebeu.

Na cozinha, Kikuko cortava um cebolão. Ela preparava um cozido de pargo com tofu e verduras, que seria servido na panela de cerâmica.

IV

Na manhã do dia 29, quase no fim do ano, Shingo lavava o rosto quando viu Teru aparecer, trazendo os filhotes para o espaço ensolarado do jardim.

Mesmo depois que os filhotes começaram a sair engatinhando debaixo do quarto de empregada, era difícil verificar se eram quatro ou cinco. Às vezes, Kikuko pegava com rapidez um que aparecia e, apertando-o no colo, trazia para dentro da casa. No colo, o cachorrinho ficava quieto, mas sempre que via uma pessoa fugia para baixo do soalho, e nunca apareciam todos juntos no jardim. Kikuko afirmava uma hora que eram quatro, em seguida, que eram cinco. Naquela manhã, no espaço ensolarado, confirmou-se que eram cinco cachorrinhos.

Estavam no sopé da montanha, no mesmo local onde Shingo vira os pardais e os *hoojiro* misturados. Durante a Segunda Guerra, fora aberto ali um abrigo antiaéreo e, com a terra retirada, fizeram um montículo e plantaram verduras. Atualmente, parecia servir para os animais tomarem banho de sol pela manhã.

Aqueles pés de eulália dos quais os passarinhos bicavam grãos de espigas já estavam secos, mas conservavam sua forma vigorosa, e as folhas e os caules tombados na base do sopé alcançavam o montículo. Shingo ficou admirado com a inteligência de Teru, pois as encostas dessa elevação eram cobertas de tenros capins.

Antes de a família acordar, ou enquanto estivesse ocupada preparando o desjejum, Teru levava os filhotes para esse lugar aprazível e os amamentava. Aquecendo-se ao sol com tranquilidade, ficava saboreando esses momentos, livre de ser incomodada. No começo, Shingo pensava assim e sorria ante à cena daquele dia agradável, que lembrava um dia primaveril. Era 29 de dezembro, mas no espaço ensolarado da casa, em Kamakura, era como se fosse primavera.

Porém, enquanto ele observava, os cinco filhotes se empurravam, disputando as mamas, e exerciam toda sua força animal para pressioná-las com as patas dianteiras, como se as bombeassem, e espremiam-nas para extrair o leite. Por sua vez, agora que os filhotes cresceram e podiam escalar o montículo, Teru parecia não gostar mais de amamentá-los e sacudia o corpo ou deitava de ventre para o chão. Suas mamas tinham arranhões vermelhos causados pelas unhas dos cachorrinhos.

Por fim, Teru se levantou, livrando-se dos filhotes agarrados nas mamas, e desceu correndo do montículo. Um filhote preto, que teimava em se pendurar na mama, caiu rolando pela encosta.

Era uma altura de três *shaku*, e Shingo tomou um susto. O filhote se levantou sem problemas e ficou parado, parecendo não entender o que acontecera, mas logo começou a andar e farejou a terra.

"Espere um pouco", pensou Shingo. Ele viu aquele cachorrinho pela primeira vez, naquela manhã, mas seu aspecto era idêntico a algo que vira em algum lugar. Ficou pensando por algum tempo.

— Ah! Era o quadro de Sotatsu[42] — murmurou para si.
— Que fantástico.

Shingo vira em fotografia a pintura do cachorrinho de Sotatsu, em tinta de carvão, e achara algo estilizado, como se imitasse um brinquedo. Agora se dava conta de que era um retrato vivo e ficou surpreso. Acrescentando nobreza e elegância à figura desse cachorrinho à sua frente, o resultado seria aquela pintura.

Shingo lembrou que, quando vira a máscara de Kasshiki, que era realista, notara semelhança com alguém.

O autor daquela máscara e o pintor Sotatsu eram contemporâneos.

---

42. Tawaraya Sotatsu, pintor que atuou no início da era Edo. As datas de seu nascimento e morte são desconhecidas. Esteve ativo de 1595 a 1644.

Sotatsu pintara o filhote de um cão comum, hoje classificado como vira-lata.

— Ei! Venham ver! Os cachorrinhos estão todos aqui fora.

Os cinco filhotes desceram do montículo amedrontados e com as patas encolhidas.

Shingo ficou observando com ansiedade, mas nem aquele pretinho nem os outros filhotes repetiram a pose da pintura de Sotatsu.

Shingo se perguntava se tinha sido o cachorrinho que se transformara naquele da pintura de Sotatsu, e a máscara de Jido que se transformara em uma mulher real; ou o inverso. Seria tudo uma revelação do momento?

Ele deixara a máscara de Kasshiki pendurada na parede, mas a de Jido guardou no fundo do armário como se fosse um segredo.

Chamadas por Shingo, Yasuko e Kikuko vieram até o lavatório para ver os cachorrinhos.

— Como?! Vocês não notaram enquanto lavavam o rosto?

A essa observação de Shingo, Kikuko respondeu, pousando a mão de leve no ombro de Yasuko e espiando os filhotes por cima dela:

— As mulheres têm pressa de manhã, não é, mãe?

— É sim. Onde está Teru? — disse Yasuko. — Onde teria ido, deixando os filhotes zanzando perdidos ou abandonados?

— Será desagradável quando tivermos de abandonar esses bichinhos — disse Shingo.

— Dois já têm para onde ir — informou Kikuko.

— É mesmo? Tem gente querendo adotá-los?

— Sim. Um é o dono de Teru. Ele quer uma fêmea.

— Ah, é?! Agora que Teru acabou vira-lata, quer substituí-la por um filhote.

— Parece que sim — concordou Kikuko.

Depois, dirigiu-se para Yasuko:

— Mãe, Teru deve ter ido atrás de comida em alguma casa. — Esclareceu assim a dúvida de antes e explicou para Shingo: — As vizinhas estão admiradas com a inteligência dela. Teru sabe a hora das refeições de todas as casas da vizinhança e circula de uma em uma no horário certo.

— Ah, ela faz isso?

Shingo se sentiu um pouco decepcionado. Nos últimos tempos, dava-lhe comida pela manhã e à tardinha, e acreditava que ela decidira instalar-se ali; no entanto, a vira-lata andava buscando comida pela vizinhança.

— A rigor, não é na hora da refeição, mas depois na hora da arrumação — acrescentou Kikuko.

— Sempre que encontro alguém da vizinhança, a pessoa me pergunta: "Desta vez Teru teve filhotes na sua casa, não é?", e querem saber com detalhes o estado da cadela. Até as crianças da vizinhança vieram pedir para ver os filhotes. Foi quando o senhor não estava em casa.

— Pelo jeito, está fazendo muito sucesso.

— Por falar nisso, uma senhora me disse algo interessante — interveio Yasuko. — "Agora que Teru teve filhotes na sua casa, vai chegar um bebê também. Foi uma cobrança de Teru para a senhora." Não é uma observação congratulante?

Kikuko ruborizou e retirou a mão do ombro de Yasuko.

— Oh, mãe!

— Eu só contei o que a vizinha disse.

— Que absurdo, misturar cachorro com gente — disse Shingo, mas achou que seu comentário também não era apropriado.

Então Kikuko, que estava com o rosto abaixado, levantou-o e disse:

— O velhinho dos Amamiyas está muito preocupado com Teru. Veio até aqui para pedir que nós a adotássemos. Falava de um jeito tão bondoso que eu não soube o que responder.

— Nesse caso, não há por que não a adotarmos — comentou Shingo. — Ela já está morando aqui.

A casa dos Amamiyas era vizinha à do dono de Teru, mas o empreendimento faliu e a família vendeu a casa e se mudou para Tóquio. O casal idoso que vivia ali como agregado e prestava pequenos serviços ficou em Kamakura, pois a casa de Tóquio era menor. Foram morar numa peça alugada. Os vizinhos chamavam o idoso de "velhinho dos Amamiyas".

Teru era apegada a ele. Mesmo depois que o casal se mudou para a peça alugada, o velho vinha vê-la.

— Contarei isso logo para o velhinho. Ficará muito feliz — disse Kikuko e se afastou.

O olhar de Shingo não acompanhou sua silhueta. Observava o cachorrinho preto, e notou um pé de cardo de tamanho considerável derrubado perto da janela. Não havia mais flores, e o caule estava quebrado junto da raiz, mas continuava vigoroso em seu verdor.

— O cardo é mesmo forte — observou Shingo.

A cerejeira do inverno

I

Começou a chover no meio da noite da passagem do ano, e o ano-novo foi de chuva.

A partir do dia primeiro, o modo ocidental de contar a idade foi adotado. Shingo passou a ter 61 anos; e Yasuko, 62.

Costumavam dormir até tarde no dia do ano-novo, mas Shingo despertou por causa do barulho de Satoko, a filha de Fusako, que corria na varanda para cima e para baixo desde cedo.

Kikuko já estava de pé.

— Venha, Satoko. Vamos assar os *mochi* [43] para o *zoni*? [44] Quero que você me ajude.

Ela tentava atrair Satoko à cozinha para não deixar que ela corresse na varanda perto do aposento de Shingo. A menina, porém, não deu ouvidos e continuou correndo ruidosamente.

---

43. Bolo de arroz tipo *mochi*, mais consistente e grudento do que o arroz japonês comum.
44. Sopa especialmente preparada para o ano-novo. Seu preparo varia de acordo com a região ou a família, mas o *mochi* é sempre ingrediente indispensável.

— Satoko! Satoko! — Fusako chamou de seu leito. A menina nem respondeu.

Yasuko também estava acordada e disse a Shingo:

— O ano-novo será com chuva.

— Sim.

— Satoko se levantou e está bem agitada. Fusako continua na cama, será que ela não viu que Kikuko, que é nora da casa, sentiu-se obrigada a levantar?

Shingo achou graça, pois a língua de Yasuko se enrolou ao pronunciar "sentiu-se obrigada".

— Faz muitos anos que não sou acordada cedo por uma criança no ano-novo — disse Yasuko.

— Vai ser assim todos os dias de agora em diante.

— Nem tanto. Acho que na casa dos Aiharas não tinha varanda, por isso ela fica entusiasmada aqui. Depois que se acostumar um pouco, vai parar de correr, eu creio.

— Você acha? Crianças dessa idade gostam de correr nas varandas. Aquele barulho parece ser as solas dos pés grudando nas tábuas.

— É que as solas dos pés dela são macias — disse Yasuko, e ficou ouvindo os ruídos dos pés de Satoko. Depois, comentou: — Até parece que fomos enganados por uma raposa[45], porque Satoko, que ia fazer cinco anos agora, volta a ter só três.[46] Está certo que no nosso caso ter 64 ou 62 não faz muita diferença.

---

45. Crença popular. Acreditava-se que raposas possuíam poderes sobrenaturais e pregavam peças nos humanos.
46. Refere-se à contagem de idade. Tradicionalmente, atribuía-se um ano à criança ao nascer, e mais um ano no dia 1º de janeiro, independentemente da data de seu aniversário. O modo de contagem ocidental foi oficializado na época em que foi escrito este romance, em 1950.

— Acontece que não é bem assim. Surgiu uma situação esquisita. Como meu aniversário vem antes do seu, a partir deste ano nós dois ficaremos com a mesma idade durante um período. Entre o meu aniversário e o seu, teremos a mesma idade.

— Ah, tem razão.

Ela também se deu conta.

— E então? Grande descoberta, não é? Uma realização memorável para a vida toda.

— É verdade. Mas não vai adiantar nada ficarmos com a mesma idade nesta altura da vida — Yasuko murmurou como que para si.

— Satoko! Satoko! Satoko! — Fusako voltou a chamar a filha.

Cansada de correr, Satoko voltou ao leito da mãe.

— Está com os pés gelados. — Ouvia-se a voz de Fusako.

Shingo cerrou os olhos.

Passado algum tempo, Yasuko comentou:

— Aquela menina também não é fácil. Seria bom que ela corresse como agora na frente de todos nós quando estivéssemos de pé. Mas, na nossa frente, ela se fecha como uma concha e fica só agarrada à mãe.

Os dois estavam sondando, um do outro, a afeição que sentiam por aquela neta.

Ao menos Shingo tinha essa sensação, de que seu amor estava sendo sondado por Yasuko.

Ou, talvez, ele mesmo estivesse investigando seu sentimento íntimo.

O ruído de passos de Satoko correndo na varanda incomodava o ouvido de Shingo, que não dormira o suficiente, mas não chegava a irritar.

Porém, tampouco sentia ternura pelos passos da neta. Decerto, faltava-lhe afeto.

Ele não percebeu que, antes de o *amado* ser aberto, a varanda onde ela corria estava escura. Yasuko, no entanto, teria logo reparado. Esses detalhes eram motivo para ela ter pena da criança.

II

O casamento infeliz de Fusako deixara uma mancha escura no caráter da filha Satoko. Não que Shingo não se penalizasse com a situação; mais frequente era, no entanto, que lhe causasse dores de cabeça, pois não encontrava uma solução para o fracasso do casamento da filha.

Chegava a se surpreender ao admitir que não havia mesmo nenhuma solução.

A influência dos pais sobre a vida da filha, depois de seu casamento, era insignificante; contudo, como o casal chegou a ponto de não haver nenhuma outra medida a não ser a separação definitiva, o reconhecimento da impotência da própria filha deixava Shingo abismado.

Trazer Fusako e as duas filhas para casa e ela se divorciar de Aihara não resolvia toda a questão. A dor de Fusako não seria mitigada. Além disso, como poderia se sustentar?

Será que não haveria solução para o fracasso do casamento de uma mulher?

No último outono, ela deixou o marido e foi para a casa de Shinshu, em vez de voltar à casa paterna. Shingo e a família só souberam do ocorrido quando chegou um telegrama de um parente do interior.

Fusako foi trazida por Shuichi.

Ela permaneceu na casa paterna por cerca de um mês e depois foi embora dizendo que pretendia ter uma conversa definitiva com o marido.

Tentaram persuadi-la que seria melhor Shingo ou Shuichi procurar Aihara para tratar do assunto, mas Fusako não deu ouvidos. Estava decidida a ir pessoalmente.

Yasuko sugeriu que ela deixasse as crianças, ao que Fusako respondeu de modo histérico:

— O problema mais grave é o que fazer com as crianças! Não sei como vai ser, se elas ficam comigo ou com ele!

Assim, ela foi embora e não retornou mais.

De qualquer forma, eram assuntos do casal. Shingo e seus familiares não faziam a menor ideia de quanto tempo deveriam esperar por ela sem tomar nenhuma iniciativa. Passaram, então, dias desassossegados.

Não vinha nenhuma notícia de Fusako.

Ela teria decidido mais uma vez continuar com Aihara?

— Será que ela vai deixar tudo daquele jeito indeciso? — perguntou Yasuko. E Shingo respondeu:

— Quem está deixando tudo na indecisão não seríamos nós?

Os dois ficaram com a expressão sombria.

Então, de repente, no último dia do ano, Fusako voltou.

— O que aconteceu, filha?

Yasuko olhou assustada para ela e as crianças.

Com as mãos trêmulas, Fusako tentou fechar o guarda-chuva preto, que parecia ter duas ou três varetas da armação quebradas.

— Está chovendo? — perguntou Yasuko.

Kikuko foi até a entrada e levantou Satoko nos braços.

Yasuko estava colocando, com a ajuda de Kikuko, os cozidos e outras iguarias especiais para o ano-novo num jogo de recipientes laqueados.

Fusako entrara pela porta da cozinha.

Shingo pensou que ela viera pedir algum dinheiro para os gastos, mas tudo indicava que não era isso.

Yasuko enxugou as mãos e entrou também na sala de estar; ficou em pé, olhando para Fusako, e disse:

— Como pode! Aihara deixou que você viesse para cá na véspera do ano-novo!

Sem dizer nada, Fusako derramava lágrimas.

— É melhor assim. O desfecho ficou bem claro — disse Shingo.

— Você acha? Fico pensando como alguém pode ser expulsa da própria casa na véspera do ano-novo.

— Fui eu que saí de casa, por vontade própria — contestou Fusako com a voz chorosa.

— Ah, foi? Então está bem. Significa que você queria passar o ano-novo conosco e veio nos visitar. Eu interpretei mal. Peço desculpas. Bem, mas esses assuntos nós vamos conversar com mais calma depois da passagem do ano.

Dito isso, Yasuko foi para a cozinha.

Shingo ficou um tanto atordoado com o modo de falar de Yasuko, mas notou certo tom de ternura maternal.

Está certo que ela sentiu pena da filha ao vê-la entrar pela porta da cozinha na noite da véspera do ano-novo, e também de Satoko, que corria na varanda escura na manhã do ano-novo. Entretanto, isso suscitava em Shingo uma dúvida: se ela não revelava certo receio com relação a ele.

Na manhã do ano-novo, Fusako foi última a se levantar.

Escutando o gargarejo de Fusako, todos a aguardaram sentados à mesa, e ela ainda demorou um tempo com a maquiagem.

Sem ter nada a fazer, Shuichi serviu o saquê na taça de Shingo.

— Antes do *toso*[47], tome um. — E observou: — A cabeça do pai está ficando bastante branca.

— Pois é. Na minha idade, às vezes, os fios brancos podem crescer num só dia. Nem precisa esperar um dia, podem branquear diante dos olhos.

— Não acredito!

— É sério. Fique olhando — disse Shingo, pendendo a cabeça para a frente.

Ao mesmo tempo que Shuichi, Yasuko olhou a cabeça de Shingo; Kikuko também fitou a cabeça dele com uma expressão séria.

Ela tinha no colo a filha menor de Fusako.

---

47. Saquê servido na manhã de ano-novo, antes da refeição; faz parte da série de ritual familiar.

III

Kikuko armou mais um *kotatsu* para Fusako e as filhas e sentou com elas.

Yasuko se acomodou no *kotatsu* entre Shingo e Shuichi, que bebiam saquê sentados frente a frente.

Shuichi não costumava beber muito em casa, mas devido ao ano-novo com chuva, teria se esquecido dessa reserva e bebeu mais do que pretendia. Quase ignorando a presença do pai, servia-se por conta própria, repetidas vezes, e até seu olhar tornou-se agressivo.

Ao notar o olhar ébrio de Shuichi, Shingo se lembrou do incidente em que Shuichi ficara embriagado na casa de Kinuko e obrigara a mulher que vive na mesma casa a cantar, pondo Kinuko aos prantos.

— Kikuko, Kikuko! — chamou Yasuko. — Traga algumas tangerinas para nós.

Kikuko abriu o *fusuma* e entrou com as tangerinas.

— Bem. Sente-se e fique aqui, pois os dois ficam bebendo sem trocar uma palavra — queixou-se Yasuko.

Kikuko olhou rapidamente para Shuichi e perguntou, desconversando:

— O pai não está bebendo, não é?

— Não. Eu estava refletindo um pouco sobre a vida de papai — murmurou Shuichi, como se cuspisse certo veneno.

— Sobre a minha vida? Que aspecto de minha vida? — indagou Shingo.

— De modo muito vago, mas, se forçasse uma conclusão,

seria algo como: se obteve sucesso ou foi um fracasso — disse Shuichi.

— Quem pode saber uma coisa dessas... — revidou Shingo. E continuou: — Por falar nisso, dos pratos do ano-novo o sabor de *gomame* e *datemaki* voltou a ser o que era antes da guerra. Nesse sentido, poderia se dizer que tive sucesso?

— Em *gomame* e *datemaki*?

— Sim. Não seria mais ou menos isso, se você refletiu um pouco sobre a vida de seu pai?

— Mesmo que seja um pouco...

— Hum. A vida de gente comum seria assim: conseguir viver de um modo razoável, chegar ao ano-novo e reencontrar *gomame* e ovas de arenque. Muitas pessoas morrem antes, você sabe.

— Isso é verdade.

— Mas o sucesso ou o fracasso de vida dos pais parece depender do sucesso ou do fracasso do casamento dos filhos. Isso me complica.

— Essa sua opinião tem base na vivência?

Yasuko levantou os olhos.

— Parem com isso, estamos no dia do ano-novo. Fusako pode ouvir — disse em voz baixa e se dirigiu para Kikuko: — E Fusako?

— Está descansando.

— E Satoko?

— Satoko e o bebê também.

— Ora, ora. Mãe e filhas, juntas, dormitando? — espantou-se. Era a expressão inocente que uma pessoa de idade ganha com o tempo.

O portão se abriu e Kikuko foi atender. Era Eiko Tanizaki, que veio apresentar os cumprimentos de ano-novo.

— Ora, ora. Apesar desta chuva!

Shingo estava surpreso com a visita. Sem perceber, disse "ora, ora", a mesma expressão que Yasuko acabara de usar.

— Ela disse que não vai entrar — transmitiu Kikuko.

— Ah, sim?

Shingo se levantou e foi ao vestíbulo.

Eiko estava em pé, abraçando o casacão. Usava um vestido de veludo preto. Sua maquiagem era pesada, apesar de ter raspado a penugem do rosto. Com a cintura apertada, sua silhueta parecia mais miúda que de costume.

Ela apresentou os cumprimentos tensa e cerimoniosa.

— Que gentil você aparecer numa chuva tão intensa. Hoje não esperava ninguém, e também não pretendia sair. Você deve estar gelada, entre para se aquecer.

— Sim. Muito obrigada, senhor.

Ela viera a pé da estação, enfrentando o frio e um vento que lançava a chuva lateralmente. Shingo não conseguia discernir se era por causa desse sacrifício que ela estaria fazendo os gestos de apelo ou se teria mesmo algo importante a lhe dizer.

De qualquer maneira, entendia que não teria sido fácil chegar debaixo de uma chuva como aquela.

Eiko parecia relutante em entrar na casa.

— Nesse caso, tomarei coragem para sair. Acompanho você, por isso entre um pouco e espere por mim. Tenho de ir pelo menos até a casa do senhor Itakura. Sempre apareço lá no dia do ano-novo. Ele foi o presidente anterior.

Shingo se vestiu rapidamente para sair, já que o assunto que o deixava preocupado desde a manhã se solucionara com a visita de Eiko.

Shuichi se deitara, estirando-se no chão de tatames depois que Shingo foi atender no vestíbulo, mas voltou a se levantar quando o pai retornou para se trocar.

— Tanizaki está aqui — disse Shingo.

— Sei.

Shuichi respondeu como se tratasse de assunto alheio e não mostrou disposição de se levantar para ir vê-la.

Quando Shingo ia deixar o recinto, Shuichi ergueu o rosto e, acompanhando o pai com o olhar, disse:

— É melhor voltar antes que escureça.

— Certo. Assim pretendo.

Teru o aguardava no portão.

Surgindo de algum lugar, um filhotinho preto dela, imitando a mãe, correu à frente de Shingo em direção ao portão e cambaleou, desequilibrando-se. Molhou um lado do corpo.

— Oh, coitadinho.

Eiko ia se agachar para tocar o cachorrinho.

— Nasceram cinco filhotes em casa, mas quatro já foram levados por novos donos. Só sobrou este — explicou Shingo.

— Mas já tem para onde ir.

O trem da linha Yokosuka estava vazio.

Olhando pela janela a chuva que caía quase na horizontal, Shingo sentia certa satisfação por ter saído.

— Os trens costumam lotar todos os anos por causa dos devotos que vão rezar no santuário Hachiman.

Eiko assentiu com a cabeça.

— Por falar nisso, você vem a nossa casa sempre no dia do ano-novo, não é?

— É sim.

Por algum tempo Eiko permaneceu cabisbaixa.

— Mesmo depois de deixar a empresa, gostaria de continuar a visitá-los no dia do ano-novo.

— Depois de se casar, não vai poder mais — disse Shingo. E acrescentou. — O que houve? Tem alguma coisa para dizer? Não foi por isso que me procurou?

— Sim.

— Não precisa fazer cerimônia. Eu já estou com a cabeça obtusa e um pouco esquecido.

— O senhor está se fingindo de inocente — disse Eiko de um jeito esquisito. — Mas penso em deixar de trabalhar na sua empresa.

De certo modo, Shingo já previa isso, porém ficou indeciso em responder.

— Não foi para fazer um pedido como esse, logo no dia do ano-novo, que vim a sua casa — disse Eiko, agora bastante segura de si. — Farei isso num outro dia.

— Está bem.

Shingo ficou com o coração anuviado.

Pareceu-lhe que Eiko, que trabalhava em seu gabinete havia cerca de três anos, de repente se transformara em uma outra mulher. Percebia com clareza que ela estava diferente.

Não que sempre a tivesse observado com atenção. Para Shingo ela não era nada mais que uma funcionária.

A reação de Shingo, no primeiro instante, foi tentar convencê-la a desistir da ideia. No entanto, Eiko não estava presa a ele em nenhum aspecto.

— Você disse que vai deixar nossa empresa, e estou certo de que fui responsável pela sua decisão. Eu a incomodei, obrigando-a a me levar à casa da amante de Shuichi. Imagino que tenha se tornado difícil encará-lo lá na empresa.

— Foi realmente horrível — disse Eiko sem rodeios. — Mais tarde, porém, achei que o senhor tinha toda razão por ser o pai. Compreendi também que eu tinha errado. Pedia para o senhor Shuichi me levar para dançar, ficava toda vaidosa, até fui à casa da senhora Kinuko para me divertir. Tornei-me uma depravada.

— Depravada? Não chega a tanto.

— Estava ficando má — disse, estreitando os olhos tristemente. — Como forma de agradecimento, assim que sair da empresa, pedirei à senhora Kinuko para romper com o senhor Shuichi.

Shingo estava admirado. Sentia-se lisonjeado.

— Há pouco avistei a senhora no vestíbulo de sua casa.

— Kikuko?

— Sim. Eu me senti culpada. Tomei a decisão de falar com a senhora Kinuko, custe o que custar.

Shingo percebia certa leveza na atitude de Eiko, e ele próprio sentia o coração mais leve. Era possível que, com a simples mediação dela, o caso viesse a se solucionar de modo inesperado. Tal ideia passou pela cabeça de Shingo.

— Não há razão para eu lhe pedir que faça esse favor para mim.

— Eu decidi por minha própria vontade, só para lhe retribuir as gentilezas.

Ao ouvir as palavras exageradas pronunciadas pelos pequenos lábios de Eiko, Shingo sentiu cócegas.

Teve vontade de dizer para ela parar de se intrometer em assunto alheio de maneira imprudente.

Entretanto, parecia que Eiko estava emocionada com a própria "decisão".

— O senhor Shuichi tem uma amante maravilhosa como ela, não entendo o que ele pensa. Não gostava de vê-lo brincar com a senhora Kinuko, mas se fosse com a esposa, por mais que ficassem trocando carinhos, eu não sentiria ciúmes — disse Eiko. — Mas os homens não se satisfazem com uma mulher que não provoca ciúme na outra?

Shingo forçou um sorriso amarelo. Eiko continuou:

— Quando falava da esposa, muitas vezes ele dizia: "ela é uma criança", "é criança demais".

— Para você? — a voz de Shingo tornou-se áspera.

— Sim. Para mim e para a senhora Kinuko também... Disse que é ela tão criança que conquistou o velho.

— Que absurdo!

Shingo fitou Eiko.

Ela se atrapalhou um pouco e disse:

— Mas não ultimamente. Não tem mais falado da esposa.

Shingo tentava conter o tremor causado pela ira.

Adivinhou que Shuichi falava do corpo de Kikuko.

Estaria Shuichi buscando uma prostituta na esposa recém-casada? Era uma ignorância espantosa, mas Shingo achou que aí existia uma terrível paralisia da alma.

A falta de discrição de Shuichi de falar da esposa para Kinuko, e até para Eiko, seria causada por essa paralisia da alma?

Shingo sentiu a crueldade de Shuichi. Não apenas ele, mas também Kinuko e Eiko foram cruéis com Kikuko.

Shuichi não teria compreendido a pureza virginal de Kikuko?

O rosto infantil, alvo e delicado de Kikuko, que era filha caçula da família, pairava em sua imaginação.

Apesar de reconhecer que seria um pouco anormal odiar o filho por causa da nora, não conseguia se dominar.

Shingo, que casara com Yasuko, um ano mais velha, depois que a irmã dela morrera, por causa do amor que nutria por essa irmã, estava consciente dessa anormalidade que fluía em si por toda sua vida. Era por causa disso que se enfurecia com o que acontecia a Kikuko?

Kikuko não soubera nem como expor o ciúme que sentia por Shuichi, que arranjara uma amante incrivelmente cedo. Entretanto, poderia se dizer o contrário, que sua feminilidade despertara devido a essa insensibilidade e crueldade de Shuichi.

Shingo compreendeu que Eiko era uma moça de desenvolvimento tão tardio quanto o de Kikuko, ou até mais.

No fim das contas, teria de aplacar sua ira com a própria tristeza; ao pensar assim, Shingo calou-se.

Eiko, mantendo-se também calada, tirou as luvas e ajeitou o cabelo.

IV

Apesar de ser meados de janeiro, as cerejeiras estavam na plenitude do florescimento no jardim da hospedaria de Atami. Explicaram que era uma variedade chamada *kanzakura*[48], que começa a florescer no final do ano. Para Shingo, foi como se ele se deparasse com a primavera num outro mundo.

Ao ver as flores de *ume* rosa, pensou que fosse pessegueiro de flor escarlate. As brancas flores de *ume* pareciam com as de ameixeira.

Antes mesmo de ser conduzido ao quarto, foi até a margem do pequeno lago, atraído pelas cerejeiras refletidas na água. Parou sobre a ponte e contemplou as flores.

Foi até a margem oposta, a fim de apreciar as *ume* rosas de ramos pendentes, que tinham a forma de guarda-chuva.

Debaixo do pé de *ume* rosa, três ou quatro patos brancos fugiram. Shingo sentiu a primavera no bico amarelo dos patos, bem como no amarelo um pouco mais forte das patas.

Como havia uma recepção de clientes na hospedaria, Shingo vistoriara o local. Depois de combinar tudo com os encarregados, não havia mais nada a fazer.

Sentou-se na cadeira de vime da varanda e ficou contemplando o jardim florido.

Havia também azaleias brancas floridas.

Entretanto, pesadas nuvens anunciando chuva vinham descendo dos lados de Jikkokutoge, e Shingo entrou no quarto.

Sobre a mesa havia dois relógios, um de bolso e outro de pulso. Este estava dois minutos adiantado. Era raro os dois marcarem exatamente a mesma hora. Isso, às vezes, o incomodava.

---

48. Literalmente, "cerejeira do inverno".

— Se isso o incomoda, por que não leva um só?

A opinião de Yasuko estava mais do que certa, mas era um hábito de longos anos.

Antes do jantar, caiu uma tempestade.

Faltou luz, e Shingo deitou cedo.

Quando despertou, um cachorro latia no jardim. Ouviu os sons da chuva e do vento, que eram semelhantes ao das ondas revoltas do mar.

Sua testa estava úmida de suor. O ar do aposento estava pesado e parado, meio morno, como na beira da praia num dia de tempestade primaveril. Sentiu o peito oprimido.

Respirando fundo, Shingo sentiu, de repente, ansiedade de vomitar sangue. No ano em que completara sessenta anos, expeliu um pouco de sangue, mas nada mais houve desde então.

— Não é o peito, é enjoo no estômago — murmurou para si.

Algo desagradável que trancava em seus ouvidos passou pelas têmporas de ambos os lados e concentrou-se na testa. Shingo massageou a nuca e a testa.

O barulho que se parecia com o rumor do mar revolto era o da tempestade da montanha. Acima desse ruído, aproximava-se o som de fricção das pontas da chuva e do vento.

Na base desses ruídos da tempestade, ouviu distante um profundo som, semelhante a um rugido.

Era o trem que passa pelo túnel Tanna. Shingo sabia disso. Ao sair do túnel, o trem apitou.

No entanto, após ter ouvido o apito do trem, Shingo sentiu medo e acordou.

Aquele som era muito prolongado. Caso tivesse levado sete ou oito minutos para passar o túnel de 7.800 metros, Shingo ouviria, desde que o trem tivesse entrado no outro lado do túnel. Porém, seria possível ouvir o ruído do interior do túnel no instante em que o trem ingressava pela entrada de Kannami, estando ali na hospedaria, a sete *cho*[49] da saída pelo lado de Atami?

A cabeça de Shingo percebia, ao mesmo tempo que o som, o trem que passava pelo túnel escuro. Desde a entrada pelo outro lado até a saída, sentia o trem. No momento em que o trem saiu do túnel, ficou aliviado.

No entanto, era estranho. Pensou em indagar o pessoal da hospedaria logo pela manhã e telefonar para a estação para pedir esclarecimento.

Por algum tempo, não conseguiu conciliar o sono.

— Shingooo, Shingooo! — meio dormindo meio acordado, ouviu uma voz chamando-o.

A única pessoa que o chamava desse modo era a irmã de Yasuko.

O despertar de Shingo foi doce e entorpecido.

— Shingooo, Shingooo! Shingooo!

A voz que o chamava logo embaixo da janela dos fundos tinha se aproximado dali secretamente.

De súbito, Shingo despertou. O ruído do regato de trás do prédio da hospedaria era alto. Ouviam-se vozes de crianças.

Levantou-se e abriu o *amado* dos fundos.

O sol matinal brilhava. O sol da manhã de inverno tinha uma luz quente, como se tivesse sido molhado pela chuva de primavera.

---

49. Unidade métrica, equivalente, aproximadamente, a 109 metros.

Na estrada do outro lado do regato, sete ou oito crianças seguiam a caminho da escola.

Aquela voz de há pouco teria sido das crianças que chamavam algum garoto?

Mas Shingo avançava o corpo para fora e perscrutava os espaços entre os bambus, do lado de cá da margem do regato.

Água na manhã

I

Na manhã do ano-novo, quando Shuichi observou que o cabelo do pai branqueara bastante, e Shingo respondeu que na sua idade o cabelo podia ficar branco em um só dia, ou bem diante dos olhos de quem o observasse, estava lembrando o caso de Kitamoto.

Os colegas de escola de Shingo agora passavam dos sessenta anos, e muitos deles tiveram sua sorte arruinada entre meados da Segunda Guerra e os primeiros anos após a derrota. Depois de atingirem a segunda metade da casa dos cinquenta, o declínio foi cruel e a recuperação, difícil. Estavam também na idade de perder os filhos na guerra.

Kitamoto perdera três filhos. Quando a empresa em que trabalhava mudou o direcionamento para atender as necessidades da guerra, ele se tornou um técnico inútil.

— Ele arrancava os fios brancos na frente do espelho e acabou enlouquecendo.

Um antigo colega veio visitar Shingo e contou.

— Kitamoto passava os dias na folga, já que não ia mais à firma. Nos primeiros dias os familiares pensavam que ele arrancava os fios brancos para se distrair. Aconselharam-no a não se preocupar tanto... Mas Kitamoto continuava agachado na frente do espelho. A região da cabeça que ontem tinha ficado livre dos fios brancos hoje estava cheia deles. Na realidade, acho que eram tantos os fios brancos que não conseguia tirar todos. A cada dia, Kitamoto passava mais tempo em frente ao espelho. Se sentissem sua falta, era certo que ele estaria na frente do espelho arrancando os cabelos. Quando se afastava um pouco do espelho, ficava inquieto e logo voltava. O tempo todo arrancando cabelo.

— Desse jeito, deve ter ficado sem um fio na cabeça — disse Shingo, desatando a rir.

— Não é brincadeira. Ficou mesmo. Acabou sem um fio de cabelo na cabeça.

Shingo riu ainda mais.

— E acredite, amigo. Não estou mentindo — fitando o rosto de Shingo, continuou. — Contaram-me que, enquanto Kitamoto arrancava uns cabelos, outros iam ficando brancos. Extraía um fio branco, e dois ou três fios pretos ao redor branqueavam logo em seguida. Em frente ao espelho, Kitamoto não tirava os olhos da cabeça; quanto mais arrancava fios brancos, mais fios brancos apareciam. Dizem que tinha uma expressão de desespero no rosto. Os cabelos iam ficando raros.

Contendo o riso, Shingo perguntou:

— E a esposa não dizia nada, deixava Kitamoto continuar?

O amigo prosseguiu com toda a seriedade:

— O cabelo foi ficando cada vez mais raro. Os restantes eram todos brancos.

— Deve ter sido dolorido — observou Shingo.

— Na hora de arrancar? Se tirasse um por um com cautela, cuidando para não arrancar fios pretos, então não lhe doía. Mas, chegando àquele estado, o couro cabeludo ficava repuxado e dolorido se fosse tocado com a mão, segundo o médico. Não sangrava, mas o couro da cabeça sem cabelos estava vermelho e inchado. Ele acabou internado num hospital psiquiátrico. O pouco que sobrou do cabelo ele arrancou no hospital. Não acha horripilante? Uma obsessão terrível. Não queria envelhecer, e sim rejuvenescer. Teria arrancado os cabelos por ter enlouquecido, ou ficara louco por ter arrancado demais? É difícil saber.

— Mas ele sarou, não foi?

— Sarou. Aconteceu um milagre. Voltaram a nascer cabelos pretos em abundância naquela cabeça careca.

— Essa é boa — Shingo voltou a rir.

— É uma história verdadeira. — O amigo não riu. — Dizem que loucos não têm idade. Nós também, caso viéssemos a enlouquecer, poderíamos rejuvenescer, e muito.

O amigo examinou a cabeça de Shingo, que disse:

— Eu não tenho a menor chance, mas o seu caso é bem promissor.

O amigo estava com a calvície adiantada.

— Que acha de eu também começar a arrancar meus fios? — murmurou Shingo.

— Experimente. Mas você não teria energia suficiente para arrancar todos, sem deixar um só fio.

— Não tenho. Nem estou preocupado com os fios brancos. Tampouco desejo loucamente que voltem a ser pretos.

— Isso porque você está numa situação tranquila. Você veio nadando sem dificuldades no meio das desgraças e sofrimentos de milhões de pessoas.

— Fala como se tudo tivesse sido simples. Seria o mesmo que dizer para Kitamoto que era mais fácil tingir o cabelo do que tentar arrancar os fios brancos além do que era capaz — disse Shingo.

— Tingir é trapacear. Enquanto pensarmos em trapaça, não acontecerá para nós o milagre como o de Kitamoto.

— Mas ouvi dizer que Kitamoto morreu. Mesmo que tenha acontecido milagre, como você conta, seu cabelo renascendo preto e rejuvenescendo...

— Você foi ao funeral dele?

— Na época, eu não soube. Me contaram depois da guerra, quando a situação se acalmou um pouco. Mesmo que tivesse sabido a tempo eu não teria me deslocado até Tóquio, pois os bombardeios eram muito intensos.

— Um milagre que contraria a natureza não dura para sempre, não é? Kitamoto arrancou os cabelos brancos, contestando o curso do avanço da idade, o desmoronamento do destino, mas parece que a duração da vida é diferente. Mesmo que o cabelo volte a ficar preto, não se consegue prolongar a vida. Pode ter sido o contrário. Quem sabe se, depois de arrancar os cabelos brancos, ele gastou muita energia para fazer renascer os pretos e com isso encurtou a vida? Mas não podemos ignorar como se fosse um assunto alheio essa aventura em que Kitamoto se empenhou de forma extraordinária.

O amigo concluiu e balançou a cabeça, na qual os fios laterais do cabelo atravessavam o cocuruto calvo e o cobriam, como se fossem uma persiana de bambu.

— Todos os que eu reencontro ultimamente estão de cabeça branca. Eu mesmo não tinha tantos fios brancos durante a guerra, mas depois do fim dela eles aumentaram muito — disse Shingo.

Todavia, ele sabia por outras fontes que Kitamoto realmente morrera.

Depois que o amigo foi embora, Shingo ficou refletindo sobre a história que acabara de ouvir, e sua mente o levou a um estranho raciocínio. Se era verdade a morte de Kitamoto, começou então a lhe parecer que poderia ser verdade o que acontecera com ele antes: o fato de os fios brancos do cabelo terem sido substituídos pelos pretos. Se era verdade o crescimento de fios pretos, então poderia ser verdade que, antes disso, ele enlouquecera. Se era verdade que esteve louco, então poderia ser verdade que, antes disso, ele arrancara todos os fios do cabelo. Se era verdade que arrancara todos os fios, então poderia ser verdade que seus cabelos tenham ficado brancos enquanto Kitamoto os observava no espelho. Sendo assim, tudo o que o amigo contara era verdade. Shingo ficou estarrecido com a própria conclusão.

— Esqueci de perguntar. Como Kitamoto estava quando morreu? O cabelo estava preto ou branco? — disse Shingo e riu. Nem as palavras nem o riso tinham som real. Somente ele os ouviu.

Mesmo que seja verdade e sem exagero tudo o que o amigo contara a respeito de Kitamoto, era inegável que teria havido certo tom de zombaria. Um velho fez mexerico sobre outro velho que morrera de uma maneira leviana e cruel. Shingo sentia um ressabio desagradável.

Entre seus colegas escolares, Mizuta e esse Kitamoto tiveram uma morte um tanto bizarra. Mizuta fora a um hotel termal acompanhado de uma jovem e ali tivera uma morte súbita. No fim do ano anterior, Shingo teve de comprar as máscaras de nô deixadas por Mizuta. Poderia se dizer que, em memória de Kitamoto, Shingo admitira Eiko Tanizaki na empresa.

A morte de Mizuta ocorreu depois do fim da guerra, e Shingo foi ao funeral. Quanto à de Kitamoto, aconteceu na época de intenso bombardeio, e só mais tarde recebeu a notícia. Soube que a família se refugiara na província de Gifu durante a guerra e permaneceu lá mesmo depois que ela terminou, quando Eiko Tanizaki apareceu na empresa de Shingo, portando uma carta de recomendação redigida pela filha de Kitamoto.

Eiko fora colega dela no curso colegial. Esse pedido de emprego por parte da filha de Kitamoto era inesperado para Shingo. Nunca a vira antes. A própria Eiko disse que não se encontrava com ela desde o tempo da guerra. Shingo teve a impressão de que as duas moças estavam sendo levianas. Supondo que a mãe tivesse sido consultada pela filha e ela se lembrasse de Shingo, seria então a viúva quem deveria escrever a carta.

Não sentiu obrigação de atender o pedido da carta de recomendação.

Entrevistando a portadora, viu que era uma moça de corpo delgado e mente frívola.

Apesar disso, Shingo a admitiu na empresa e a colocou em seu gabinete. Ela ficou lá três anos.

"Esses três anos passaram rápido, mas até que Eiko ficou bastante tempo", foi o que Shingo pensou depois. Era admissível que, durante esse período, Eiko tenha ido dançar com Shuichi e até chegado a frequentar a casa da amante dele. Até aconteceu de Shingo ir ver a casa dessa mulher, obrigando Eiko a levá-lo lá.

Esses acontecimentos dos últimos tempos devem ter pesado para ela, que acabou por perder o gosto pela empresa.

Shingo nunca conversou com Eiko a respeito de Kitamoto. Talvez ela não soubesse que o pai da amiga enlouquecera e morrera. Talvez não tivesse intimidade para visitar a família da outra.

Shingo a considerava uma moça de utilidade prática; no entanto, depois que se demitira, ele reconheceu que, apesar de tudo, ela possuía certos traços de consciência e benevolência. Achou que isso devia ser pela pureza de ser uma moça ainda não casada.

II

— Pai, que cedo!

Kikuko jogou fora a água da bacia em que ia lavar o rosto, encheu-a mais uma vez e ofereceu para Shingo.

Gotas de sangue pingaram na água, espalharam-se e desapareceram.

No mesmo instante, Shingo se lembrou daquela leve hemoptise que tivera, mas logo notou que o sangue era mais límpido do que o dele e pensou que Kikuko tivesse sofrido hemoptise, mas era sangramento nasal.

Kikuko apertava o nariz com a toalha.

— Vire a cabeça para cima. — Shingo passou o braço nas costas de Kikuko. Como se evitasse o contato, ela cambaleou para a frente. Pegando seu ombro, Shingo a puxou para trás e pousou a mão na sua testa, fazendo-a virar a cabeça para trás.

— Oh, pai. Estou bem, desculpe.

Enquanto ela falava, um fio de sangue escorreu da palma ao cotovelo.

— Fique imóvel. Abaixe-se e deite-se.

Amparada por Shingo, Kikuko se encolheu ali e encostou na parede.

— Deite-se — repetiu Shingo.

Kikuko fechou os olhos e ficou imóvel. O rosto branco, sem vitalidade, como se estivesse desmaiada, tinha a expressão ingênua de uma criança que renunciara a alguma diversão. Shingo notou a cicatriz quase apagada atrás de sua franja.

— Está melhor? Se parou de sangrar, vá para o quarto de dormir e fique descansando.

— Sim. Já estou bem. — Kikuko passou a toalha no nariz. — A bacia está suja. Já vou lavar.

— Não se preocupe.

Shingo se apressou em despejar a água da bacia. A camada de água no fundo parecia levemente tingida de sangue.

Deixando a bacia de lado, Shingo apanhou água da torneira com as mãos em concha e lavou o rosto.

Pensou em acordar a esposa para auxiliar nos trabalhos de Kikuko.

Mas pensou também que talvez Kikuko não gostasse de expor à sogra seu estado de abatimento.

Quando viu o sangue borbulhar das narinas, Shingo achou que era a angústia de Kikuko que saía, borbulhante.

Ela passou por Shingo, que penteava o cabelo em frente ao espelho.

— Kikuko.

— Sim. — Ela voltou o rosto, mas seguiu para a cozinha. Retornou com uma pequena pá cheia de brasas acesas. Shingo viu as faíscas que saíam quando as brasas estalavam. Kikuko trazia brasas acesas no fogão a gás para colocar no *kotatsu* da sala de estar.

— Ah! — Shingo emitiu um grito abafado, surpreso de si mesmo. Tinha esquecido completamente que sua filha estava de volta. A sala de estar continuava na penumbra porque no quarto contíguo dormiam Fusako e as duas crianças. O *amado* permanecia fechado.

Para auxiliar nos serviços de Kikuko não era preciso acordar a velha esposa, bastava acordar Fusako. Era estranho não ter se lembrado da presença da filha quando pensou em acordar a esposa.

Assim que Shingo se acomodou no *kotatsu*, Kikuko trouxe chá quente recém-preparado.

— Não está sentindo tontura?

— Só um pouquinho.

— Ainda está cedo. Vá e descanse agora pela manhã.

— Sinto-me melhor trabalhando um pouco, bem devagar. Saí para pegar o jornal e apanhei um vento frio, então senti-me bem melhor. Dizem que o sangramento nasal de mulher não é preocupante — respondeu Kikuko em tom casual. — E o senhor, por que levantou cedo numa manhã tão fria?

— Por que será? Eu estava acordado antes dos toques de sino do templo. Tocam aquele sino às seis da manhã, tanto no inverno como no verão.

Embora houvesse se levantado cedo, Shingo foi à empresa depois de Shuichi. Era o costume durante o inverno.

Na hora do almoço, Shingo convidou Shuichi para irem ao restaurante de comidas ocidentais que ficava ali perto.

— Você sabe que Kikuko tem uma cicatriz na testa, não é? — perguntou-lhe Shingo.

— Sei, sim.

— Foi a marca do gancho que o médico colocou para puxá-la, num parto difícil. Não foi propriamente uma lembrança do sofrimento de quando ela veio ao mundo, mas vejo que aquilo fica muito visível quando ela está indisposta.

— O senhor está falando desta manhã?

— Estou.

— Porque ela teve um sangramento nasal, não foi? Aquilo aparece mais quando ela fica pálida.

Quando Kikuko teria contado a Shuichi o caso do sangramento? Shingo sentiu-se um tanto desapontado, mas continuou:

— Na noite passada, ela também não dormiu nem um pouco.

Shuichi franziu o cenho. Ficou algum tempo calado e depois disse:

— Pai, o senhor não precisa tratar com reserva a pessoa que veio de fora.

— Como pode dizer assim, "a pessoa que veio de fora"? Ela é sua esposa!

— Por isso mesmo. Estou dizendo que não precisa tratar com reserva a esposa de seu filho.

— O que quer dizer com isso?

Shuichi não respondeu.

III

Quando Shingo entrou na sala de visitas da empresa, Eiko estava sentada numa cadeira. E havia outra mulher em pé.

Eiko se levantou.

— Havia muito tempo que não nos víamos. Os dias estão mais amenos — disse ela de modo formal.

— Há quanto tempo. Já faz dois meses — disse Shingo.

Eiko usava uma maquiagem carregada e parecia ter engordado um pouco. Shingo recordou que, naquela única vez em que foram dançar, notara que seus seios preencheriam exatamente a palma das mãos dele.

— Esta é a senhora Ikeda. O senhor falou dela outro dia...

Enquanto os apresentava, seus olhos ganharam graça como se ela estivesse prestes a chorar. Ela tinha esse costume quando tratava de algo sério.

— Ah, sim. Sou Ogata.

Ele não podia apresentar para essa mulher uma saudação costumeira, como: "Agradeço os bons cuidados dispensados a meu filho."

— A senhora Ikeda disse que não queria vir, que não tinha nenhum motivo para encontrar o senhor. Mas eu insisti para que ela viesse.

— Ah, é?

E ele perguntou a Eiko:

— Pode ser aqui mesmo? Poderíamos sair para algum lugar.

Eiko olhou para Ikeda, como se indagasse.

— Para mim, está bem aqui — disse Ikeda, num tom inexpressivo.

Em seu íntimo, Shingo estava perplexo.

Lembrava de que Eiko dissera que lhe apresentaria a mulher com quem a amante de Shuichi morava. Contudo, Shingo se esquecera disso logo depois.

Era inesperado para ele que, passados dois meses desde que saíra da empresa, Eiko cumprisse de fato o que dissera.

A amante de Shuichi teria, por fim, chegado a um acordo para romperem? Shingo esperou que Ikeda ou Eiko começasse a falar.

— Eu vim visitá-lo, pois Eiko não me deixa em paz, apesar de eu achar que nada mudaria, mesmo que me encontrasse com o senhor.

Ao contrário do que Shingo esperava, o tom de Ikeda era de revolta.

— Eu vim assim mesmo, pois há muito venho dizendo para Kinuko que ela deve terminar com senhor Shuichi. Por isso, não tenho nenhum problema em me encontrar com o pai dele e colaborar para que o caso chegue ao fim.

— Ah, é...

— Eiko se sente grata pelo senhor, que é pai, e tem compaixão pela esposa do senhor Shuichi.

— Porque ela é uma ótima senhora — interveio Eiko.

— Mesmo que Eiko diga isso a Kinuko, hoje em dia é raro uma mulher que abra mão só porque alguém tem uma boa esposa. Ela chega a dizer "devolvo o marido da outra mulher, mas me devolvam meu marido que morreu na guerra. Se meu marido fosse devolvido vivo, ele poderia fazer tudo o que quisesse, flertar com outras mulheres e ter amantes à vontade. O que acha, Ikeda?" Quando ela me pergunta assim, confesso que nós, que perdemos o marido na guerra, pensamos da mesma forma. Kinuko diz: "Nossos maridos foram à guerra, e nós suportamos sem reclamar. E o que faremos agora que nossos maridos morreram? Qual o problema se Shuichi vem me ver? Não há perigo de que ele morra, eu o deixo voltar para casa sem nenhum ferimento."

Shingo deu um sorriso amarelo.

— Por melhor pessoa que seja a esposa dele, ela nunca perdeu o marido na guerra.

— Isso é uma opinião brutal — disse Shingo.

— É sim. Ela disse essas coisas quando estava chorando, embriagada... Os dois, ela e o senhor Shuichi, se embebedaram, e ela disse: "Volte para casa e diga a sua esposa: 'Você nunca passou pela experiência de ter um marido que foi à guerra. Só fica esperando o marido, que sempre volta', diga isso a ela." "Está bem. Vou jogar isso na cara dela." Eu sou uma delas, mas o senhor não acha que o amor de viúvas de guerra tem algo de maligno?

— Bem. Como assim?

— Os homens também, inclusive o senhor Shuichi, ficam impossíveis quando bebem. Ele trata Kinuko de maneira brutal e a obriga a cantar. Como ela não gosta de cantar, às vezes, não havendo outro jeito, eu canto em voz baixa. Tinha de fazer assim para sossegar o senhor Shuichi, senão a vizinhança poderia ouvir... Enquanto eu cantava, ficava me sentindo ofendida e revoltada, mas percebi, um dia, que não deve ser pelo mau hábito da bebida, e sim pela sequela causada pelas experiências da frente de batalha. Não teria ele brincado com as mulheres desse modo em algum lugar na frente de batalha? Quando penso assim, o comportamento descontrolado do senhor Shuichi começa a se parecer com o de meu marido, que morreu na guerra, ele ficava brincando com as mulheres na frente de batalha. O coração me aperta, a cabeça fica perdida nas nuvens e... Como poderia dizer? Comecei a me confundir, como se eu fosse essa mulher entretendo meu marido; cantei umas canções obscenas e acabei chorando. Mais tarde, contei para Kinuko, e ela disse que tem certeza de que seu marido não faria uma coisa dessas, mas, pensando bem, pode ser que tenha acontecido. Depois disso, sempre que o senhor Shuichi me obrigava a cantar, Kinuko também chorava...

O semblante de Shingo fechou ao pensar quão doentia era a história que ouvia.

— Vocês devem parar com isso o quanto antes, até para seu próprio bem.

— Tem razão. Depois que o senhor Shuichi foi embora, ela dizia, às vezes, com um profundo sentimento: "Olhe, Ikeda, se continuarmos desse jeito, acabaremos degeneradas." Se ela pensa assim, deveria romper com o senhor Shuichi, mas Kinuko tem medo de que, se terminar com ele, acabe realmente caindo em desgraça. A mulher, enfim...

— Isso não vai acontecer — interveio Eiko.
— Não. Ela trabalha com seriedade — disse Ikeda. — Eiko também tem observado.
— É sim.
— Este também foi ela quem costurou — Ikeda fez um gesto, indicando o conjunto que vestia.
— Ela ocupa um cargo logo abaixo da chefia do setor de corte. É muito prezada na loja, bastou ela pedir e Eiko foi admitida.
— Você trabalha nessa loja? — Shingo olhou surpreso para Eiko.
— Sim — assentiu Eiko, corando um pouco.

Com a ajuda da amante de Shuichi, conseguiu o emprego na mesma loja em que ela trabalha e agora traz Ikeda. Shingo não compreendia o que passava pela cabeça de Eiko.

— Por isso, acredito que Kinuko não deve ter causado muitos gastos financeiros ao senhor Shuichi — continuou Ikeda.

— Claro que não! Quanto aos gastos, é fora de questão...

Irritado, Shingo ia dizer mais, mas Ikeda interrompeu.

— Quando eu via Kinuko sendo maltratada pelo senhor Shuichi, muitas vezes eu dizia isso a ela — Ikeda estava cabisbaixa, as mãos descansadas no colo. — O senhor Shuichi também voltou ferido da guerra, não é? Um soldado ferido no coração. Por isso...

Em seguida, ela levantou o rosto e perguntou:

— Não seria possível eles morarem separados dos pais? Se o senhor Shuichi passar a viver só com a esposa, irá, naturalmente, deixar Kinuko. Eu tenho essa impressão, pensando em vários aspectos...

— Pode ser. Pensarei nessa possibilidade.
Shingo respondeu balançando a cabeça como se concordasse. Reconhecia que era uma sugestão sensata, embora sentisse repulsa pela intromissão.

IV

Shingo não pretendia pedir nenhum conselho a Ikeda, portanto não tinha nada a opinar. Apenas escutava o que ela dizia. Para Ikeda, significaria uma visita desperdiçada e inútil se Shingo não quebrasse o gelo e aceitasse conversar, mesmo que ele não se rebaixasse a ponto de pedir a ajuda dela. Entretanto, ela conseguiu expor muito mais do que se poderia esperar. Parecia que estava defendendo Kinuko, mas não necessariamente.
Shingo deveria agradecer a Eiko e também a Ikeda.
Não que tivesse desconfiado e suspeitado da visita das duas.
Contudo, talvez, o amor próprio de Shingo tenha sofrido demasiada humilhação. Depois do expediente, foi a um banquete de sua empresa, e quando estava entrando foi abordado por uma gueixa, que lhe sussurrou algo no ouvido.
— O que é? Não consigo ouvir, estou surdo! — disse irritado e segurou o ombro da gueixa. Soltou logo, mas ela deu um gritinho:
— Ai, isso dói! — E alisou o ombro com a mão.
Como ele ficou embaraçado, a gueixa encostou o ombro nele.

— Venha por aqui um instante — pediu, conduzindo Shingo para o corredor.

Ele chegou em casa por volta das onze horas, mas Shuichi ainda não tinha voltado.

— Ah, está de volta.

Era Fusako, no quarto contíguo à sala de estar. Levantou a cabeça, apoiando-se num cotovelo, enquanto dava o peito ao bebê.

— Sim, cheguei — disse Shingo, olhando em sua direção. — Satoko já dormiu?

— Sim. A maninha acaba de dormir. Ela me perguntava: "Mamãe, qual dos dois tem valor maior, dez mil ienes ou um milhão de ienes? Me diga, mamãe!", e nós dávamos uma boa risada. Eu disse a ela que esperasse até o vovô voltar para perguntar a ele, e ela acabou adormecendo.

— Hummm. Quer dizer dez mil ienes antes da guerra e um milhão de ienes depois da guerra, não é? — disse Shingo, sorrindo.

— Kikuko, me dê um copo d'água.

— Sim. Água? Vai beber água? — Como se achasse inesperado o pedido, Kikuko se levantou e foi buscá-la.

— É água do poço, ouviu? Não quero água da torneira com o pó branqueador.

— Sim.

— Satoko não tinha nascido antes da guerra. E eu não estava nem casada — disse Fusako do leito.

— Independentemente de antes ou depois da guerra, parece que seria melhor ela não ter casado — disse Shingo para Yasuko.

Ouvindo o som que vem do poço atrás da casa, a esposa de Shingo comentou:

— O rangido da bomba d'água sendo empurrada me deu frio. Durante o inverno, quando Kikuko puxa a água do poço de manhã cedo para preparar seu chá, ouço aquele ruído no leito e sinto frio.

— Hum. Na verdade, estou achando que Shuichi e Kikuko devem morar separados de nós — disse Shingo em voz baixa.

— Separados de nós?

— Seria melhor assim.

— Concordo. Se Fusako vai continuar conosco por muito tempo...

— Mãe. Eu vou sair desta casa. Já que alguém tem de morar separado.

Fusako se levantou e se aproximou.

— Eu passarei a morar só com as crianças. Assim fica melhor, não é?

— Este assunto não tem nada a ver com você — disse Shingo, como se cuspisse as palavras.

— Tem a ver, sim. Tem tudo a ver, e muito! Quando Aihara me acusou, dizendo: "Você tem um gênio ruim porque não foi amada por seu pai", eu fiquei com a garganta trancada, e a voz não saía. Nunca senti tanta raiva e humilhação.

— Tente se acalmar. Você já é uma mulher de trinta anos — disse Shingo.

— Como poderia me acalmar se não tenho onde viver sossegada?

Ela juntou as frentes do seu quimono para esconder os volumosos seios.

Shingo se levantou, visivelmente cansado.

— Vamos dormir, velha.

Kikuko entrou com o copo d'água. Na outra mão, segurava uma grande folha de árvore. Shingo bebeu a água em pé, em grandes goles.

— O que é isso? — perguntou a Kikuko.

— É folha nova de nêspera. Notei na vaga claridade da lua umas coisas brancas flutuando na frente do poço e me perguntei o que seriam. Eram os brotos de nêspera que tinham crescido.

— É um gostinho estudantil — observou Fusako com malícia.

A voz na noite

I

Shingo acordou com uma voz que se parecia com gemidos altos de um homem.

Por um momento, ele não conseguia discernir se era uma voz humana ou de um cão. No começo, achou que fosse um rosnado.

Pensou que fosse Teru sofrendo, agonizante. Teria alguém lhe dado veneno?

De repente, a palpitação do coração de Shingo acelerou.

— Ah, ah! — apertou o peito. Pensou que estivesse sofrendo um ataque cardíaco.

Dessa vez, despertou por completo. Os gemidos não eram de um cachorro, mas de uma pessoa. Estava sendo estrangulada e dizia algo enrolando a língua. Shingo estremeceu. Alguém estava sendo atacado.

— *Kikooo! Kikooo!* [50] — parecia dizer a voz.

Havia dor nela, eram gemidos de angústia. As palavras travavam na garganta e não saíam.

---

50. "Kikoo" significa em japonês, literalmente: "Vou (ou vamos) ouvir".

— *Kikooo! Kikooo!*
Estaria sendo morto e propunha ouvir o que seu perseguidor dizia ou exigia?
Ouviu-se um barulho de alguém tombando, batendo no portão da casa. Shingo encolheu os ombros e se preparou para se levantar.
— *Kikooo! Kikooo!*
Era a voz de Shuichi chamando Kikuko. Não conseguia articular direito e produzir o som "u". Estava completamente bêbado.
Shingo enterrou a cabeça no travesseiro, sem forças. A palpitação continuava. Passando a mão sobre o peito, procurou serenar a respiração.
— *Kikooo! Kikooo!*
Em vez de bater o portão com a mão, parecia que, cambaleante, jogava o corpo contra ele.
Shingo pretendia tomar fôlego antes de abrir a porta para o filho.
De repente, porém, deu-se conta de que não seria boa ideia ele se levantar e ir recebê-lo.
Shuichi chamava Kikuko com intensos e dolorosos amor e lamento. Era uma voz de partir o coração. Aquele gemido soava como um grito, uma voz de criança chamando pela mãe quando tem uma terrível dor ou sofrimento, ou quando se está assustado, sentindo que a vida corre perigo. Parecia também que a voz clamava da profundidade do pecado. Com o coração dolorosamente desnudo, Shuichi pedia um afago da esposa. Pensando que ela não ouviria, estaria chamando com uma voz que implorava seu carinho, aproveitando a embriaguez. Era como se ele se prostrasse e adorasse Kikuko, sua deusa.

— *Kikooo! Kikooo!*

A tristeza de Shuichi atingiu o coração de Shingo.

Mesmo que fosse uma única vez, teria Shingo chamado com um amor tão desesperado o nome da esposa? Com toda certeza, até então ele não fora capaz de conhecer o desespero que, em alguns momentos, tomara conta de Shuichi durante a guerra, quando estivera na frente de batalha em terras estranhas.

Rogando para que Kikuko acordasse, Shingo ficou com o ouvido atento. Sentia um pouco de vergonha que a nora ouvisse a voz miserável do filho. Caso ela custasse a acordar, chamaria Yasuko, mas seria melhor que Kikuko levantasse.

Shingo empurrou o *yutanpo* — o vasilhame metálico de água quente — com a ponta do pé para o canto de seu leito. Por causa do apetrecho, que continuava usando mesmo na primavera, estaria tendo as palpitações?

Kikuko era encarregada de cuidar do *yutanpo* de Shingo.

— Kikuko, prepare meu apetrecho — dizia Shingo, de vez em quando.

Preparado por ela, conservava a temperatura por mais tempo. O bocal ficava fechado com firmeza.

Por teimosia ou por gozar de boa saúde, até essa idade Yasuko não gostava de usá-lo. Tinha pés quentes. Quando ainda estava na casa dos cinquenta, Shingo se aquecia junto do corpo da esposa, mas, nos últimos anos, dormiam afastados.

Yasuko nunca esticava as pernas à procura do calor do *yutanpo* de Shingo.

— *Kikukoo! Kikukoo!* — voltaram os sons no portão.

Shingo acendeu a luz da cabeceira e olhou o relógio. Eram quase duas e meia.

O último trem da linha Yokosuka chega a Kamakura antes da uma. Shuichi deve ter entrado num bar em frente à estação e bebido mais.

Escutando agora a voz do filho, Shingo achou que a ligação com a mulher de Tóquio não continuaria por muito tempo.

Kikuko se levantou e saiu pela porta da cozinha.

Tranquilizado, Shingo apagou a luz.

"Perdoe-o." Como se dirigindo-se a ela, murmurou dentro da boca.

Parecia que Shuichi vinha pendurado em Kikuko.

— Ai, isso dói! Me solte, está doendo! — disse Kikuko. — Está agarrando meu cabelo com a mão esquerda.

— Ah, estou?

Na cozinha, os dois se atropelaram e caíram.

— Pare! Fique quieto... Ponha no meu joelho... A pessoa embriagada fica com o pé inchado, sabe?

— Pé inchado? É mentira!

Parecia que Kikuko colocava o pé de Shuichi no joelho e tentava tirar o sapato.

Ela já o perdoou. A preocupação de Shingo era desnecessária. Talvez Kikuko se sentisse feliz nesses momentos em que pudesse perdoar o marido.

Era possível que ela tenha ouvido, bem antes, a voz de Shuichi chamando-a.

Apesar de ele ter voltado bêbado da casa da amante, Kikuko, ainda assim, abraçou a perna do marido, colocando o pé dele em seu joelho para tirar-lhe os sapatos. Shingo sentiu a comovente ternura de Kikuko.

Ela fez o marido adormecer e, depois, foi fechar o portão e a porta da cozinha.

O ronco de Shuichi chegava até os ouvidos de Shingo.

Acolhido pela esposa em casa, Shuichi logo adormeceu. Nesse caso, como ficava a situação da sua amante, Kinuko, que até poucas horas antes era forçada a fazer companhia a um Shuichi embriagado?

Não contaram a Shingo que, quando bebia na casa de Kinuko, Shuichi ficava intratável e a maltratava a ponto de fazê-la chorar?

Além do mais, foi por causa do surgimento da amante na vida de Shuichi que Kikuko vinha se tornando uma mulher com os quadris mais arredondados, embora, às vezes, se apresentasse um tanto pálida.

II

O ronco alto de Shuichi cessou pouco depois, no entanto ele não conseguiu mais pegar no sono.

Pensou que o hábito de roncar de Yasuko talvez tivesse sido transmitido ao filho.

Todavia, não era esse o motivo dessa noite, mas sim bebedeira.

Nos últimos tempos, Shingo não ouvia o ronco da esposa.

Quando fazia frio, Yasuko dormia ainda melhor.

Shingo não gostava dos dias seguintes às noites maldormidas, pois seu esquecimento se acentuava mais, e ele era presa fácil do sentimentalismo.

Mesmo nessa noite, era possível que tivesse ouvido com sentimentalismo a voz de Shuichi chamando por Kikuko. Era possível que Shuichi estivesse apenas com dificuldade de articular as palavras. Não estaria só usando seu estado de embriaguez para camuflar o embaraço?

Captar o amor e o lamento na voz incapaz de articular as palavras podia ter sido nada mais do que um sentimento de Shingo que encontrava o que desejava em Shuichi.

De qualquer modo, Shingo o perdoara por ele ter chamado a esposa aos gritos. E acreditou que Kikuko também o tivesse perdoado. Shingo se deu conta de seu egoísmo paterno.

Ele acreditava ser carinhoso com sua nora, mas, no fundo, é possível que estivesse sendo tolerante com seu filho de sangue.

O comportamento de Shuichi foi deplorável. Voltou bêbado da casa da mulher de Tóquio e quase caiu junto ao portão da própria casa.

Shingo teria feito uma cara de desagrado caso tivesse ido abrir a porta, e a embriaguez de Shuichi teria passado na hora. Foi bom ter sido Kikuko. Shuichi conseguira entrar em casa, apoiando-se no ombro da esposa.

Kikuko, que era vítima de Shuichi, também o absolvera.

Ela tinha apenas pouco mais de vinte anos. Quantos episódios em que ela teria de perdoar o marido tornariam a se repetir antes de os dois chegarem à idade de Shingo e Yasuko? Kikuko o perdoaria infinitamente?

Por outro lado, um casal se assemelha a um sinistro pântano que tudo suga, sem nunca se saciar das más ações entre si. Tanto o amor de Kinuko por Shuichi quanto o de Shingo por Kikuko, com o tempo, seriam sugados pelo pântano do casal Shuichi e Kikuko e desapareceriam sem o menor indício?

Shingo achou muito convenientes as leis reformadas depois da guerra, que passaram a contemplar o casal, marido e esposa, em vez de pais e filhos, como a menor célula da sociedade.

— Ou seja, é o pântano do casal — murmurou Shingo.
— Shuichi tem de morar a sós com Kikuko.

O hábito de Shingo de murmurar por descuido o que surgia na mente devia-se também a sua idade.

"O pântano do casal", que ele murmurara, significava algo que acontece com um casal que suporta as más ações entre si e vai tornando o pântano cada vez mais profundo.

A autoconsciência da esposa desponta ao encarar de frente as más ações do marido.

Shingo esfregou as sobrancelhas, sentindo um comichão.

A primavera está perto.

Despertando no meio da noite, já não se sentia aborrecido como acontecia no inverno.

Shingo despertara devido ao sonho que tivera antes de ser acordado pela voz de Shuichi. Naquela hora, ele se lembrava bem do que tinha sonhado, mas, quando foi acordado por Shuichi, já tinha esquecido quase tudo.

Talvez a memória do sonho tenha se apagado devido à palpitação do coração.

O que podia lembrar era de uma menina de catorze ou quinze anos que tinha feito um aborto, e as seguintes palavras: "E, assim, a fulana de tal se tornara uma eterna santa donzela."

Shingo lia um romance. Com essas palavras, a narrativa terminava.

Enquanto lia a história escrita, ele via o desenrolar dos acontecimentos como se assistisse a cenas de uma peça ou de um filme. Shingo era um espectador, não participava dos acontecimentos.

Uma criança de catorze ou quinze anos abortar e se tornar uma santa donzela seria, no mínimo, estranho; havia, no entanto, uma longa história por trás. No sonho, Shingo lia um romance que era uma obra-prima sobre o amor inocente entre adolescentes. Ao despertar, após essa leitura, restou-lhe um sabor sentimental.

A história era mais ou menos assim: a menina não sabia da própria gravidez, tampouco do fato de ter feito aborto. Apenas continuava suspirando de saudade do garoto, que fora obrigado a se afastar dela. Mas, se fosse assim, a história não seria natural nem inocente.

Um sonho esquecido não pode ser criado depois. Da mesma forma, a sensação de ler esse romance num sonho.

No sonho, a menina tinha nome, e ele viu seu rosto. Mas só restara em sua memória, de forma vaga, o tamanho de seu corpo, ou melhor, seu pequeno tamanho. Parece que ela vestia um quimono.

Shingo ponderou a possibilidade de ter sonhado sobrepondo a essa menina o semblante da bela irmã de Yasuko, mas não parecia ter fundamento.

A causa do sonho era nada mais do que uma reportagem do jornal vespertino do dia anterior.

Era uma grande manchete: "Uma adolescente deu à luz a gêmeos. 'Um despertar de primavera' transviado em Aomori."

Dizia o artigo: "De acordo com a pesquisa do Departamento de Higiene e Saúde Pública da Província de Aomori, entre as que se submeteram ao aborto legalizado pela Lei da Proteção Eugênica, cinco tinham a idade de quinze anos, três de catorze e uma de treze. Houve quatrocentos casos de jovens com idade equivalente às colegiais, ou seja, de dezesseis a dezoito anos, sendo que vinte por cento dessas eram estudantes. Dentre os casos de gravidez das estudantes ginasiais, um aconteceu na cidade de Hirosaki, outro em Aomori; quatro no município de Minami-Tsugaru e um em Kita-Tsugaru. Além do mais, tornou-se evidente que, devido à falta de informação sexual, apesar de terem sido atendidas por médicos especialistas, chegou-se à trágica cifra de 0,2 por cento de óbito e 2,5 por cento com graves sequelas das gestantes. Por outro lado, há casos em que a vida (das pequenas mães) se perdeu por tentarem esconder o fato, submetendo-se a médicos não credenciados. Uma realidade que, de fato, deixa nossos corações estarrecidos."

O artigo reportava uns quatro exemplos de parto, entre os quais estava o de uma menina de catorze anos, estudante de segunda série ginasial da prefeitura de Kita-Tsugaru que, em fevereiro do ano anterior, entrou de repente em trabalho de parto, dando à luz gêmeos. A mãe e os filhos passam bem, e a jovem mãe frequenta, atualmente, a terceira série do ginásio. Os pais não sabiam da gravidez da filha.

Havia ainda o caso da segundanista de dezessete anos de um curso colegial da cidade de Aomori. Ela tinha comprometido seu futuro com um colega da mesma classe e engravidou no último verão. Os pais de ambos decidiram pelo aborto por considerá-los jovens demais e ainda estudantes.

Entretanto, o garoto declarou que não se tratava de brincadeira e que pretendiam se casar em breve.

Shingo ficou chocado com a reportagem do jornal. Em seguida, dormiu e sonhou com o aborto da menina.

Contudo, seu sonho não condenara o menino e a menina como protagonistas de um ato feio ou mau, mas transformara o fato em um romance de amor inocente e a tornou uma santa donzela eterna. Era algo inimaginável antes de dormir.

O choque que recebera se tornou belo em seu sonho. Por que teria acontecido tal transformação?

Talvez, no sonho, Shingo tenha salvado a menina e, ao mesmo tempo, a si mesmo.

De qualquer modo, surgiu bondade no sonho.

Shingo reavaliou a própria existência, perguntando se a bondade oculta em sua alma teria sido despertada no sonho.

Por outro lado, sentiu um sabor sentimental ao pensar que talvez os resquícios da juventude que o embalava, ainda que ele envelhecesse a cada dia, tenham suscitado esse sonho de amor inocente entre um menino e uma menina.

Talvez tenha sido pelo sabor sentimental deixado pelo sonho que, antes de mais nada, ele teria ouvido com bondade os gemidos de Shuichi e captado seu amor e seu lamento.

III

Na manhã seguinte, ainda no leito, Shingo ouviu Kikuko tentando acordar Shuichi.

Nos últimos tempos, Shingo despertava cedo demais, e Yasuko, que era dorminhoca, chegava a comentar:

— Da imprudência e da mania de madrugador dos idosos ninguém gosta.

Ele mesmo achava que não ficava bem levantar antes da nora, por isso abria com cuidado a porta do vestíbulo para apanhar o jornal e retornava a seu leito para ler com calma.

Parece que Shuichi tinha ido ao lavatório.

Teria sentido enjoo ao colocar a escova de dentes na boca, e começou a vomitar.

Kikuko correu para a cozinha.

Shingo se levantou. Encontrou Kikuko, que retornava da cozinha.

— Oh! Pai!

Quase colidindo com ele, Kikuko parou e ruborizou no mesmo instante. Algo derramou do copo que segurava na mão direita. Ela tinha ido à cozinha buscar saquê gelado para aliviar o efeito da ressaca de Shuichi.

Ela estava sem maquiagem, e o rosto ligeiramente pálido se avermelhou um pouco. Shingo achou-a graciosa ao vê-la sorrir com certo embaraço, mostrando os bonitos dentes entre os lábios sem batom, com um tímido encabulamento nos olhos, que denunciavam sua sonolência.

Esses traços infantis ainda permaneciam em Kikuko? Shingo recordou o sonho da noite anterior.

Entretanto, pensando bem, uma menina da idade da que foi reportada no jornal casar e ter um filho não era tão surpreendente. Era normal nos tempos antigos, quando havia o costume de matrimônio precoce.

Na idade daqueles meninos do jornal, Shingo também estivera apaixonado, feito um homem adulto, pela irmã de Yasuko.

Percebendo que Shingo se sentara na sala de estar, Kikuko se apressou em abrir os *amado* da frente.

O sol matinal primaveril inundou o recinto.

Talvez surpreendida com a intensidade da luz, e também consciente do olhar de Shingo pelas costas, Kikuko levou as mãos à cabeça, puxou com força os cabelos desgrenhados para trás e os prendeu.

O pé gigante de ginkgo do santuário ainda não havia brotado, mas o olfato, sensibilizado pelos raios do sol matinal, parecia captar o aroma dos brotos das árvores.

Kikuko se arrumou rapidamente e trouxe o *gyokuro*.

— Aqui está, pai. Desculpe o atraso.

Shingo, que acabara de se levantar, tomava o *gyokuro* preparado com água bem quente. Era mais difícil prepará-lo nessa temperatura. Feito por Kikuko tinha um sabor superior.

"Se fosse preparado por uma filha ainda solteira seria mais gostoso?", Shingo divagava.

— Para o bêbado, saquê para aliviar a ressaca; para o velho caduco, *gyokuro*. Kikuko anda muito atarefada — disse Shingo, brincando.

— Ora, pai! Acordou então ontem à noite?

— Acordei, sim. No começo pensei que fosse Teru rosnando.

— Entendo.

Sentada, cabisbaixa, parecia não ter coragem de se levantar.

— Eu também fui acordada antes de Kikuko se levantar — interveio Fusako, do outro lado do *fusuma*.

— Uns gemidos horríveis, que me deram medo. Mas, como Teru não latia, achei que fosse Shuichi.

Ainda de quimono de dormir, Fusako apareceu na sala de estar dando de mamar à filha caçula, Kuniko.

Seu rosto não era gracioso, mas os seios eram brancos e espetaculares.

— Ei! Que aspecto é esse? Você está desleixada demais — disse Shingo.

— Eu me tornei desleixada pela influência de Aihara, que era assim. Não pude evitar! O senhor me mandou casar com um homem desleixado, por isso fiquei desleixada. É uma consequência, não é?

Trocando a filha do seio direito para o esquerdo, Fusako continuou:

— Se não lhe agrada que sua filha tenha se tornado desleixada, devia ter investigado antes se a família do genro era ou não desleixada — disse Fusako, de maneira insistente.

— Homem é diferente de mulher.

— É a mesma coisa! Olhe para Shuichi.

Fusako fez menção de ir ao lavatório.

Kikuko estendeu as mãos, e Fusako lhe entregou o bebê de modo brusco. Kuniko começou a chorar.

Indiferente, Fusako se afastou.

Nesse instante, chegou Yasuko, que acabara de lavar o rosto.

— Pronto! — disse e segurou o bebê. — E o que estaria pensando o pai desta criança? Já faz mais de dois meses que Fusako veio para cá, foi na véspera do ano-novo. Você disse que Fusako é desleixada, mas, quando se trata de coisas mais importantes, você é muito pior que ela. Naquela noite de fim de ano, você disse que era melhor assim, porque ficou bem claro que tudo tinha terminado. Mas nada fez até agora e permanece tudo como era. E não manda dizer nada para Aihara.

Olhando o rosto do bebê nos braços, Yasuko continuou:

— Aquela moça que trabalhou com você, Tanizaki, segundo Shuichi me contou, é meio viúva. Nesse caso, Fusako seria meio divorciada.

— O que quer dizer meio viúva?

— Não estava casada, mas quem ela amava morreu na guerra.

— Mas, na época da guerra, Tanizaki ainda era criança.

— Tinha dezesseis ou dezessete anos, na contagem antiga. Muito natural que ela tivesse alguém inesquecível.

A expressão "alguém inesquecível" dita por Yasuko surpreendeu Shingo.

Shuichi saiu para trabalhar sem tomar o desjejum. Talvez porque estivesse se sentindo indisposto, mas também estava atrasado.

Shingo ficou em casa até a hora de chegar o correio matinal. Entre as correspondências que Kikuko colocou diante dele, havia uma carta endereçada a ela.

— Kikuko — Shingo lhe entregou a carta.

Deve ter trazido sem olhar o endereçamento. Era raro chegar alguma correspondência para ela, que nem tinha costume de esperar por uma carta.

Kikuko a leu ali mesmo e disse:

— É de uma amiga minha. Diz que fez um aborto, mas não se recuperou direito e teve de se internar no Hospital Universitário de Hongo.

— Ah, é?

Shingo tirou os óculos de leitura e analisou o rosto de Kikuko.

— Não teria se submetido a alguma parteira clandestina? É perigoso — observou Shingo.

O artigo do jornal vespertino e essa carta do correio matinal. Shingo pensou na coincidência. Chegou a sonhar com o aborto.

Sentiu-se tentado a contar para Kikuko o sonho da noite anterior.

Mas não conseguiu abordar o assunto e ficou observando a nora; de repente, sentiu que as chamas da juventude se reavivavam em seu íntimo. No mesmo instante, ocorreu-lhe, sem motivo algum, uma associação de que Kikuko estaria grávida e pensava em abortar. Assustou-se com a própria ideia.

IV

O trem passava pelo vale de Kamakura Norte.

— Os *ume* estão em plena floração! — Kikuko olhava com grande interesse.

Na região de Kamakura Norte, havia muitos *ume* que cresciam perto das janelas do trem, e Shingo estava acostumado a vê-los.

Já passava a época da plena floração, e o branco das flores estava esmaecido nos locais ensolarados.

— Os *ume* de nossa casa também estão floridos — observou Shingo, mas eram apenas dois ou três pés. Achou que fosse a primeira vez no ano que Kikuko apreciava as flores.

Da mesma maneira que quase nunca chegava uma carta para Kikuko, era raro ela sair de casa, salvo para fazer compras nas ruas de Kamakura.

Shingo saíra junto com ela, que ia visitar a amiga no Hospital Universitário.

A casa da amante de Shuichi ficava perto da universidade, o que preocupava Shingo.

No caminho, ele também teve vontade de lhe perguntar se estava grávida.

Apesar de não ser uma pergunta difícil, não achava o momento certo para fazê-la.

Quantos anos teriam decorrido desde que não ouvia mais a esposa Yasuko falar das regras da mulher? Passadas as mudanças da menopausa, ela deixara de comentar sobre isso. Desde então, já não seria mais uma questão de "saúde", mas de "extinção"?

Shingo também esquecera que Yasuko não se referia mais ao assunto.

Pensando na pergunta que tinha vontade de fazer a Kikuko, lembrou-se de Yasuko.

Se ela soubesse que Kikuko ia ao setor de obstetrícia do hospital, teria sugerido à nora que aproveitasse para fazer uma consulta.

Por vezes, Shingo via Yasuko comentar com Kikuko a possibilidade de ter um bebê, e a nora ouvia com ar de resignação.

Era certo que Kikuko confidenciava a Shuichi sobre seu organismo. Shingo se lembrou de que, muitos anos atrás, ouvira de um amigo com admiração que, para uma mulher, seria absoluto o homem a quem pudesse confidenciar esse assunto. Se a mulher tivesse outro homem, hesitaria em fazer tal confidência.

Mesmo uma filha de sangue não costuma confidenciá-lo ao pai.

Até agora, Shingo tinha evitado falar com Kikuko a respeito da amante de Shuichi.

Caso Kikuko tivesse ficado grávida, isso significaria seu amadurecimento instigado pela presença da amante de Shuichi. Shingo estava desgostoso, embora fosse uma prova de que se tratava de algo natural ao ser humano; por isso, parecia-lhe uma crueldade perguntar a Kikuko sobre a gravidez.

— O vovô Amamiya apareceu ontem. A mãe lhe contou?
— disse Kikuko em tom casual.

— Não, não sei de nada.

— Foi para dizer que vai se mudar para Tóquio e para se despedir de nós. Pediu que cuidássemos de Teru e trouxe dois grandes sacos de biscoitos.

— Para o cachorro?

— Sim. A mãe comentou que seriam para o cachorro, mas que um talvez fosse para nós. Os negócios dos Amamiyas estão indo bem, e a casa foi ampliada. O vovô parecia feliz.

— Acredito. Vejo que um comerciante que vende rapidamente uma casa logo consegue construir outra nova recomeçando do zero. No nosso caso, dez anos se passam de forma idêntica. Eu já me sinto bastante entediado de tomar todos os dias o trem desta linha Yakosuka. Num dia desses, houve um encontro num restaurante. Foi uma reunião de velhos, e todos diziam: "É de se admirar que nós tenhamos repetido as mesmas coisas durante boas dezenas de anos. Já estou cheio! Estou cansado! Já deveria vir a nossa busca."[51]

Parece que Kikuko não entendeu de imediato o que significava a expressão "nossa busca".

— Acabou virando uma piada. Quando fôssemos levados diante do Enma[52], declararíamos: "Não temos culpa, somos apenas peças de acessórias." Somos peças de acessórias da vida, entende? Mesmo enquanto se vive, não passamos de uma peça de acessória da vida. Assim, seria cruel demais ser castigado pela própria vida, não é?

— Mas...

— Sim. Se me perguntasse se houve alguém que, em alguma época, viveu plenamente a vida, tenho grande dúvida. Por exemplo, o que acha do guardador de calçados daquele restaurante? Passa os dias apenas ocupando-se em guardar ou recolocar os sapatos de clientes. Alguns velhos diziam, de maneira irresponsável, que mesmo um acessório que seja, chegando a esse ponto, estaria mais tranquilo. Perguntamos a uma atendente, e ela explicou que o velho guardador de calçados vive com sacrifício. Passa o dia confinado num compartimento semelhante a uma caverna, cercado por estantes de sapatos pelos quatro lados, aquecendo-se

---

51. Crença budista. O enviado de Buda vem buscar a alma do morto.
52. Nome japonês de *Yama*, o rei do Inferno. Segundo a crença, a alma do morto é conduzida à presença dessa divindade e suas ações em vida são julgadas.

sentado de pernas abertas sobre o braseiro, engraxando os sapatos de clientes. A caverna junto do vestíbulo é fria no inverno e quente no verão, ela disse. A velha da nossa casa também gosta de falar sobre a casa dos idosos, não é?

— A mãe? Mas o que ela diz não é algo parecido com o que as pessoas jovens costumam dizer, que têm vontade de morrer? Ela diz, porém, de um jeito muito mais despreocupado.

— Ela acredita que vai continuar por mais tempo depois de mim, e aí vem essa história. Por falar nisso, quem é essa pessoa jovem a que você se referiu?

— De quem, o que eu falei...? — hesitou, mas decidiu. — Também na carta da minha amiga...

— Desta manhã?

— Sim. Ela não é casada.

— Hummm.

Como Shingo emudeceu, Kikuko não conseguiu prosseguir no assunto.

O trem acabara de sair da estação Totsuka, e até Hodogaya havia uma grande distância.

— Kikuko — chamou Shingo. — Venho pensando há algum tempo. Vocês gostariam de morar a sós, separados da gente?

Ela olhou para o rosto de Shingo esperando que ele continuasse, mas perguntou em tom de súplica:

— Por que, pai? Porque Fusako voltou para casa?

— Não. Não tem nada a ver com Fusako. Ela está meio separada e pode estar sendo incômodo para você, mas, mesmo que se divorcie, não vai continuar por muito tempo em nossa casa. Deixando Fusako de lado, o problema é com você e Shuichi. Você, Kikuko, não gostaria de viver a sós com ele?

— Não. Eu sempre fui tratada com carinho pelo senhor, gostaria de continuar. Ficando longe, eu me sentiria muito insegura.

— Você diz coisas muito gentis.

— Oh, não! É porque estou me comportando como uma criança mimada pelo senhor. Eu era a caçula e cresci mimada. Talvez eu goste de estar com o senhor porque na minha casa sempre tenha sido a predileta do meu pai.

— Compreendo muito bem que seu pai a tenha tratado com um carinho especial. Eu também sinto-me tão confortado com a sua presença que ficaria triste se vocês fossem viver separados de nós. Mas Shuichi anda aprontando uma coisa daquelas, e eu até hoje não fui capaz de dar algum conselho a você. Nem vale a pena que vocês fiquem junto de um pai como eu. Quero dizer que, passando a viver a sós, estou certo de que vocês mesmos encontrarão uma boa solução.

— Oh, não! Mesmo que o senhor não diga nada a mim, eu sei muito bem que se preocupa muito comigo e procura me dar conforto. Graças a isso estou conseguindo continuar assim como estou.

Os grandes olhos de Kikuko ficaram rasos de lágrimas.

— Sinto um pavor só de pensar em viver a sós. Não seria capaz de ficar sozinha em casa esperando pela volta dele. Triste, desolada e com medo.

— É por isso, você terá de esperar sozinha. De qualquer maneira, não podemos tratar um tema como este no trem. Reflita bem sobre o assunto.

Estaria mesmo sentindo pavor? Kikuko parecia não conseguir conter os tremores dos ombros.

Ao descerem na estação Tóquio, Shingo pegou um táxi e levou Kikuko até Hongo.

Talvez por ter crescido mimada por seu pai, ou por se sentir abalada pela conversa de há pouco, Kikuko parecia achar que era natural esse tipo de tratamento.

Era pouco provável que a amante de Shuichi andasse por perto, mas Shingo sentia essa ameaça e mandou o carro esperar; ficou então observando Kikuko até ela desaparecer no interior do Hospital Universitário.

Os sinos da primavera

I

Na época da floração das cerejeiras em Kamakura, celebrava-se o 700º aniversário da cidade como uma capital budista. Os sinos dos templos budistas ressoaram o dia inteiro.

Entretanto, Shingo nem sempre conseguia ouvi-los. Kikuko escutava-os mesmo quando trabalhava ou conversava, mas ele tinha de aguçar os ouvidos.

— Agora — Kikuko lhe chamou atenção. — Tocou de novo, agora.

— Hummm?

Shingo inclinou a cabeça.

— E você, velha? — perguntou a Yasuko.

— Estou ouvindo, sim. Você não consegue? — Yasuko nem tomou conhecimento.

— Tocou, tocou — disse Shingo.

Uma vez que conseguiu captar o som, tornou-se fácil.

— Você conseguiu ouvir e agora está contente — disse Yasuko, tirando os óculos para leitura e olhando para o marido. — Os monges dos templos devem ficar exaustos por tocar esses sinos assim tantas vezes, todos os dias.

— Cobram dez ienes por toque dos fiéis que visitam o templo e que querem tocar o sino. Não são monges — disse Kikuko.

— Tiveram uma boa ideia — observou Shingo.

— Chamam de "Sino do Ofício dos Mortos"... O plano é conseguir que os sinos sejam tocados por cem mil a um milhão de pessoas.

— Plano? — Shingo riu com a palavra.

— Mas o som dos sinos é melancólico, eu não gosto — disse Kikuko.

— Você acha melancólico?

Num domingo de abril, sentado na sala de estar olhando as cerejeiras em flor e escutando o ressoar dos sinos dos templos, Shingo sentiu-se tomado por paz e serenidade.

— Supostamente é aniversário de setecentos anos, mas aniversário de quê? — perguntou Yasuko. — Dizem que o Grande Buda[53] fez setecentos anos e comemoram também o do Santo Monge Nichiren.[54]

Shingo não soube responder.

— E Kikuko, você sabe?

— Não, não sei.

— Que esquisito. Nós que moramos em Kamakura... — disse Yasuko.

— Mãe, o jornal que está no seu colo não informa alguma coisa?

— É possível. — Ela entregou os jornais a Kikuko. Estavam dobrados corretamente e empilhados em ordem. Kikuko ficou só com um exemplar.

---

53. Estátua em bronze de Buda sentado, em Kamakura, de 11,5 m. Foi construída em 1252.
54. Nichiren Shonin (1222-1282), monge budista fundador da seita Nichiren.

— Pensando nisso, acho que vi alguma coisa a respeito no jornal — disse Yasuko. — Mas, quando li sobre esse casal idoso que desapareceu de casa, me senti como se vivesse o mesmo drama e não consegui pensar em mais nada. Você também deve ter lido, não? — perguntou a Shingo.

— Hum.

"Vice-Presidente da Associação Japonesa de Remo, conhecido como o patrono dos esportes de regata do Japão...", Yasuko começou a ler o artigo do jornal, mas continuou com suas próprias palavras:

— Ele também era presidente da empresa fabricante de barcos e iates. Tinha 69 anos, e a esposa, 68.

— E por que se sente como se vivesse o mesmo drama?

— Estão aqui no jornal as cartas de despedida que ele deixou: uma para o filho adotivo e sua mulher; e outra para os netos.

Yasuko leu o jornal.

"Ao imaginarmos a miserável existência futura, de estarmos apenas vivos, esquecidos do mundo, sentimos que não gostaríamos de continuar a viver até chegar a essa condição. Compreendemos muito bem o estado de espírito do visconde Takagi.[55] Acreditamos que o melhor para um ser humano é desaparecer enquanto é amado por todos. Achamos que devemos nos retirar, envolvidos no profundo afeto dos familiares, conectados pela amizade de numerosos amigos, colegas e dos mais jovens que nos sucederam."

— Isso foi para o filho adotivo e a mulher dele, e agora para os netos:

---

55. Sogro do irmão do imperador Showa (1901-1989). Sua morte, em 1948, foi considerada suicídio.

"Os dias de independência do Japão se aproximam, mas o futuro da nação é tenebroso. Se os jovens estudantes, assustados com os horrores da guerra, aspiram à paz, devem persistir no Princípio de Não Violência pregado por Gandhi. Estamos velhos demais e sentimos que nos falta energia para prosseguir no caminho que acreditamos ser correto e para conduzir outrem. Esperar inutilmente a chegada da "idade de importunação" seria o mesmo que anular toda a razão de ter vivido até hoje. Ao menos para os netos queremos deixar a impressão de que fomos bom avô e boa avó. Não sabemos para onde iremos. Apenas desejamos dormir em paz."

Yasuko se calou um instante.

Shingo estava virado de lado e contemplava as cerejeiras do jardim.

Olhando o jornal, Yasuko acrescentou:

— Saíram da casa de Tóquio, visitaram a irmã mais velha em Osaka e desapareceram... Essa irmã de Osaka já está com oitenta anos.

— A esposa deixou uma carta de despedida? — perguntou Shingo.

— Hein?

Yasuko levantou o rosto com um olhar de espanto.

— A esposa não deixou uma carta de despedida?

— A esposa, quer dizer, a velhinha?

— Claro! Como foram os dois que saíram em busca da morte, devia haver uma carta de despedida da esposa. Por exemplo, caso eu e você decidíssemos nos suicidar, você também gostaria de deixar algum registro e redigiria então sua última carta.

— Eu não preciso disso — respondeu Yasuko sem hesitar. — Só quando jovens namorados cometem suicídio duplo é que ambos deixam cartas. Mesmo assim, por motivo de desespero pela impossibilidade da união dos dois, ou algo assim... Se estivessem casados, bastaria o marido escrever; e, no meu caso, a esta altura o que eu deixaria escrito?

— Ah, é?

— Caso eu venha a me matar sozinha é diferente, é óbvio.

— Nesse caso, vai haver um monte de queixas e recriminações.

— Mesmo que houvesse, na idade em que cheguei já não teria importância.

— É a voz despreocupada da velhinha que não pensa em se matar nem vai morrer tão cedo — riu Shingo e perguntou. — E você, Kikuko?

— Eu? — sua voz era hesitante, lenta e baixa.

— Supondo que fosse se matar com Shuichi, não iria deixar uma carta própria em testamento?

Shingo perguntou de modo descuidado, mas se arrependeu no mesmo instante.

— Não sei. Como seria quando chegasse a hora? — Kikuko olhou para Shingo enquanto introduzia o polegar da mão direita entre as camadas de *obi* da cintura, como se tentasse afrouxá-lo um pouco. — Acho que gostaria de escrever algumas palavras ao senhor.

Os olhos de Kikuko ficaram úmidos, de um jeito infantil, e se encheram de lágrimas.

Yasuko não pensava em morrer, mas Shingo sentiu que não poderia afirmar o mesmo de Kikuko.

Ela inclinou-se para a frente, e Shingo imaginou que se debruçava para chorar, mas Kikuko se levantou e saiu.

Yasuko a acompanhou com o olhar e disse:

— Que coisa esquisita. Que motivo ela tem para chorar? Acho que está ficando histérica. Só pode ser uma crise de histeria.

Shingo desabotoou a camisa e enfiou a mão no peito.

— Está com palpitações? — perguntou Yasuko.

— Não. Estou com um comichão no mamilo. O núcleo do mamilo está duro e me dá coceira.

— Até parece uma adolescente de catorze ou quinze anos.

Shingo ficou mexendo o mamilo esquerdo com a ponta dos dedos.

Quando um casal decide se suicidar, no entanto, é apenas o marido que escreve uma carta de despedida. Significa que a esposa deixa que o marido a substitua, ou o que ele escreve serve para os dois? Enquanto ouvia Yasuko lendo o artigo do jornal, Shingo ficou interessado no ponto que lhe suscitou essa dúvida.

Depois de conviverem por longos anos, ficariam unidos numa só alma e num só corpo, e a esposa idosa perderia tanto sua identidade quanto a necessidade de deixar o próprio testamento?

A esposa não tem motivo para morrer, mas sacrifica sua vida para acompanhar o marido suicida; inclui sua parte no testamento final do marido e não sente pesar, arrependimento nem hesitação? Era, de fato, um mistério para Shingo.

E até a velha esposa de Shingo declarou que, caso viessem a se suicidar, ela não precisaria deixar uma carta de despedida, bastando que o marido o fizesse.

Raramente o homem e a mulher invertem seus papéis; uma mulher, em geral, acompanha a morte do marido sem contestar nada. Apesar disso, Shingo se surpreendeu ao constatar que uma mulher assim estava a seu lado, agora velha e decrépita.

O casal Kikuko e Shuichi tinha ainda poucos anos de convívio e, no momento, passava por uma violenta crise.

E, dependendo do ponto de vista, havia sido uma crueldade, que deve tê-la machucado, perguntar se ela gostaria de deixar uma carta de despedida caso viesse a cometer duplo suicídio com Shuichi.

Shingo teve de reconhecer que Kikuko se encontrava à beira de um perigoso abismo.

— Kikuko está se fazendo de dengosa para você, por isso se enche de lágrimas com uma conversa como aquela — disse Yasuko. — Você a trata com carinho, mas não faz nada para solucionar a causa principal de sua infelicidade. É a mesma coisa com relação a Fusako.

Shingo ficou olhando as cerejeiras do jardim, que transbordavam em flor.

Junto à raiz de um grande pé de cerejeira cresciam arálias.

Shingo não gostava dessa planta e pretendia derrubá-la antes da floração das cerejeiras. No entanto, em março nevara muito, e logo chegou a época das flores.

Ele derrubara tudo três anos antes, mas depois elas voltaram a crescer ainda mais vigorosas. Na época, pensara que seria melhor escavar e retirar toda a raiz, e, de fato, devia tê-lo feito.

Devido à observação de Yasuko, Shingo passou a detestar mais do que antes as folhas espessas e intensamente verdes de arália. Se não existisse aglomeração desse arbusto, o grosso pé de cerejeira não teria nada para impedir o crescimento de seus ramos, e eles se estenderiam para todos os lados até que suas extremidades pendessem com o próprio peso. No entanto, os ramos se expandiam mesmo com a presença de arálias.

E a quantidade de flores causava espanto pela abundância.

Iluminadas pelo sol após o meio-dia, as flores de cerejeira flutuavam amplamente no céu. Embora a cor e a forma não fossem rijas, elas preenchiam todo o espaço. Estavam na plenitude e não parecia que iriam cair.

Entretanto, uma após a outra, as pétalas se espalhavam incessantes, e, sob os ramos, uma boa quantidade delas se acumulava.

— As reportagens sobre assassinatos ou mortes de jovens só nos fazem pensar: "Ora, de novo." Mas os casos de idosos nos deixam abatidos, não é? — disse Yasuko.

Parece que ela lia e relia o artigo que dizia: "O melhor é desaparecer enquanto se é amado por todos."

— Tempos atrás, saiu no jornal que um avô de 61 anos trouxe, da província de Tochigi, seu neto de dezessete anos que sofria de paralisia infantil. Você leu aquilo? A intenção era interná-lo no hospital São Lucas, mas, antes, carregando-o nas costas, mostrou-lhe os pontos turísticos de Tóquio; então, o garoto teimou em não querer ir para o hospital, e o avô acabou por estrangulá-lo com uma toalha de mão.

— Ah, foi? Eu não li — respondeu Shingo, mecanicamente. Estava se lembrando de que ele, por sua vez, se impressionara com a reportagem sobre o aborto das meninas da província de Aomori e chegara a sonhar com isso.

"Que diferença notável com minha esposa, uma mulher de idade!"

II

— Kikuko! — chamou Fusako. — Esta máquina arrebenta a linha toda hora. Será que está com problema? Dê uma olhada para mim? Sei que Singer é uma marca boa. Talvez eu tenha perdido a habilidade, ou será que estou histérica?

— A máquina pode estar desajustada. É muito antiga, do meu tempo de colegial.

Kikuko foi ao quarto onde Fusako trabalhava.

— Mas ela ouve bem o que digo. Deixe-me tentar, querida.

— Sim. É que Satoko fica grudada em mim, e eu fico irritada. Quase que costuro a mão dela. Claro que não tem como costurar a mão dela, mas ela põe a mão bem aqui e, enquanto observo os pontos da costura, meus olhos ficam embaçados e não consigo distinguir o tecido da mãozinha dela.

— Você deve estar cansada, querida.

— Em outras palavras, estou histérica. Falando em cansaço, você também, Kikuko. Quem não está cansado nesta casa são o vovô e a vovó. O vovô, então, já passou dos sessenta e diz que sente comichão no mamilo. Que absurdo!

Naquele dia em que fora visitar a amiga no Hospital Universitário, Kikuko comprara, no caminho de volta, cortes de tecido para as duas crianças.

Fusako se mostrava simpática com Kikuko porque estava costurando as roupas com esses tecidos.

Contudo, quando Kikuko sentou no lugar de Fusako na máquina de costura, Satoko a fitou com um olhar desagradável.

— A tia comprou o tecido para você e agora vai costurá-lo, está bem?

— Desculpe. Quando fica assim, esta menina é idêntica a Aihara — escusou-se Fusako, o que era raro.

Kikuko pôs a mão no ombro de Satoko e disse:

— Vá com o vovô ver o Grande Buda. Vai ter desfile de *chigo*[56] e apresentação de danças.

Fusako convidou Shingo, e saíram juntos.

Caminhando pela avenida do bairro de Hase, um bonsai de camélia na frente de uma tabacaria chamou a atenção de Shingo. Ele comprou uma caixa de Hikari e elogiou o bonsai. Carregava cinco ou seis flores de pétalas dobradas e pintadas.

O dono da tabacaria disse que o bonsai de camélia de pétalas dobradas e pintadas não tinha grande valor, mas o de camélia silvestre era de qualidade superior e conduziu Shingo ao quintal atrás da casa. Era uma horta de quatro ou cinco *tsubo*[57], e os vasos de bonsai estavam colocados diretamente no chão, junto à plantação de hortaliças. O de camélia silvestre era um velho pé que revelava energia em seu tronco.

— Já arranquei as flores porque não queria cansar o pé — explicou.

— Ainda dá flores? — indagou Shingo.

— Dá muitas flores, mas eu conservo poucas, as melhores. Aquele pé da frente da loja tinha umas vinte ou trinta.

O dono da tabacaria falou sobre os cuidados que tinha com o bonsai, e também dos apreciadores de bonsai de

---

56. Criança (em geral menino) que participa de procissão budista ou xintoísta.
57. Unidade equivalente a 3,03 metros quadrados.

Kamakura. Ouvindo-o, Shingo lembrou que sempre via vasos de bonsai nas janelas das casas das ruas comerciais.

— Muito obrigado. Passe bem. — Shingo ia saindo.

— Não tenho nada que valha a pena, mas o bonsai de camélia silvestre, atrás da casa, tem algum valor... Quando a gente tem pelo menos um bonsai, começa a se preocupar para que tenha uma boa apresentação, para não deixá-lo morrer e, assim, ganha responsabilidade. É um bom remédio para um preguiçoso — completou o dono da tabacaria.

Recomeçando a caminhar, Shingo acendeu um Hikari que acabara de adquirir.

— Há uma ilustração do Grande Buda na caixa de cigarro. Deve ter sido feita especialmente para Kamakura — observou Shingo e entregou a carteira de cigarros para Fusako.

— Quero ver. — Satoko se esticou para olhar.

— Lembra, Fusako, que no outono passado você fugiu de casa e foi para Shinshu?

— Eu não fugi de casa — contestou Fusako.

— Naquela ocasião, você viu um bonsai lá na casa do interior?

— Não vi.

— Não deve ter visto mesmo. Já faz mais de quarenta anos. Seu avô, o pai de Yasuko, era aficionado por bonsai. Mas, como você sabe, ela era feia e não tinha um coração sensível, por isso a irmã mais velha era a preferida do pai e tinha de ajudar a cuidar do bonsai. Ela era tão bonita que nem parecia ser irmã de Yasuko. Eu ainda consigo recordar a imagem dela, numa certa manhã em que a neve tinha coberto os estrados de bonsai, de cabelo bem liso cortado reto na altura da nuca e com um quimono vermelho de mangas retas, limpando a neve dos vasos. Uma imagem límpida e nítida. Em Shinshu faz muito frio, a respiração fica branca.

Até a respiração branca parecia ter um aroma por causa da doçura da jovem.

Só porque Fusako era da nova geração e nada tinha a ver com aquele passado, Shingo mergulhou em recordações.

— Pensando bem, aquela camélia silvestre também deve ter recebido cuidados por muito mais do que trinta ou quarenta anos.

A árvore devia ter uma idade considerável. Quanto tempo teria passado até que seu tronco ganhasse os nódulos que se assemelham a um bíceps bem desenvolvido?

Aquele bonsai de bordo com suas folhas de carmesim, que decorava o recinto do oratório de Buda depois da morte da irmã de Yasuko, estaria ainda vivo e recebendo cuidados de alguém?

III

Quando os três chegaram ao recinto do templo, os *chigo* desfilavam pelo caminho pavimentado de lajes de pedra defronte ao Grande Buda. Devem ter percorrido um longo caminho, pois o rosto de algumas crianças denunciava cansaço.

Atrás das pessoas que assistiam, Fusako levantou Satoko nos braços. Esta fixou o olhar num *chigo* vestido com um quimono de mangas pendentes e bem colorido, como uma flor.

Como noticiaram que fora erguido um monumento com um poema tanca de Akiko Yosano[58], encaminharam-se para o lado de trás. O letreiro gravado na pedra parecia ser uma ampliação da própria caligrafia de Akiko.

— Aqui também diz "Shakamuni"[59] — disse Shingo.

Mas ele se espantou ao descobrir que Fusako não conhecia esse poema tão difundido. O poema dizia:

Em Kamakura;
Este Shakamuni,
Apesar de Sagrado Buda,
É um belo homem,
No arvoredo de verão.

— Esta estátua do Grande Buda não representa Shaka — explicou Shingo. — Na realidade é Amitabha. Como fosse um engano, o poema foi corrigido; mas, uma vez composto como Shakamuni, trocar depois por Amidabutsu[60] ou Daibutsu (Grande Buda) não soaria bem, e é repetido o ideograma *butsu* (Buda). Ao tornar-se um monumento, no entanto, percebe-se o erro.

Ao lado do monumento fora instalada uma tenda, oferecendo-se ali o chá cerimonial. Fusako tinha os bilhetes que Kikuko providenciara.

Shingo olhou a cor verde do chá a céu aberto e ofereceu-o para Satoko, para ver se ela tomaria. A menina pegou a

---

58. Akiko Yosano (1878-1942). Poeta, ensaísta e crítica literária. Considerada a mais importante poeta de *tanka* da modernidade; seu estilo é passional e ousado.
59. Em sânscrito, Sakyamuni, Buda.
60. Em sânscrito, Amitabha.

borda da taça de chá com uma só mão. Era uma taça bem ordinária, mas Shingo a amparou.

— É amargo, viu? — preveniu.

— Amargo?

Antes mesmo de provar, Satoko fez uma careta.

Um grupo de meninas que apresentara as danças adentrou a tenda. Metade delas sentou num tablado largo da entrada, e as restantes se comprimiram à frente delas. Estavam com a maquiagem carregada e vestiam quimonos festivos de longas mangas pendentes.

Atrás das meninas, havia dois ou três pés jovens de cerejeira carregados de flores. A cor das cerejeiras parecia desbotada, talvez por estar ofuscada pelas cores berrantes dos quimonos das meninas; todavia, o sol brilhava no verde das árvores da parte elevada do lado oposto.

— Água, mamãe, água — pediu Satoko, fitando com raiva as meninas dançarinas.

— Não tem água aqui. Espere até chegar em casa — Fusako tentou sossegar a filha.

De repente, Shingo também sentiu vontade de tomar água.

Que dia de março teria sido? Da janela do trem da linha Yokosuka, Shingo viu uma garotinha que aparentava a idade de Satoko tomar água num bebedouro da plataforma da estação Shinagawa. Primeiro, ela virou a torneira e levou um susto com o jato d'água que espirrou; depois, riu. Seu rosto risonho era bonito. A mãe ajustou a torneira. A garotinha tomava água com tanta satisfação que Shingo sentiu a chegada da primavera. Recordava aquela cena.

Shingo se perguntou se teria alguma razão por que Satoko e ele ficaram com vontade de tomar água quando olharam a aglomeração das meninas vestidas para a dança. Nisso, Satoko começou a se incomodar.

— Roupinha, compre roupinha para mim! Roupinhaaa!

Fusako se levantou.

No meio das meninas dançarinas havia uma garotinha de um ou dois anos a mais do que Satoko. Era bonitinha, de sobrancelhas desenhadas, grossas, curtas e meio caídas. Havia um toque vermelho de batom nas extremidades dos olhos amendoados e límpidos.

Puxada pela mão por Fusako, Satoko continuava a fitar essa menina e, quando saíram da tenda, tentou se aproximar dela.

— A roupinha, a roupinha — continuou repetindo.

— A roupinha, Satoko, vovô vai comprar para você na festa dos sete-cinco-três[61] — disse Fusako, como se fizesse uma insinuação. — Esta menina, desde que nasceu nunca vestiu nenhum tipo de quimono, só fraldas. As fraldas são feitas de velho *yukata*, portanto não deixam de ser um quimono.

Descansando numa casa de chá, Shingo pediu água. Avidamente, Satoko ingeriu dois copos.

Saindo do recinto do templo onde havia o Grande Buda, caminharam por um momento, quando aquela garotinha vestida de quimono de dança e sua mãe, que a segurava pela mão, os ultrapassaram. Pareciam apressadas. Shingo sentiu o perigo e abraçou os ombros de Satoko, mas já era tarde.

— Roupinha! — Satoko tentou agarrar a manga do quimono da garotinha.

---

61. No dia 15 de novembro, os meninos de três e cinco anos e as meninas de três e sete anos vão ao santuário receber bênçãos.

— Nãaao! — Ao tentar fugir, a menina pisou na própria manga pendente e tombou para a frente.

Shingo gritou e cobriu o rosto com a mão.

"Ela foi atropelada!" Shingo só ouviu o próprio grito, mas parecia que havia muitos gritando ao mesmo tempo.

O automóvel parou, rangendo os pneus. Entre as pessoas que estacaram de susto, três ou quatro correram para acudir.

A menina se levantou ilesa, abraçou as barras do quimono da mãe e, só então, abriu-se em choro como se queimasse no fogo.

— Que sorte! Que sorte! O freio funcionou a contento. É um carro de luxo! — disse alguém.

— Se fosse um carro velho, já estaria morta.

Satoko estava com uma expressão assustadiça, como se tivesse sofrido uma crise de convulsão, com o branco dos olhos repuxado.

Fusako pedia desculpas à mãe de modo insistente, perguntando se a menina não teria se machucado, se não teria rasgado as mangas do quimono. A mulher continuava com um ar ausente.

Quando a menina do quimono de mangas pendentes parou de chorar, apesar da espessa camada de pó de arroz ter ficado manchada, seus olhos brilhavam como se tivessem sido lavados.

No caminho de volta, Shingo pouco falou.

Ouvia-se o choro do bebê, e Kikuko os recebeu na entrada cantarolando uma canção de ninar.

— Peço desculpas por deixá-lo chorar. Eu não sirvo para cuidar do bebê — disse para Fusako.

Induzida pelo choro da irmãzinha ou por se sentir tranquila ao chegar em casa, Satoko começou a chorar num berreiro desmedido.

Sem se importar com Satoko a seu lado, Fusako pegou o bebê dos braços de Kikuko e abriu o peito.

— Oh! Está empapado de suor frio entre os seios.

Shingo levantou o olhar para o quadro de caligrafia escrito por Ryokan[62]: "No alto do céu, o vendaval", e passou por baixo dele. Havia comprado na época em que os trabalhos de caligrafia desse monge eram baratos, mas era falsificado. Shingo soube disso por ter sido apontado por alguém.

— Vimos o monumento do poema de Akiko — disse para Kikuko. — Era a caligrafia de Akiko mesmo, e dizia: "Shakamuni..."

— Ah, sim?

IV

Depois do jantar, Shingo saiu sozinho e ficou olhando as lojas de quimonos novos e usados.

Contudo, não encontrou nada que servisse para Satoko.

Ao constatar que não havia nada, ficou mais desassossegado.

Sentia um temor obscuro.

---

62. Monge e poeta Ryokan (1758-1831), da seita Zen.

Como uma menina, mesmo sendo pequena, ao ver o quimono de cores vistosas de outra, fica com tanta vontade de tê-lo para si?

Teria Satoko desejos e invejas um pouco mais fortes do que as outras crianças, ou seriam esses sentimentos anormalmente mais fortes? Para Shingo, podia ser uma crise doentia.

Em que situação estaria nesse momento caso aquela garotinha trajada para dança tivesse sido atropelada? Visualizava com nitidez as estampas do quimono de mangas pendentes da bela criança. Um quimono de gala como aquele não costumava ser exposto na entrada das lojas.

Todavia, ao concluir que teria de retornar para casa sem adquirir um, até a estrada parecia mais escura.

Fusako não dera um quimono para Satoko, com exceção de fraldas feitas de um velho *yukata*? Era tão venenosa a fala dela que até poderia ser mentira. Não teria preparado um quimono para a recém-nascida, nem mesmo no trigésimo dia, na ocasião da visita para receber as bênçãos dos deuses do santuário xintoísta? Ou quem sabe Fusako tivesse preferido um vestido ocidental?

— Não me recordo — disse para si.

Esquecera se Yasuko o consultara a respeito disso ou não. Entretanto, tanto ele como a esposa deveriam ter se preocupado muito mais com Fusako, e se o tivessem feito, apesar da falta de beleza da filha, talvez viesse a nascer uma neta muito mais mimosa. Os passos de Shingo eram pesados devido ao sentimento de autocensura, do qual não parecia ter nenhuma saída.

Por ter conhecido, antes de nascermos, como éramos,
Por ter conhecido, antes de nascermos, como éramos,
Os pais a quem devo amar, não mais existem;
Porque pais não tenho, nem filhos que se apeguem a mim.

Um trecho de alguma recitação de nô surgiu na mente de Shingo, mas nada mais do que uma lembrança sem nexo; não lhe ocorria, em absoluto, a iluminação simbolizada pelo hábito tingido em negro de um monge.

O Buda anterior já deixou este mundo,
O Buda posterior ainda não chegou;
Nascemos num intervalo entre os sonhos,
O que devemos pensar do real?
Por acaso recebemos este corpo humano
Tão difícil de acontecer...

A natureza atroz e violenta de Satoko, que por pouco não agarrou a menina dançarina, teria puxado o sangue de Fusako? Ou teria herdado do sangue de Aihara? Caso tivesse provindo do lado de Fusako seria da linhagem de seu pai, Shingo, ou de sua mãe, Yasuko?

Se por acaso Shingo tivesse se casado com a irmã de Yasuko, não teria nascido uma filha como Fusako nem uma neta como Satoko.

Por causa desse inesperado incidente, Shingo voltou a sentir saudade daquela pessoa do passado, teve vontade de correr aos braços dela e implorar.

Apesar de seus 63 anos, a mulher que morrera na casa dos vinte continuava sendo mais velha do que ele.

Quando Shingo voltou para casa, Fusako já estava deitada em seu leito com o bebê nos braços.

Os *fusuma* que dividiam a sala de estar e o aposento dela estavam abertos, deixando ver seu interior.

— Ela dormiu — disse Yasuko, notando a direção do olhar de Shingo.

— Disse que estava com muita palpitação, tomou um sonífero para se acalmar e logo adormeceu.

Shingo acenou com a cabeça e disse:

— É melhor fechar.

— Sim. — Kikuko se levantou.

Satoko estava deitada bem colada às costas de Fusako. Mas parecia continuar de olhos abertos. A menina tinha o costume de se manter calada e imóvel.

Shingo não contou que saíra à procura de um quimono para Satoko.

Parece que Fusako não contou também a sua mãe o perigo que Satoko passara por ter cobiçado o quimono de outra menina.

Shingo foi para seu aposento. Kikuko levou brasas acesas.

— Bem. Sente-se.

— Sim. Já venho. — Foi buscar uma jarra d'água e uma bandeja. Não havia necessidade da bandeja para trazer a jarra, mas junto havia flores.

Shingo tomou uma na mão.

— Que flores são estas? Parecem campânulas de grande flor.[63]

---

63. Em japonês *kikyo*, planta da família das campanuláceas: *Platycodon grandiflorum*.

— Dizem que é lírio negro.
— Lírio negro?
— Sim. Há pouco ganhei de uma amiga que pratica cerimônia do chá. — Enquanto falava, Kikuko abriu o armário embutido atrás de Shingo e retirou um pequeno vaso de flores.
— Isto é lírio negro? — Shingo olhava a flor com curiosidade.
— Essa amiga me contou que, no aniversário da morte de Rikyu deste ano, o grão-mestre da Escola Enshu organizou uma cerimônia na sala de chá Rokusoan do museu, e na ocasião havia um arranjo com lírio negro e flores brancas de *mushikari*.[64] Ela achou muito bonito. O vaso usado era de bronze antigo e tinha gargalo fino...
— Ah, é?
Shingo ficou admirando o lírio negro. Havia dois caules, cada um com duas flores.
— Nesta primavera tivemos muitos dias de neve, onze ou treze dias, não foi?
— Nevou muito mesmo.
— Ela me disse que no dia da cerimônia de Rikyu, no começo da primavera, havia também três ou quatro *sun* de neve acumulada. Por isso, o lírio negro era ainda mais raro. Parece que é uma planta de elevadas altitudes.
— Tem uma cor que lembra uma camélia negra.
— Sim.
Kikuko verteu água no vaso.
— Disse-me também que na cerimônia de Rikyu deste ano foram apresentados os manuscritos de despedida de Rikyu, antes da morte, e o punhal usado para fazer haraquiri.

---

64. Arbusto nativo no Japão, da família das madressilvas: *Viburnum furcatum*.

— Foi? Essa amiga é mestra de chá?
— Sim. Ficou viúva na guerra e... Ela vinha praticando havia muitos anos, o que está sendo útil agora.
— Que escola?
— Kankyuan. Do ramo de Mushanokoji.

Shingo, que nada entendia sobre cerimônia do chá, não conhecia esses nomes.

Kikuko pretendia colocar os lírios negros no vaso e ficou aguardando, mas Shingo continuou com eles na mão.

— As flores estão viradas um pouco para baixo; não estão murchando?
— Creio que não, eu as conservei na água.
— As campânulas da grande flor também se abrem assim, viradas para baixo?
— Como?
— Estas são menores em comparação às campânulas, o que acha?
— Acho que sim.
— No começo parecia preto, mas não é bem preto; também parece violeta-escuro, mas não é violeta. Noto que há um toque de bordô-escuro. Vou observar melhor amanhã à luz do dia.
— No sol, ela fica com uma cor violeta-transparente e um pouco avermelhada.

A dimensão da flor, quando aberta, não chegaria a um *sun*, talvez sete ou oito décimos de *sun*. Tinha seis pétalas, a ponta do gineceu se dividia em três e tinha quatro ou cinco androceus. As folhas nascendo do caule, a cada *sun*, se abriam em todas as direções. Apresentavam a mesma forma que as folhas de lírio, porém menores, com um comprimento que não passava de um *sun* e meio.

Por fim, Shingo cheirou a flor.

— Cheiro de sangue ou de peixe cru, como o de uma mulher desleixada — disse sem querer.

Não havia conotação de mulher promíscua, mas Kikuko baixou o olhar, suas pálpebras coraram levemente.

— O cheiro é decepcionante — corrigiu-se. — Tente cheirar também.

— Eu não irei analisar os detalhes como o senhor.

Ela ia colocar as flores no vaso, mas se deteve.

— Na cerimônia do chá, quatro flores são demais, mas vamos deixar como estão?

— Ah, sim. Deixe como estão.

Kikuko colocou o vaso de lírio negro no *tokonoma*.

— No armário onde estava esse vaso há uma máscara. Pegue-a para mim?

— Sim.

Por causa do trecho da recitação que lhe surgira na mente, Shingo se lembrou da máscara de nô.

Tomou na mão a máscara de Jido e disse:

— Este é um ente sobrenatural. Dizem que é um eterno adolescente. Contei sobre isso quando a adquiri?

— Não.

— Lembra-se da moça chamada Tanizaki, que trabalhava na empresa? Quando comprei esta máscara, pedi para ela colocá-la no rosto. Espantei-me porque a máscara ficou encantadora.

Kikuko vestiu a máscara.

— É para atar este cordão atrás?

Decerto, através dos orifícios dos olhos da máscara, as pupilas de Kikuko estariam fitando Shingo.

— Tem de mover o rosto para fazer surgir expressões.

No dia em que a comprara e voltara para casa, Shingo, sentindo uma sedução como se experimentasse um amor celestial, embora pecaminoso, por pouco não beijou os encantadores lábios vermelho-escuros.

"Apesar de enterrada e esquecida, resta ainda a flor no coração..."

Lembrava dessas palavras da recitação de uma peça de nô.

Não podia mais continuar olhando o rosto sedutor da máscara do adolescente enquanto Kikuko a movimentava de várias maneiras.

Como ela tinha um rosto pequeno, a ponta do seu queixo estava quase escondida atrás da máscara; mas um fio de lágrimas escorreu do queixo, que mal aparecia, até a garganta. As lágrimas continuaram a escorrer, formando dois fios, depois três.

— Kikuko — chamou Shingo. — Kikuko, quando se encontrou com sua amiga hoje, você pensou que, caso se separasse de Shuichi, se tornaria professora de chá, não foi?

Kikuko de Jido concordou com um aceno de cabeça.

— Mesmo depois de me separar, gostaria de continuar ao seu lado, trabalhando como professora de chá. — Atrás da máscara, sua voz soou clara.

Ouviu-se o choro agudo de Satoko.

Seguiram-se os latidos estridentes de Teru no jardim.

Shingo sentiu algo sinistro. Mas Kikuko parecia aguçar o ouvido para os lados do portão. Talvez pensasse que Shuichi — que mesmo sendo domingo teria ido se encontrar com a amante — estava voltando.

A casa dos pássaros

I

O sino do templo próximo soava às seis da manhã no inverno e no verão. Nas manhãs em que ouvia o sino, fosse inverno ou verão, Shingo achava que tinha acordado cedo.

Mesmo que se dissesse que ele acordara cedo, não significava que tivesse se levantado. Em outras palavras, ele despertara cedo.

Porém, é óbvio que o mesmo horário era muito diferente no inverno e no verão. Sabendo que o sino do templo era tocado às seis, Shingo achava que eram as mesmas seis de sempre, porém no verão já havia sol.

Ele costumava deixar um grande relógio de bolso ao lado do travesseiro, mas era necessário acender a luz e colocar os óculos, por isso quase nunca o consultava. Sem os óculos era difícil distinguir os ponteiros do relógio.

Por outro lado, não havia necessidade de Shingo se levantar, preocupado com o relógio. Ao contrário, ele se sentia vexado por acordar cedo demais.

No inverno, seis horas é realmente cedo, mas ele, incapaz de permanecer quieto no leito, por vezes se levantava para buscar o jornal.

Desde que não havia mais empregada, Kikuko fazia os trabalhos matinais.

— Pai, que cedo! — A observação de Kikuko deixava Shingo embaraçado.

— Sim. Vou me deitar mais uma vez.

— Por favor. A água ainda não ferveu.

Ao ver que Kikuko já se levantara, Shingo se tranquilizava com a presença humana.

Com que idade Shingo teria começado a se sentir solitário ao acordar no escuro nas manhãs de inverno?

Todavia, com a chegada da primavera, Shingo sentia o coração confortado ao despertar em seu leito aquecido.

Era meados de maio. Logo depois do sino matinal, ele escutou o pipilar do milhafre.

— Ah, como eu esperava, ele voltou — murmurando, aguçou o ouvido sobre o travesseiro.

Parecia que o milhafre descrevia um grande círculo sobre a casa e voava em direção ao mar.

Shingo se levantou.

Enquanto escovava os dentes, observou o céu, mas não encontrou a ave.

No entanto, teve a impressão de que o canto doce e infantil suavizava e purificava a atmosfera sobre sua casa.

— Kikuko, escutou o pipilar do nosso milhafre? — perguntou, dirigindo-se à cozinha.

Ela estava transferindo o arroz fumegante da panela a um recipiente próprio para conservá-lo quente.

— Me descuidei e não ouvi.
— Ele vive mesmo em nossa casa, não acha?
— Bem... eu acho.
— No ano passado, ele também vinha cantar com frequência, mas em que mês fora aquilo? Fora nesta época? Estou com a memória fraca.

Como Shingo a olhava parado em pé, Kikuko retirou a fita do cabelo.

Ele notou que, algumas vezes, ela dormia de cabelo amarrado com uma fita.

Deixando o recipiente de arroz sem tampa, Kikuko se apressou em preparar o chá de Shingo.

— Se aquele milhafre está de volta, os nossos *hoojiro* também devem estar, não é?

— Ah, sim. Os corvos igualmente.

— Corvos?... — riu Shingo.

Se o milhafre é "nosso milhafre", então também o corvo deveria ser "nosso corvo".

— Pensamos que nesta casa vivem somente seres humanos, mas vários tipos de pássaros também vivem aqui — disse Shingo.

— Logo vão aparecer pulgas e mosquitos — observou Kikuko.

— Você diz coisas desagradáveis. Pulgas e mosquitos não são moradores desta casa. Não passam o ano aqui.

— Já que temos pulgas mesmo no inverno, como tem essa certeza?

— Mesmo assim, não sei quanto tempo vivem as pulgas, mas não devem ser as do ano passado.

Kikuko riu, olhando Shingo.

— Aquela serpente também deve aparecer qualquer dia desses — observou Kikuko.

— Aquela *aodaisho*[65] que assustou você no ano passado?

— Sim.

— Dizem que ela é a senhora desta casa.

Foi no verão anterior. Kikuko, ao voltar das compras, viu a tal serpente na entrada da cozinha e levou um tremendo susto.

Ao ouvir seu grito, Teru acorreu e começou a latir furiosamente. A cadela abaixava a cabeça como se se preparasse para mordê-la, mas saltava quatro ou cinco *shaku* para trás e voltava a se aproximar pronta para o ataque. Repetiu isso várias vezes.

A serpente ergueu um pouco a cabeça, mostrando a língua vermelha, mas não deu a menor atenção à Teru e começou a se mover. Desapareceu deslizando junto à soleira.

De acordo com Kikuko, seu comprimento era maior do que duas vezes a largura da porta da cozinha, ou seja, mais do que um *ken*. Era mais grossa do que seu punho.

Ela contava em um tom excitado, mas Yasuko ouviu impassível e disse:

— É a senhora desta casa. Vive aqui há muitos anos, antes de sua vinda para cá.

— O que teria acontecido se Teru a mordesse?

— Teru levaria a pior, a cobra iria se enroscar nela... Teru sabe disso e só late.

Durante certo tempo, Kikuko ficou assustada e não conseguiu usar a porta externa da cozinha. Só usava a porta da frente.

---

65. *Eafis* ou *Elaphe climacophora*. Maior serpente japonesa, inofensiva, pode chegar a dois metros.

Sentia arrepios só de pensar que aquela enorme serpente poderia estar escondida debaixo do soalho, ou no espaço entre o telhado e o forro.

Mas a serpente devia viver na montanha atrás da casa, pois raramente aparecia.

A montanha não era propriedade de Shingo, e ele não sabia a quem pertencia. Avançava rente à casa dele, que tinha a encosta elevada numa inclinação acentuada. Para os animais da montanha, era o mesmo que não houvesse uma divisa com o jardim da casa.

Muitas flores e folhas da montanha caíam no jardim.

— O milhafre voltou — murmurou Shingo, depois elevou a voz, excitado. — Kikuko! Parece que o milhafre voltou.

— É mesmo. Agora estou ouvindo.

Ela ergueu um pouco o olhar para o teto.

O pipilar do milhafre continuou por algum tempo.

— Ele foi antes para o mar?

— O canto indicava que ia em direção ao mar.

— Deve ter ido para o mar apanhar peixes e está voltando.

Com essa observação de Kikuko, pareceu a Shingo que teria sido assim mesmo. Então, sugeriu:

— Que acha de deixar uns peixes em um local que ele possa ver?

— Teru vai pegar antes.

— Num lugar alto.

Assim como nos dois anos anteriores, Shingo sentia carinho por aquela ave ao ouvir seu canto logo ao despertar.

Esse sentimento não se limitava só a Shingo, pois o tratamento de "nosso milhafre" era usado por todos os membros da família.

No entanto, Shingo não sabia ao certo se era só um ou dois milhafres. Tinha a impressão de que, em alguns anos, ele vira um par circulando.

Por outro lado, ele se perguntava se estaria ouvindo por vários anos o canto do mesmo milhafre. Não seria esse de uma nova geração? Sem saber quando, os pais milhafres morreram, e em seu lugar os filhos teriam vindo pipilar? Pela primeira vez, naquela manhã, ocorreu-lhe esse pensamento.

Seria interessante se Shingo e seus familiares, sem saber que o velho milhafre morrera no ano passado, ouvissem este ano, no limiar entre o sonho e a realidade, o canto de um novo milhafre, embora supondo ser o pássaro de sempre.

Pensando bem, era estranho que, entre todas as montanhas existentes em Kamakura, aquele milhafre tivesse escolhido justamente aquela atrás da casa de Shingo.

"Encontrei neste momento o que foi difícil de encontrar; agora consegui ouvir o que foi difícil de ouvir", diz um ensinamento budista. O mesmo poderia ser dito de um milhafre.

Ainda que fosse considerado um morador da casa, o milhafre apenas contribuía com sua graciosa voz.

II

Em casa, Kikuko e Shingo se levantavam cedo e trocavam algumas palavras de manhã, mas entre Shingo e Shuichi as conversas descontraídas aconteciam no trem que eles tomavam juntos a caminho do serviço.

Quando o trem passava sobre a ponte de ferro de Rokugo e aparecia o bosque de Ikegami, já estavam perto do destino. Era um hábito de Shingo olhar, pela manhã, o bosque de Ikegami pela janela do trem.

Entretanto, apesar de ter passado pelo local por muitos anos, sempre olhando o bosque, só recentemente ele descobriu ali dois pés de pinheiro.

Apenas aqueles dois pinheiros se destacavam pela altura. Na parte superior, os troncos se inclinavam um na direção do outro, como se fossem se unir. Os ramos do alto estavam tão próximos que pareciam prestes a se tocar.

Já que somente aqueles dois pinheiros se sobressaíam do bosque, deviam ter chamado a atenção mesmo sem querer, mas Shingo não tinha notado. Só que depois da primeira vez, passou a reparar naqueles dois pés de pinheiros.

Naquela manhã de chuva com vento, o que se via dos dois pinheiros era uma vaga sombra.

— Shuichi — chamou Shingo. — Que há de errado com Kikuko?

— Nada importante.

Shuichi lia uma revista semanal.

Ele comprara duas revistas diferentes na estação Kamakura e entregara uma ao pai. Shingo a carregava sem abri-la.

— O que há de errado com ela? — repetiu a pergunta em tom calmo.

— Disse que estava com dor de cabeça.

— É mesmo? A velha me contou que ontem ela foi a Tóquio e regressou no final da tarde, e depois foi se deitar. Disse que ela estava com uma aparência preocupante. A velha suspeita que aconteceu algo com ela fora de casa. Ela nem jantou. Quando você voltou, por volta de nove horas, e foi para o quarto, ela chorava abafando a voz, não foi?

— Ela vai se recuperar em dois ou três dias. Não é nada importante.

— É mesmo? Não choraria daquele jeito com uma dor de cabeça. E de madrugada eu também percebi que ela chorava.

— Bem...

— Fusako disse que, quando levou a comida, Kikuko não queria que ela entrasse no quarto, escondendo o rosto para não ser vista... Fusako se queixou depois. Eu queria saber de você o que está acontecendo.

— Até parece que a casa toda está espiando o que Kikuko faz e não faz. — Shuichi levantou o olhar para o pai, visivelmente contrariado, e completou: — Kikuko também tem direito de ficar doente de vez em quando.

Shingo se sentiu aborrecido.

— Estou perguntando que doença é essa.

— Ela fez um aborto — vociferou Shuichi, como se cuspisse as palavras.

Shingo levou um choque. Olhou para o assento da frente, ocupado por dois soldados americanos. Desde o início, falava com o filho achando que eles não entendiam japonês.

Shingo disse em voz rouca:

— Com um médico?

— Exato.

— Ontem? — murmurou, sentindo um vazio.

Shuichi também havia parado de ler.

— Exato.

— Ela voltou no mesmo dia?

— Sim.
— Foi você quem decidiu?
— Foi ela quem decidiu e não havia jeito de fazê-la mudar de ideia.
— Kikuko mesmo? É mentira!
— É verdade o que estou dizendo.
— Mas por quê? Por que ela chegou a uma decisão dessas?

Shuichi se manteve calado.

— É culpa sua, não é?
— Bem. Quanto a isso, sim. Mas ela teimou, insistindo que desta vez não queria o bebê, de modo algum.
— Se você quisesse que ela desistisse, teria conseguido.
— Talvez não, nesse momento.
— O que quer dizer com "nesse momento"?
— Como o senhor sabe, pai. Ou seja, do jeito como eu vivo agora ela não quer ter filho.
— Ou seja, enquanto você tem uma amante?
— Bem. É isso.
— O que quer dizer com: "Bem. É isso"?

Irado, Shingo sentiu o peito sufocado.

— O que aconteceu foi quase um suicídio de Kikuko! Não pensa nisso? Mais do que um protesto contra você, foi quase um suicídio!

Ante a manifestação da ira do pai, Shuichi vacilou.

— Você matou a alma de Kikuko. Não há mais como recuperá-la.
— A alma de Kikuko é bastante forte, embora não pareça.
— Ela é uma mulher. É sua esposa! Depende da sua atitude. Estou certo de que, se você a tratasse com carinho,

Kikuko daria à luz com todo o prazer. Independentemente do problema da amante.

— Acontece que a questão não é independente.

— Kikuko sabe muito bem que Yasuko também espera ansiosa pelo neto. Não acha que Kikuko sente remorso pela demora em ter uma criança? Ela quer ter filhos, e as circunstâncias não permitem. Porque você age como se assassinasse a alma dela.

— Não é bem assim. Ela parece ter seus próprios valores morais.

— Valores morais?

— Raiva e revolta por ter engravidado...

— Hum?

Isso era uma questão entre marido e mulher.

Shingo se perguntava por que Shuichi estaria causando tanta humilhação e repúdio a Kikuko.

— Não posso acreditar nisso. Mesmo que ela diga isso, que o demonstre em atitudes, não creio que seja o verdadeiro sentimento dela. O próprio fato de o marido levar em consideração os valores morais da esposa não seria uma prova da falta de amor? Que burrice sua essa de levar a sério o amuamento da mulher! — disse, perdendo um pouco o ânimo.

— Não imagino o que Yasuko vai dizer quando souber que perdeu a chance de ver o neto.

— Mas o fato de Kikuko poder realmente ter filhos vai tranquilizar a mamãe.

— O quê? Você garante que vai ter outro?

— Eu garanto.

— Isso comprova que você não teme o céu, que é incapaz de amar uma pessoa.

— O senhor diz coisas difíceis. É fácil de se resolver.

— Não é coisa fácil. Pense bem. Não vê que Kikuko chora muito?

— Não que eu também não queira filhos. Mas agora nossas condições não são boas, e num momento como este não vai nascer uma criança que preste.

— Não sei o que quer dizer com "nossas condições", mas a condição de Kikuko não está ruim. Só a sua condição é que está. A natureza de Kikuko não é algo que piore as condições. Tudo porque você não se esforçou para amenizar os ciúmes dela. Por causa disso ela perdeu o filho. Pode não ser só o filho!

Shuichi ficava olhando o rosto de Shingo com ar de surpresa.

— Imagine a situação em que você se embebedou feio na casa de sua amante e, ao voltar para casa, pôs o pé com o sapato barrento no colo de Kikuko, que o descalçou para você — disse Shingo.

III

Naquele dia, Shingo visitou um banco a serviço e almoçou com um amigo que trabalhava ali. Conversaram até por volta das duas e meia. Depois, telefonou do restaurante para sua empresa, e dali voltou direto para casa.

Kikuko estava sentado na varanda com Kuniko nos braços.

Espantada com o retorno precoce de Shingo, fez menção de se levantar.

— Fique onde está. Já pode se levantar? — Ele também saiu para a varanda.

— Sim. Ia trocar a fralda do bebê.

— E Fusako?

— Ela foi ao correio com Satoko.

— Que necessidade ela tinha de ir ao correio, deixando o bebê com você?

— Espere um pouquinho. Vou cuidar primeiro da troca das roupas do vovô, está bem? — disse Kikuko ao bebê.

— Não, por favor, troque antes as roupas do bebezinho.

Kikuko levantou o rosto sorridente para Shingo. Seus dentes miúdos apareceram entre os lábios.

— Vovô disse que é para trocar você primeiro, Kuniko.

Kikuko usava, de modo descontraído, um quimono muito vistoso de seda ordinária, com um *obi* estreito de uso caseiro.

— Pai, em Tóquio também havia parado de chover?

— Chuva? Quando peguei o trem na estação Tóquio chovia, mas quando desci o tempo estava bom. Não reparei em que altura parou de chover.

— Em Kamakura também chovia até há pouco. Assim que a chuva parou, Fusako saiu.

— A montanha ainda está gotejando — observou Shingo.

Deitado na varanda, o bebê levantou os pés e segurou os dedos, movimentando mais livremente os pés do que as mãos.

— É isso, é isso. Fique olhando a montanha — disse Kikuko, limpando as coxas do bebê.

Um avião militar americano vinha voando baixo. O bebê olhou a montanha, espantado com o ruído. Não podia ver o avião dali, mas a enorme sombra projetada passou deslizando pela encosta da montanha atrás da casa. O bebê também devia tê-la visto.

O brilho pueril de espanto dos olhos do bebê sensibilizou o coração de Shingo.

— Esta menina não conhece ataques aéreos. Já temos muitas crianças que não conhecem a guerra.

Shingo falou olhando para dentro dos olhos de Kuniko. O brilho dos olhos já suavizara.

"Seria bom ter fotografado aquele olhar de Kuniko. Inclusive a sombra do avião na montanha. E, na foto seguinte...

O bebê é baleado do avião e sofre uma morte violenta."

Shingo ia dizer isso, mas lembrou que Kikuko fizera um aborto na véspera e se conteve.

Na vida real, no entanto, já aconteceram com muitos bebês casos semelhantes aos dessas duas fotografias imaginárias.

Kikuko carregou Kuniko em um só braço, enrolou as fraldas com a outra mão e se dirigiu à sala de banho.

Shingo foi à sala de estar pensando que retornara mais cedo por se sentir preocupado com Kikuko.

— Voltou tão cedo hoje — Yasuko também se sentou.

— Onde você estava?

— Lavando o cabelo. Assim que parou de chover e o sol brilhou intenso, minha cabeça começou a comichar. Cabeça de gente velha logo dá coceira.

— Minha cabeça não fica com coceira.

— A sua deve ser da melhor qualidade — riu Yasuko.

— Sabia que tinha voltado, mas, se eu aparecesse com o cabelo lavado e solto, você se aborreceria reclamando que dá arrepios.

— Quanto a isso, de cabelo lavado e solto de velha... que tal cortar de vez, na forma de batedor de chá?[66]

— Realmente. Mas esse estilo não é exclusivo para mulheres velhas, foi usado na era Edo por homens e mulheres. Corta-se o cabelo na altura do ombro, prendendo atrás, e ajeita-se as pontas como se elas fossem as de um batedor de chá. Vê-se muito no kabuki.

— Eu me refiro àquele de deixar as pontas soltas, sem prender atrás.

— Quer dizer que já posso usar esse tipo de corte? Mas tanto você como eu temos muito cabelo...

Shingo perguntou, baixando a voz:

— Kikuko já se levantou?

— Bem. Ela levanta um pouco e... anda muito pálida.

— Não é bom que ela fique cuidando do bebê.

— Fusako pediu para Kikuko tomar conta um pouco e o deixou rolando no leito dela. O bebê dormia bem.

— Você devia ter ficado com o bebê.

— Quando Kuniko começou a chorar, eu estava lavando o cabelo.

Yasuko se levantou e foi buscar as roupas de troca de Shingo.

— Até pensei que você também estivesse sentindo alguma coisa, pois voltou cedo.

Kikuko saiu da sala de banho e parecia que ia se dirigir ao quarto do jovem casal.

— Kikuko, Kikuko! — chamou Shingo.

— Pois não.

---

66. No original japonês, *chasen*. Utensílio de cerimônia do chá, feito de bambu repartido. Usado para tornar o chá cremoso.

— Traga Kuniko aqui.

— Sim, é para já.

Ela segurou a mão de Kuniko e a trouxe caminhando. Agora Kikuko estava com um *obi* mais apropriado.

Kuniko se agarrou ao ombro de Yasuko. A avó, que passava a escova nas calças de Shingo, esticou a coluna e colocou a menina no colo.

Kikuko pegou as roupas de Shingo.

Foi colocá-las no guarda-roupa do quarto contíguo e fechou devagar as portas.

Ela viu o próprio rosto refletido na parte interna de uma das portas e pareceu levar um susto. Mostrava-se hesitante entre retornar à sala de estar ou ir ao quarto de dormir.

— Kikuko, não é melhor ficar deitada? — perguntou Shingo.

— Sim.

As palavras de Shingo repercutiram no ar, e os ombros de Kikuko se moveram. Ela foi ao seu aposento, sem olhar para trás.

— Não acha que Kikuko anda esquisita? — Yasuko franziu as sobrancelhas.

Shingo não respondeu.

— Não sabemos que problema ela tem. Fico preocupada vendo-a deixar o leito e começar a andar, porque pode desmaiar de repente.

— De fato.

— De qualquer modo, dê um jeito de resolver aquele caso de Shuichi.

Shingo assentiu com a cabeça.

— Você poderia conversar com Kikuko para confortá-la? Eu irei com Kuniko buscar a mãe dela, e aproveitar para comprar algo para o jantar. Fusako, também, francamente...

Carregando o bebê nos braços, Yasuko se levantou.

— Que necessidade Fusako tinha de ir ao correio? — ao ouvir a pergunta de Shingo, Yasuko se voltou:

— Eu também pensei a mesma coisa. Será que escreveu uma carta para Aihara? Faz seis meses que se separaram... Já vai fazer seis meses que ela voltou para nossa casa, foi no último dia do ano passado.

— Se for para enviar a carta, tem uma caixa de coleta perto de casa.

— Aí que está. Ela acha que se enviar da agência do correio vai chegar mais cedo e com garantia. Quem sabe ela pensou em Aihara, mesmo sem querer, e ficou com uma vontade irresistível de falar com ele.

Shingo deu um sorriso torto. Sentiu o otimismo de Yasuko.

Uma mulher que, de uma forma ou outra, conserva o lar até sua velhice, parece que cria uma raiz de otimismo.

Shingo apanhou os jornais dos últimos quatro ou cinco dias, que Yasuko estava lendo, e percorreu-os com o olhar, distraído. Um artigo com a manchete "Lótus de dois mil anos floresceu" lhe chamou a atenção.

Na primavera do ano anterior, três sementes de lótus foram descobertas em um barco de madeira no sítio arqueológico da era Yayoi[67], situados em Kemigawa, cidade de Chiba. Supõe-se que as sementes sejam de cerca de dois mil anos antes. Um doutor fulano de tal, pesquisador de lótus, conseguiu que as sementes brotassem em abril do corrente ano, e as mudas foram plantadas em três locais: a Estação Experimental Agrícola da Província de Chiba, o lago do

---

67. Aproximadamente séculos III a.C. a III d.C.

parque Chiba e a casa do fabricante de saquê, no município Hatake-Machi, cidade de Chiba. O fabricante de saquê foi quem colaborou na escavação do sítio. Ele encheu um caldeirão com água, plantou nele a semente e o instalou no jardim de sua casa. Esse foi o primeiro lótus a florir. Logo que recebeu a notícia, o pesquisador de lótus acorreu e, dizendo: "Floresceu! Floresceu!", acariciou a linda flor. O jornal dizia que a flor eclodiu em "forma de garrafinha de saquê", passou para "forma de copo" e "forma de tigela"; finalmente para "forma de bandeja" e se despetalou. Informava também que havia 24 pétalas.

Embaixo da reportagem, havia uma fotografia na qual o doutor, usando óculos e em cuja cabeça pareciam despontar fios brancos, estendia o braço para segurar o caule da flor de lótus. Repassando a leitura, constatou que o doutor tinha 69 anos.

Por algum tempo, Shingo ficou olhando a fotografia da lótus; depois, pegou o jornal e se dirigiu ao quarto onde estava Kikuko.

Era o aposento do casal. Sobre a escrivaninha baixa de estilo tradicional, que era enxoval de Kikuko, havia um chapéu de feltro de Shuichi. Kikuko devia estar pensando em escrever uma carta, pois havia um bloco de papéis de carta ao lado do chapéu. A face frontal da gaveta da mesa estava decorada com um tecido bordado colado.

Sentiu um doce aroma de perfume.

— Como está você? Não seria melhor não se levantar toda hora? — perguntou Shingo e se sentou em frente à mesa.

Kikuko arregalou os olhos e o fitou. Ela ia se levantar, mas ficou hesitante e corou, as palavras de Shingo deixaram-na sem saber o que fazer. Sua testa estava pálida e sem viço, acentuando as belas curvas de suas sobrancelhas.

— Viu o artigo no jornal sobre o florescimento de um lótus de dois mil anos atrás?

— Sim, eu li.

— Então, você já viu — murmurou Shingo, e depois disse: — Se tivesse nos confiado e contado, não teria passado por momentos tão dolorosos. Voltar para casa no mesmo dia não teria sido um risco?

Kikuko se assustou.

— Foi no mês passado, não é? Nós conversamos sobre crianças... Você já sabia naquela época?

Ela sacudiu a cabeça negativamente sobre o travesseiro.

— Na época, não sabia. Se soubesse, eu teria ficado com vergonha de falar sobre crianças.

— Está bem. Shuichi disse que era por sua natureza escrupulosa.

Notando os olhos de Kikuko se encherem de lágrimas, Shingo não continuou.

— Não precisa mais ir ao médico?

— Amanhã, rapidamente.

E no dia seguinte, quando Shingo voltou da empresa, Yasuko lhe informou, como se mal conseguisse esperar:

— Kikuko voltou para a casa dos pais! Disseram que ela está acamada... Acho que foi por volta de duas da tarde que recebemos a ligação dos Sagawas, e Fusako atendeu. A pessoa informou que Kikuko apareceu lá, dizendo que se sentia um pouco indisposta e ficou deitada. "Pedimos desculpas pela inconveniência, mas gostaríamos de deixá-la descansar por dois ou três dias, e depois vamos mandá-la de volta", foi o que disse.

— Ah, sim.

— Mandei Fusako dizer que amanhã mesmo Shuichi irá ver como ela está. Foi a mãe de Kikuko que ligou. Não acha que Kikuko foi à casa dos pais para dormir descansada?

— Não foi por isso.

— Mas, então, por quê?

Shingo tirou o casaco, levantou o queixo para desfazer o nó da gravata e disse devagar:

— Ela fez um aborto.

— O quê?! — Yasuko levou um tremendo susto. — Como?! Sem dizer nada a nós?... Kikuko? Que horror essa gente jovem de hoje!

— Mãe, a senhora é muito distraída. — Carregando Kuniko nos braços, Fusako entrou na sala de estar. — Eu tinha certeza.

— Como você descobriu? — indagou Shingo, numa simples reação.

— Não posso explicar. Ela precisa de cuidados posteriores, não é?

Shingo não conseguiu pronunciar uma única palavra.

O jardim da capital

I

— O pai não é engraçado, mãe? — disse Fusako, empilhando, de modo rude, os pratos e as tigelas na bandeja depois do jantar. — O senhor, pai, trata com mais reserva a própria filha do que a nora, que entrou na casa depois, não acha, mãe?
— Fusako — interveio Yasuko, chamando-lhe a atenção.
— Mas estou errada? Se o espinafre ficou cozido demais, podia dizer que eu deixei passar do ponto. Ele não chegou a ficar no ponto de se tornar ração triturada para passarinhos, conservou a forma de espinafre! O pai devia pedir o serviço da casa de termas.
— Que é isso, casa de termas?
— Nas termas costumam preparar ovos cozidos e bolinhos doces feitos a vapor, não é? Uma vez ganhei da senhora algo chamado ovos de rádio, cozidos na água termal. Clara dura e gema mole... E a senhora me disse também que o espinafre do restaurante Hechimatei, de Kyoto, era de excepcional qualidade.
— Hechimatei?

— Estou falando de Hyotei.[68] Qualquer mendigo conhece bem. O que estou querendo dizer é que não tem nada a ver se a mão é hábil ou desajeitada como bucha![69]

Yasuko começou a rir.

— Se o pai fosse a uma terma de água com rádio e comesse espinafre cozido, controlando a temperatura e o tempo, ficaria tão forte quanto Popeye, mesmo na ausência de Kikuko — disse Fusako sem rir. — Eu não quero saber. É deprimente — acrescentou.

Então, com a ajuda do joelho, ergueu a pesada bandeja e disse ainda:

— Por falta da graciosa presença do belo filho e da bela nora, a refeição não agradou ao seu paladar?

Shingo levantou o rosto, e seu olhar encontrou o de Yasuko.

— Tanta tagarelice — disse Shingo.

— Claro que sim. Estava me abstendo de falar e chorar.

— Não tem como evitar que a criança chore — murmurou Shingo, e continuou com a boca entreaberta.

— Não falo das crianças, falo de mim mesma — disse Fusako, indo cambaleante à cozinha. — É natural o bebê chorar!

Ouviu-se o barulho das louças atiradas na pia.

Yasuko fez menção de se levantar.

Os soluços de Fusako vinham da cozinha.

Satoko levantou o olhar, mostrando o branco dos olhos para Yasuko, e correu à cozinha.

Era um olhar desagradável, pensou Shingo.

---

68. Restaurante tradicional de Kyoto. No caso, *"hyo"* e *"hechima"* são duas leituras do mesmo ideograma, sendo que o último é de uso popular.

69. O termo *hechima* é usado como sinônimo de má qualidade.

Yasuko também se levantou, pegou Kuniko, que estava a seu lado, e a pôs no colo de Shingo.

— Cuide dela um pouco — disse e seguiu Satoko.

Shingo a abraçou, notando que era macia, apertou-a contra o ventre. Segurou os pezinhos. Os tornozelos estrangulados e as plantas cheias cabiam na palma das mãos de Shingo.

— Sente cócegas?

Mas o bebê parecia não saber o que queria dizer "cócegas".

Shingo recordou o tempo em que Fusako ainda mamava. Certa vez, ela foi deixada nua para que suas roupas fossem trocadas e, quando Shingo lhe fez cócegas nos dois lados, ela franziu as narinas e balançou as mãos; no entanto, ele não estava seguro de sua memória.

Ele procurava não comentar a fealdade do bebê Fusako. Pois, sempre que ia tocar nesse assunto, surgia-lhe o semblante da bela irmã de Yasuko.

Sua expectativa de que a fisionomia do bebê mudasse várias vezes até que crescesse e atingisse a maioridade foi frustrada, e essa expectativa se desgastou com o passar dos anos.

A feição da neta Satoko era um pouco melhor do que a da mãe, e a do bebê, Kuniko, era ainda mais promissora.

Tudo isso indicava que ele estaria buscando até nas netas a imagem da irmã de Yasuko? Nesse ponto de sua reflexão, Shingo sentiu repúdio de si mesmo.

Apesar disso, Shingo se surpreendeu ao descobrir que, ainda assim, perseguia a ideia alucinante de que aquela criança que Kikuko abortara, essa neta perdida para sempre, teria sido a reencarnação da irmã de Yasuko, uma beldade que não teve a oportunidade de viver neste mundo.

Quando afrouxou as mãos que seguravam os pés, Kuniko se levantou do colo de Shingo e foi caminhando, com passos incertos e os braços em círculo estendidos para a frente, em direção à cozinha.

— Cuidado! — no mesmo instante em que Shingo disse isso, o bebê tombou.

Tombou para a frente, ficou deitado de lado e não chorou.

Satoko, agarrada à manga de Fusako, e Yasuko, carregando Kuniko nos braços, retornaram à sala de estar.

— O pai está mesmo distraído, sabe, mãe? — disse Fusako enquanto passava o pano na mesa. — Quando voltou para casa e trocou as roupas, ele juntou as frentes do quimono e também do *juban*[70], colocando o lado esquerdo por baixo, e ia passar o *obi*; então, ficou parado com jeito de quem acha que algo está errado. Há mais alguém assim no mundo? Para o pai também deve ser a primeira vez, não? Está muito esquisito.

— Não. Aconteceu uma vez — disse Shingo. — Naquela ocasião, lembro que Kikuko disse que em Ryukyu[71] tanto faz se é o esquerdo ou o direito que fica por cima.

— Ah, é?! Em Ryukyu, quem sabe? — Fusako voltou a empalidecer. — Se for para agradar o pai, Kikuko não perde a oportunidade. Essa é boa! Em Ryukyu, hein!

Shingo controlou a irritação.

---

70. Roupa que se veste por baixo do quimono. O modelo é semelhante ao do quimono; pode ser longo (*nagajuban*) ou curto (*hanjuban*), indo até os quadris.
71. Nome antigo de Okinawa. O reino de Ryukyu foi conquistado e anexado ao Japão em 1609. Possui cultura própria, diferente da cultura japonesa e da chinesa.

— Juban é uma palavra de origem portuguesa.[72] Não se sabe se em Portugal se usava o lado esquerdo ou direito por cima.

— Isso foi também a sabe-tudo da Kikuko quem disse?

Yasuko interveio, tentando amenizar a tensão:

— O *yukata* de verão, então, toda hora ele põe virado ao avesso.

— Vestir-se invertido por descuido e pôr o lado esquerdo por baixo por distração são coisas diferentes!

— Faça então Kuniko se vestir sozinha. Ela não vai saber se é para pôr o lado direito ou o esquerdo por cima — disse Yasuko.

— É muito cedo para o pai voltar a ser um bebê — rebateu Fusako, sem se dar por vencida.

— Mas, mãe, não acha que é lamentável? Não há por que o pai botar o lado esquerdo do quimono por baixo só porque a nora foi para a casa dos pais por um ou dois dias. Ele não sabe que a filha verdadeira voltou para esta casa e já faz seis meses?

De fato, fazia quase seis meses desde que Fusako voltara, na noite chuvosa do último dia do ano. Do genro, Aihara, não vinha nenhuma notícia, e Shingo nem tentou procurá-lo.

— Sim. Vai fazer seis meses — concordou Yasuko. — Embora o caso de Fusako e o caso de Kikuko não tenham nenhuma relação.

— Não têm relação mesmo? Acho que ambos têm a ver com o pai.

— Sim, porque são problemas dos filhos. Esperamos que o pai de vocês consiga resolver.

---

72. Refere-se a gibão.

Fusako ficou cabisbaixa e não respondeu.

— Fusako, aproveite uma ocasião como esta e diga tudo o que tem a dizer, sem deixar nada — sugeriu Shingo. — Você se sentirá reanimada. Por sorte, Kikuko não está.

— Não tenho nada a dizer em especial, pois tudo é por minha culpa. Mas, pelo menos, gostaria que comesse sem reclamar, mesmo que não tenha sido preparado por Kikuko — disse Fusako, ainda prestes a chorar mais uma vez. — Eu não tenho razão? O pai fica calado o tempo todo. Come como quem não está gostando da comida. Assim, eu também fico triste.

— Fusako, sei que você tem muitas coisas a dizer — encorajou Yasuko. — Dois ou três dias atrás, você foi ao correio. Era para mandar uma carta para Aihara?

Fusako parecia levar um susto, mas abanou a cabeça, negando.

— Mandou dinheiro para ele?

Com essa pergunta, Shingo compreendeu que Yasuko devia dar dinheiro a Fusako para pequenos gastos, escondida dele.

— Onde está Aihara? — perguntou Shingo. Voltou-se para Fusako e esperou pela resposta, porém logo continuou. — Pelo jeito não se encontra em casa. Uma vez por mês, mando um funcionário da empresa ir até lá para conferir como está tudo. E não só para isso, mas para dar um pouco de ajuda à sogra. Se você, Fusako, estivesse naquela casa, seria a responsável por cuidar da saúde dela, não é?

— O que disse?

Yasuko ficou boquiaberta.

— Está enviando alguém da empresa?

— É um homem discreto, de inteira confiança, que não se mete em assunto que não lhe diz respeito. Se Aihara estivesse em casa, eu iria lá pessoalmente e conversaria a respeito de Fusako, mas não adiantaria nada me encontrar com uma velha senhora com problema nas pernas.

— O que Aihara anda fazendo?

— Bem... Tráfico de narcóticos ou algo parecido, mas está sendo usado apenas como instrumento. Começou com o mau hábito da bebida e aos poucos foi ficando prisioneiro dos narcóticos; é o que parece.

Yasuko fitava o marido como se olhasse para algo assustador. Mais do que os fatos sobre Aihara, parecia sentir temor do marido por ele ter feito segredo de tudo isso.

Shingo continuou:

— Mas parece que nem a mãe com o problema nas pernas mora mais naquela casa. Tem uma pessoa estranha morando lá. Significa que não há mais a casa de Fusako.

— Nesse caso, o que ele fez com os pertences de Fusako?

— Mãe, há muito tempo que os guarda-roupas e os baús estão vazios — disse Fusako.

— Ah, é? Quer dizer que você foi ingênua voltando apenas com um embrulho de *furoshiki*? Ai, ai... — disse Yasuko, suspirando.

Shingo ficou em dúvida se Fusako sabia do paradeiro de Aihara e se comunicava com ele.

Perguntava a si mesmo de quem teria sido a responsabilidade por não ter conseguido impedir a queda de Aihara: de Fusako, Shingo, o próprio Aihara ou nenhum desses. Shingo olhava para o jardim, que começava a ganhar a cor do crepúsculo.

II

Quando Shingo compareceu à empresa, por volta das dez horas, havia uma carta deixada por Eiko Tanizaki.

"Vim procurá-lo para tratar com o senhor do assunto relativo à jovem senhora. Retornarei mais tarde", dizia o bilhete.

A jovem senhora, a que Eiko se referia, seria Kikuko, sem dúvida.

Shingo indagou à nova secretária, Natsuko Iwamura, que substituiu Eiko depois que ela se demitiu:

— A que horas Tanizaki veio?

— Ah, sim. Eu tinha acabado de chegar e estava limpando sua mesa; devia ser, portanto, pouco depois das oito.

— Ela esperou?

— Ah, sim. Por algum tempo.

Shingo não gostava do "ah, sim" de Natsuko, pesado e embotado. Podia ser sotaque provinciano.

— Ela se encontrou com Shuichi?

— Não, senhor. Acho que foi embora sem falar com o senhor Shuichi.

— Está bem. Pouco depois das oito... — disse para si.

Ela deve ter passado antes de ir à loja de confecções. Decerto retornaria no intervalo de almoço.

Shingo releu o bilhete de Eiko, escrito com suas letras miúdas no canto de uma folha grande; em seguida, olhou pela janela.

O céu estava inteiramente límpido, parecia mais um dia de maio do que outros dias do mesmo ano.

Shingo vinha observando esse céu desde que estava no trem da linha Yokosuka. Os passageiros olharam o céu e abriram as janelas.

Pássaros que voavam rente à correnteza cintilante do rio Rokugo brilhavam prateados. Parecia até que não foi por pura coincidência que um ônibus de capô vermelho passava pela ponte do lado norte.

"No alto do céu, o vendaval. No alto do céu, o vendaval", Shingo ficou repetindo, sem propósito, as expressões do quadro de imitação de Ryokan, quando viu o bosque de Ikegami.

"Estranho." Avançou o corpo para a janela do lado esquerdo.

"Aqueles pinheiros talvez não sejam do bosque de Ikegami. Parece que estão mais perto."

Vistos agora, os dois pés altos que se destacam estavam aquém do bosque.

O senso de distância teria se confundido devido às chuvas ou seria porque era uma enevoada manhã de primavera?

Shingo manteve os olhos fixos neles, esforçando-se para ter uma confirmação.

Por outro lado, já que todos os dias ele via esses pinheiros do trem, sentiu vontade de ir até eles, ao menos uma vez, para se certificar.

Todavia, mesmo dizendo "todos os dias", ele os descobrira apenas recentemente. Passara ali, distraído, durante longos anos, vendo nada além do que o bosque do templo Honmonji.

No entanto, constatou nessa manhã, pela primeira vez, que os pinheiros altos talvez não pertencessem ao bosque de Ikegami. Foi devido ao céu transparente da manhã de maio.

Shingo fizera duas descobertas ligadas a esses dois pinheiros, que inclinavam suas partes superiores um para o outro, como se tentassem se abraçar.

Após o jantar da véspera, ao saber que Shingo procurava ter notícias da casa de Aihara e dar alguma ajuda à mãe idosa, Fusako, que estava exaltada, acalmou-se de repente e se calou.

Shingo sentiu pena da filha. Pensou ter descoberto algo na pessoa de Fusako, mas o que seria essa descoberta não era tão claro como no caso dos pinheiros de Ikegami.

Dois ou três dias antes, no trem, enquanto olhava aqueles pinheiros, Shingo questionou Shuichi e o fez confessar o aborto de Kikuko.

A essa altura, os pinheiros já não eram mais simples pinheiros, pois o aborto induzido de Kikuko acabou se enroscando neles. Sempre que visse aqueles pinheiros, no caminho de ida e volta do trabalho, Shingo seria forçado a se lembrar de Kikuko?

Naturalmente, isso aconteceu também nessa manhã.

Na manhã em que Shuichi confessara, os dois pinheiros apareciam vagos, no meio da chuva e do vento, misturando-se com o bosque de Ikegami. Contudo, nessa manhã, separados do bosque e manchados com a história do aborto, a cor dos pinheiros parecia suja. Talvez porque o tempo estivesse bom.

— Mesmo num dia de tempo bom, o "tempo" humano está ruim — murmurou Shingo, sem propósito, desistindo de olhar o céu recortado pela janela do seu gabinete. E começou a trabalhar.

Após o meio-dia, Eiko telefonou. Disse que não podia se afastar do trabalho devido ao volume da encomenda das roupas de verão.

— Já consegue trabalhar tanto a ponto de ficar atarefada?
— Sim, senhor.
Eiko se calou por um instante.
— Está ligando da loja?
— Sim. Mas a senhora Kinuko não está — anunciou com simplicidade o nome da mulher de Shuichi. — Fiquei esperando que ela saísse.
— Humm?
— Alô, alô. Voltarei a procurá-lo amanhã pela manhã.
— Pela manhã? Às oito, de novo?
— Não, senhor. Amanhã, eu posso esperar.
— É assim tão urgente?
— Sim. Bem, pode ser urgente ou não. No meu entender, é urgente. Gostaria de lhe contar logo. Estou tão agitada!
— Agitada, você? É sobre Shuichi?
— Contarei tudo pessoalmente.

Shingo não deu muito crédito à dita "agitação" de Eiko; mesmo assim, sentiu-se inquieto pelo fato de ela procurar por ele dois dias seguidos, querendo dizer-lhe algo.

A inquietação cresceu tanto que, por volta das três horas, Shingo telefonou para a casa dos pais de Kikuko.

Quem atendeu foi a empregada da casa dos Sagawas. Enquanto aguardava Kikuko, ouvia uma bela música ao telefone.

Desde que Kikuko fora para a casa dos pais, Shingo e Shuichi não haviam falado mais sobre ela. Shuichi se esquivava.

Por outro lado, Shingo absteve-se de visitá-la na casa dos pais, imaginando que isso pudesse trazer uma complicação maior.

Considerando a natureza de Kikuko, Shingo supunha que ela não havia contado nada para os pais e irmãos a respeito do próprio aborto, nem da amante de Shuichi. Porém, não tinha certeza.

No meio da bela música sinfônica que se ouvia do receptor, Kikuko chamou:

— ... Pai! — disse, transparecendo saudade em sua voz.

— Pai. Desculpe a demora.

— Ah! — disse Shingo, aliviado. — Como você está?

— Sim. Já estou bem. Peço desculpas por ter agido de modo tão infantil.

— Nada disso.

Shingo não conseguiu prosseguir.

— Pai! — tornou a chamar, parecendo feliz. — Gostaria de vê-lo. Posso lhe fazer uma visita agora?

— Agora? Você pode?

— Sim, posso. Quanto antes me encontrar com o senhor melhor será para mim, para não sentir vergonha em voltar para casa.

— Está bem. Fico esperando aqui na empresa.

A música continuava.

— Alô — chamou Shingo. — É bonita a música.

— Oh! Esqueci de desligar... É o balé *Les Sylphides*, de Chopin. Uma suíte de Chopin. Vou pedir o disco e levar para casa.

— Você vem em seguida?

— Sim. Mas não quero me encontrar com o senhor na empresa, por isso estou pensando.

Então, ela sugeriu que se encontrassem no Shinjuku Gyoen, o antigo jardim imperial.

Shingo ficou desconcertado e começou a rir.

Kikuko parecia achar que a ideia era boa e disse:

— O senhor também vai sentir a alma lavada por causa do verde.

— Só fui uma vez ao Shinjuku Gyoen, por um acaso qualquer, ver uma exposição de cães.

— Venha então me ver como se fosse para ver os cães — riu Kikuko. *Les Sylphides* continuava tocando.

III

Conforme o combinado com Kikuko, Shingo entrou no antigo jardim imperial pelo grande portão localizado no primeiro quarteirão do Shinjuku.

No lado do posto da guarita da entrada, uma placa anunciava a locação de carrinhos de bebê por trinta ienes a hora e esteiras por vinte ienes por dia.

Havia um casal americano, o marido carregando uma garotinha e a esposa conduzindo um pointer alemão.

Além dos americanos, jovens casais entravam no jardim. Os únicos que caminhavam devagar eram os americanos. Naturalmente, Shingo seguiu atrás deles.

À esquerda do caminho havia uma sebe semelhante a um lariço, que, na realidade, era um cedro do Himalaia. Quando viera ao jardim participar de uma recepção oferecida pela Associação de Proteção aos Animais ou algo assim, Shingo se lembrava de ter visto uma porção de cedros do

Himalaia espetaculares, mas agora nem imaginava em que parte do jardim teria sido.

Nas árvores à direita, havia placas de nomenclatura: tuia, *utsukushimatsu*[73] e outras.

Shingo foi andando devagar, pensando que tivesse chegado antes da nora. O caminho, que vinha do portão, logo terminou na margem de um lago, e Kikuko o esperava ali, sentada num banco, em frente a um pé de ginkgo.

Ela se voltou para Shingo e, ao se levantar, curvou-se em cumprimento.

— Você chegou cedo. Ainda faltam uns quinze minutos para as quatro — disse Shingo, olhando o relógio do pulso.

— Fiquei tão feliz com seu telefonema que saí na hora. Não há palavras para explicar o quanto me senti feliz — disse Kikuko, falando rápido.

— Então esperou bastante? Não está com roupas leves demais?

— Não. Este suéter é do meu tempo de colegial. — Ao dizer isso, ficou ruborizada. — Não deixei quase nenhuma roupa lá em casa. Eu não podia vir me encontrar com o senhor vestida com um quimono emprestado de minha irmã.

Kikuko era a caçula de oito irmãos, e todas as irmãs estavam casadas. Portanto, quem ela chamou de irmã devia ser, na realidade, sua cunhada.

O suéter verde vivo era de manga média. Talvez essa fosse a primeira vez no ano que Shingo via os braços desnudos de Kikuko.

---

73. Uma variedade de pinheiro vermelho, *Pinus densiflora*.

Um pouco mais formal, Kikuko voltou a pedir desculpas por ter ido para a casa dos pais e lá permanecido esses dias.

Shingo não soube como responder.

— Já pode voltar para Kamakura? — perguntou em tom casual.

— Sim — acenou com a cabeça, docilmente. — Eu tinha vontade de voltar — disse, movendo os belos ombros e fitando Shingo. Os olhos de Shingo não conseguiram captar como era esse movimento dos ombros, mas ele levou um pequeno choque ao perceber o suave aroma.

— Shuichi foi visitá-la?

— Foi. Mas se o senhor não tivesse telefonado...

— Quer dizer que seria difícil voltar?

Interrompendo o que dizia, Kikuko se afastou da sombra do gingko.

Observando-o por trás, o exuberante verde, que sobrepesava nas copas de grandes árvores, parecia precipitar-se como chuva sobre seu fino pescoço.

O lago artificial tinha um toque de estilo japonês; numa pequena península estava instalada uma luminária decorativa de pedra, na qual um soldado branco apoiava o pé e brincava com uma prostituta. Nos bancos da margem, havia também jovens namorados.

Seguindo Kikuko, que caminhava à sua frente, foram pelo lado direito do lago e, passando por entre as árvores, atingiram uma área aberta.

— Como é amplo! — Shingo estava encantado.

— Sente-se um frescor, não é, pai? — Kikuko parecia orgulhosa.

Entretanto, Shingo parou em frente ao pé de nêspera à beira do caminho e não avançou de imediato para aquele amplo gramado.

— Que nespereira magnífica. Não há nada que a impeça, por isso até os ramos inferiores cresceram à vontade.

Shingo sentiu uma profunda emoção devido ao aspecto da árvore que crescera naturalmente.

— Tem bela forma. Por falar nisso, aquela vez que eu vim ver os cães, notei os pés gigantescos de cedro do Himalaia, que eram deixados crescer também até os ramos inferiores em toda sua extensão. Fiquei olhando-os, e isso me deu uma sensação gostosa. Onde ficam aqueles pés?

— Para os lados do Shinjuku.

— Ah, sim. Eu entrei pelo lado do Shinjuku.

— Há pouco o senhor disse ao telefone que foi ver os cães?

— Sim. Não havia muitos deles, mas era uma recepção ao ar livre organizada pela Associação de Proteção aos Animais para arrecadar donativos. Poucos japoneses compareceram, a maioria eram estrangeiros, diplomatas e familiares do exército de ocupação. Era verão. Lembro-me das bonitas moças indianas, com delicados tecidos de seda vermelha ou azul enrolados ao redor do corpo. Havia bancas para venda de artigos americanos, indianos e de outros países. Eram raridades naquele tempo.

Acontecera havia dois ou três anos, mas Shingo não conseguia precisar quando fora.

Enquanto falava, começou a se afastar do pé de nêspera.

— Quanto à cerejeira do nosso jardim, mandarei limpar as arálias que crescem junto à raiz dela. Você me lembra disso, Kikuko, quando voltar para casa?

— Sim.

— Gosto daquela cerejeira porque nunca deixei que cortassem os ramos.

— Está cheio de galhinhos que ficam carregados de flores... No mês passado, no auge da floração, ouvimos juntos os sinos dos templos que comemoravam os setecentos anos da capital do Budismo.

— Você é gentil em guardar na memória essas coisas.

— Oh! Eu não vou esquecer por toda a vida. Também ouvimos o canto do milhafre.

Kikuko encostou-se em Shingo, e juntos saíram sob o gigantesco olmeiro para o amplo gramado.

Shingo sentiu o coração abrir-se ante a visão panorâmica do verde.

— Ah! Sinto-me livre. Nem parece o Japão. Nunca imaginei que existisse um lugar como este no centro de Tóquio — disse, contemplando a amplitude do verde, que se estendia em direção a Shinjuku.

— Ouvi dizer que a profundidade parece maior do que é na realidade, pois tiveram uma preocupação especial com a "vista".

— O que é isso, "vista"?

— Devem ser as linhas de perspectiva. Todos os caminhos que margeiam o gramado e os que o cruzam descrevem uma suave curvatura.

Kikuko contou ter ouvido as explicações de seu professor quando veio em uma visita do colégio. O amplo gramado com as árvores de grande porte plantadas aqui e ali era no estilo de paisagens inglesas.

As pessoas que estavam no espaçoso gramado eram, na maioria, jovens casais. Estavam deitados, sentados ou caminhavam em passos lentos. Encontravam-se grupos de cinco ou seis garotas colegiais e crianças; no entanto, Shingo ficou espantado ao descobrir o paraíso dos namorados e sentia-se deslocado.

O cenário seria uma prova de que, ao mesmo tempo que o jardim imperial fora liberado ao público, os jovens, rapazes e moças, também ganharam liberdade?

Shingo e Kikuko entraram no gramado e andaram entre os casais em encontro amoroso, mas ninguém deu atenção a eles. Shingo procurou passar longe desses casais.

No entanto, o que Kikuko estaria pensando? Não eram nada mais do que um velho sogro e a jovem nora que vieram ao parque, mas Shingo não conseguira se adaptar à situação.

Não dera importância ao telefonema de Kikuko, que marcou o encontro no Shinjuku Gyoen, mas agora que estava ali achava que se tratava de algo estranho.

No meio do gramado havia uma árvore de uma altura excepcional que atraiu a atenção de Shingo.

Enquanto se aproximava dela, olhando para o alto da copa, vinha a sensação de volume e nobreza do verdor dessa árvore gigantesca, que se erguia em prumo; sentiu que a melancólica angústia suscitada com relação a si e a Kikuko fora purificada pela natureza. Achou que podia aceitar o que ela dissera: "O senhor vai sentir a alma lavada."

Era um lírio-árvore. Ao se aproximar, notou que havia três pés aparentando ser um único. Uma nota explicativa dizia: "O nome é devido à flor semelhante à do lírio; também chamado de tulipeiro pela semelhança com a tulipa. Planta nativa da América do Norte, seu crescimento é rápido. Estes pés têm cerca de cinquenta anos."

— Então, apenas cinquenta anos. Mais novo do que eu — disse Shingo, admirado, voltando a olhar para o alto.

Os ramos de largas folhas se abriam como se tentassem abraçar e esconder Shingo e Kikuko.

Shingo sentou num banco, mas não conseguiu parar sossegado.

Kikuko pareceu surpresa ao vê-lo levantar em seguida.

— Vamos ver aquelas flores — propôs Shingo.

Adiante, no gramado, parecia haver canteiros de flores. Quase à altura dos ramos pendentes das árvores de lírio, avistava-se ao longe, mas com nitidez, uma extensa área de flores brancas. Atravessando o gramado, Shingo disse:

— A festa de boas-vindas do general vitorioso da guerra russo-japonesa foi realizada neste jardim. Eu tinha, então, menos de vinte anos de idade. Morava no interior.

Shingo sentou num banco que havia entre as árvores de alamedas magníficas, que se estendiam nos dois lados dos canteiros de flores.

Kikuko ficou em pé na frente dele.

— Voltarei para casa amanhã de manhã. Por favor, avise à mãe e peça para que ela não ralhe comigo... — Enquanto dizia, sentou-se ao lado de Shingo.

— Se você tem algo a me contar, antes de voltar para casa...

— Para o senhor? Tenho tanta coisa que gostaria de lhe dizer, mas...

IV

Na manhã seguinte, Shingo aguardava Kikuko com ansiedade, mas saiu de casa antes de sua chegada.

— Kikuko pediu para você não ralhar com ela — disse para Yasuko.

— Ralhar? Pelo contrário, devemos pedir desculpas — disse a mulher com o rosto radiante.

Shingo resolveu contar somente que telefonara para ela.

— Você tem uma enorme influência sobre Kikuko.

Acompanhou-o até o vestíbulo para se despedir.

— Mas está tudo bem — concluiu Yasuko.

Pouco depois de Shingo chegar à empresa, Eiko apareceu.

— Olá, você está bonita. E traz flores — Shingo a recebeu com afabilidade.

— Depois que entro no serviço não posso mais sair, por isso fiquei perambulando pelas ruas. Achei estas flores muito bonitas e comprei.

No entanto, Eiko se aproximou da mesa de Shingo com a expressão séria e escreveu com a ponta do dedo "ninguém por perto."

— Como é? — Shingo a olhou com espanto. Mas logo pediu a Natsuko:

— Deixe-nos a sós por algum tempo.

Enquanto Natsuko deixava o gabinete, Eiko procurou um vaso e colocou as três rosas que trouxera. Usando um vestido que convinha a uma funcionária de uma loja de moda ocidental, Eiko aparentava estar um pouco mais gorda do que da última vez.

— Peço desculpas por ontem — começou com uma formalidade fora do comum. — Vim procurá-lo dois dias seguidos, eu...

— Tudo bem. Sente-se.

— Muito obrigada, senhor. — Sentou-se numa cadeira e ficou cabisbaixa.

— Quer dizer que vai chegar atrasada ao serviço por minha causa?

— Sim, mas não tem importância.

Eiko levantou o rosto e, ao olhar para Shingo, prendeu a respiração como se fosse chorar.

— Eu não sei se poderia dizer o que sinto. Posso estar indignada pela injustiça e talvez esteja exaltada.

— Por quê?

— A respeito da jovem senhora — hesitou. — Fez o aborto, não foi?

Shingo não respondeu.

Como Eiko soube? Não acreditava que Shuichi tivesse falado. Contudo, ela trabalhava na mesma loja da amante dele. Shingo sentiu uma desagradável inquietação.

— Tudo bem que ela tenha feito o aborto... — hesitou mais uma vez.

— Quem lhe contou isso?

— O senhor Shuichi tomou da senhora Kinuko o dinheiro para a despesa hospitalar dessa cirurgia.

Chocado, Shingo sentiu seu coração se encolher.

— Achei desumano! É insulto demais para uma mulher! Total falta de sensibilidade! Fiquei com tanta pena da jovem senhora que não pude suportar. Mesmo que o senhor Shuichi tenha dado dinheiro para a senhora Kinuko e, por isso, possa achar que é dinheiro dele, nós mulheres não achamos justo. Já que é de uma classe distinta, diferente de nós, o senhor Shuichi pode arranjar facilmente o dinheiro necessário para isso, não é? Não seria o correto, já que há diferença de classes?

Eiko tentava conter o tremor de seus ombros magros.

— E senti pena também da senhora Kinuko por ter lhe entregado o dinheiro! Eu não consigo entender! Fico revoltada, e tudo isso me deixa desgostosa. Achei então que tinha de vir aqui falar com o senhor, mesmo que, depois disso, eu não possa continuar na mesma loja que ela. Sei que não devia falar de coisas que não têm a ver comigo.

— Pelo contrário. Obrigado.

— Eu fui muito bem tratada aqui e gostei muito da jovem senhora, que só conheci rapidamente.

Os olhos rasos de Eiko brilhavam em lágrimas.

— Por favor, faça com que eles terminem.

— Sim...

Devia ser sobre Kinuko, mas poderia entender que ela estava dizendo para separar Shuichi e Kikuko.

Foi a intensidade que Shingo sentiu ter precipitado num abismo.

Grande foi a sua surpresa ao saber da paralisação e degeneração do espírito de Shuichi, porém reconheceu que ele próprio estava se remexendo dentro do mesmo lodaçal. Sentiu-se aterrorizado pelo temor obscuro.

Depois de terminar de contar tudo o que tinha para dizer, Eiko se levantou para se retirar.

— É cedo — disse Shingo, embora sem ânimo.

— Eu voltarei outro dia. Hoje estou com muita vergonha, não quero chorar na sua frente.

Shingo sentiu a consciência e a bondade de Eiko.

Ficou escandalizado pela insensibilidade quando ela se empregou na loja onde Kinuko trabalhava por recomendação dela mesma. No entanto, ele próprio e Shuichi tinham sido muito mais insensíveis.

Shingo ficou olhando as rosas vermelhas deixadas por Eiko.

Pelo que Shuichi dissera, Kikuko se recusou a ter o bebê devido à sua natureza escrupulosa, "enquanto Shuichi continuasse com a amante", mas os escrúpulos de Kikuko haviam sido pisoteados por completo.

Ao pensar que nessa hora Kikuko já teria voltado para a casa de Kamakura, sem nada saber a respeito... Sem querer, Shingo fechou os olhos.

O restabelecimento

I

Na manhã de domingo, Shingo cortava com um serrote as arálias que cresciam junto da raiz de cerejeira.

Mesmo sabendo que não conseguiria eliminá-las por completo se não escavasse e removesse suas raízes, murmurou:

— Basta cortar os brotos todas as vezes que aparecerem.

Já tinha derrubado tudo uma vez, mas isso fez com que a planta crescesse com um vigor ainda maior. Todavia, Shingo evitou fazer de novo o trabalho de eliminá-la por completo. Talvez não tivesse força para escavar as raízes.

Os troncos de arália apresentavam pouca resistência à serra, mas eram numerosos, e a testa de Shingo começou a ficar molhada de suor.

— Deixe-me ajudar. — Era Shuichi que chegara sem que Shingo percebesse.

— Não. Não precisa — recusou sem lhe dar atenção.

Shuichi ficou parado um instante e disse:

— Kikuko pediu para eu ajudar o pai no corte das arálias.

— Ah, foi? Mas já estou terminando.

Shingo sentou sobre a pilha de arálias derrubadas e olhou para a casa. Kikuko estava em pé, encostada na porta de vidro da varanda. Usava um vistoso *obi* vermelho.

Shuichi pegou o serrote que estava sobre as coxas de Shingo.

— É para cortar todos?

— Sim.

Ficou observando os movimentos joviais e vigorosos de Shuichi.

Em pouco tempo, derrubou quatro ou cinco troncos que restavam.

— Cortamos estes também? — voltou-se para Shingo e perguntou.

— É. Espere um pouco — disse Shingo, levantando-se.

Eram dois ou três novos pés de cerejeira. Pareciam ter nascido da raiz do pé principal; podiam não ser pés independentes, mas galhos do próprio pé.

Notou que da parte inferior do grosso tronco nasciam pequenos ramos, como se tivessem sido enxertados, e até folhas despontavam.

Shingo se afastou um pouco para examinar, e, por fim, disse:

— Bem. É melhor cortar esses que nasceram do chão, fica com melhor aspecto.

— Entendo.

Entretanto, Shuichi não cortou de imediato. Parecia achar uma bobagem a hesitação de Shingo.

Kikuko também desceu ao jardim.

Apontando com o serrote os novos pés de cerejeira, Shuichi disse:

— O pai está pensando se vai cortar ou não estes pés — e riu um pouco.

— É melhor cortá-los — disse Kikuko sem rodeios.

Shingo lhe explicou:

— É que não há como saber se são galhos ou não.

— Os galhos não nascem do chão.

— E como se chamam os galhos que nascem da raiz? — disse Shingo, rindo.

Calado, Shuichi cortou os pés novos.

— De qualquer modo, penso em deixar todos os ramos dessa cerejeira crescerem quanto quiserem, livres e naturalmente. Por isso, resolvi eliminar as arálias que incomodam — explicou Shingo. — Deixe que fiquem esses pequenos ramos da base do tronco.

Kikuko dirigiu o olhar para Shingo e disse:

— Havia flores nesses galhinhos que mais se parecem com *hashi* ou palitinho de dentes. Eram muito bonitinhas.

— Ah, é? Deram flores? Eu não notei.

— Floriram sim. No pequeno galho havia um cacho com duas ou três... E alguns do tipo palitinho tinham uma única flor.

— É?

— Mas iriam crescer? Até que estes galhinhos tão mimosos fiquem do tamanho dos ramos inferiores da nespereira ou da miricácea do Shinjuku Gyoen, eu serei uma velhinha.

— Nem tanto. Cerejeiras crescem rápido — disse Shingo, dirigindo o olhar ao rosto de Kikuko.

Ele não contara nem à esposa nem a Shuichi que fora ao jardim imperial com Kikuko.

Mas teria ela confidenciado ao marido logo que voltou para casa de Kamakura? Talvez não tenha atribuído a importância de uma confidência, mas contara como se fosse um acontecimento qualquer.

Era possível que Shuichi sentisse embaraço em abordá-lo e dizer: "Soube de seu encontro com Kikuko no Shinjuku Gyoen." Quem devia ter contado antes era Shingo. Todavia, ambos evitaram o assunto. Havia um mal-estar entre eles. Shuichi talvez tenha sabido mesmo por Kikuko e fingisse não saber.

Mas a expressão de Kikuko não mostrava nenhum constrangimento.

Shingo contemplou os pequenos galhos no tronco da cerejeira. Visualizou, mentalmente, o aspecto desses frágeis galhinhos, que se pareciam com novos brotos despontados em locais inesperados, crescidos livres como os ramos inferiores das árvores do Gyoen.

Que visão suntuosa seria se os longos ramos pendentes e rastejantes no solo ficassem cobertos de flores; no entanto, Shingo nunca tinha visto algo semelhante numa cerejeira. Também não se lembrava de ter visto nenhum pé gigante de cerejeira que tivesse seus ramos amplamente desenvolvidos desde a raiz.

— Onde vamos colocar as arálias cortadas? — perguntou Shuichi.

— Deixe-as num canto qualquer.

Shuichi juntou os troncos e foi arrastando-os de lado. Kikuko seguia atrás com três ou quatro deles na mão.

— Não, Kikuko... Você ainda precisa se cuidar — preocupou-se Shuichi.

Kikuko concordou com um aceno de cabeça e parou, largando os troncos.

Shingo entrou em casa.

— Kikuko também foi para o jardim. E o que está fazendo? — perguntou Yasuko, que tirava os óculos, enquanto reaproveitava um velho mosquiteiro e fazia um menor para a sesta do bebê. Mas não esperou a resposta e continuou: — É coisa rara os dois estarem em nosso jardim num domingo. Desde que Kikuko voltou da casa dos pais, os dois estão se dando muito bem. Não é curioso?

— Ela também carrega sua dor — murmurou Shingo.

— Não acho que seja só por isso — replicou Yasuko, com ênfase na voz. — Kikuko é uma menina sempre sorridente, mas fazia muito tempo que ela não sorria com um olhar feliz como agora. Quando a vejo assim, um pouco abatida, mas com o sorriso feliz, eu também...

— Hum.

— Ultimamente, Shuichi também volta cedo do trabalho e passa os domingos em casa. É como dizem: "Choveu e a terra firmou."

Sentado, Shingo ficou em silêncio.

Shuichi e Kikuko entraram juntos na sala.

— Pai, Satoko acaba de arrancar seu precioso broto de cerejeira — disse Shuichi, mostrando um galhinho entre os dedos.

— Ela também estava puxando o tronco da arália, e pensei que estivesse se divertindo, mas então arrancou o broto de cerejeira.

— Ah, está bem. Um galhinho assim, criança gosta de arrancar — disse Shingo.

Kikuko ficou em pé, meio escondida nas costas de Shuichi.

II

Quando Kikuko voltou da casa de seus pais, Shingo ganhou de presente um barbeador elétrico de fabricação nacional. Para Yasuko, ela trouxe um cordão decorativo para o *obi*, e deu a Fusako roupinhas para Satoko e Kuniko.

— Trouxe algo para Shuichi também? — perguntou Shingo para Yasuko.

— Um guarda-chuva dobrável. E parece que comprou um pente americano. Um lado do estojo é espelho... Se não me engano, não se deve dar um pente para outra pessoa, porque provoca o rompimento da relação com ela, mas parece que Kikuko não sabe disso.

— Nos Estados Unidos não devem dizer essas coisas.

— Kikuko comprou para ela também o mesmo pente, mas de cor diferente e um pouco menor. Fusako o viu e disse: "Que bonito", e, então, ela acabou lhe dando o outro de presente. Tinha um valor especial para Kikuko, pois a intenção era ter o mesmo pente que Shuichi. Talvez Fusako não devesse ter ficado com ele. É apenas um pente, mas achei-a insensível.

Yasuko parecia ter vergonha da própria filha.

— As roupas que Satoko e Kuniko ganharam são de seda, de qualidade superior, para usar em passeios. Parece que Kikuko não tinha um presente especial para Fusako. Mas, como deu um presente para as duas filhas dela, é como se tivesse presenteado a própria Fusako. Porém, como ela se apossou do pente, Kikuko pode achar que devia ter trazido algo para Fusako. De qualquer modo, Kikuko foi para casa pelo motivo que nós sabemos e não tinha por que trazer presentes para nós.

— Tem razão.

Shingo concordava, mas havia outros motivos que o deprimiam.

Imaginava que, para comprar os presentes, Kikuko incomodara os pais. Considerando que Shuichi pegara dinheiro com Kinuko para cobrir as despesas da cirurgia do aborto, isso significava que nem ele nem Kikuko teriam dinheiro para os presentes. Ela acreditava que fora Shuichi quem custeara o hospital e, por isso, teria pedido ajuda aos pais.

Shingo se arrependeu de não ter dado a Kikuko, já há muito tempo, nenhum tipo de mesada. Não que tivesse esquecido, mas na medida em que a relação entre Kikuko e Shuichi fora se deteriorando, e ela foi ganhando intimidade com ele, seu sogro, tornou-se difícil para Shingo lhe dar dinheiro em segredo. Ele, que fora incapaz de avaliar a situação partindo do ponto de vista dela, não era, no entanto, muito diferente de Fusako, que ficara com o pente de Kikuko.

Era natural que Kikuko não pudesse pedir mesada ao sogro, pois estava passando dificuldades devido ao comportamento inescrupuloso de Shuichi. Mas, se Shingo a tivesse tratado com a devida consideração, ela não teria passado pela humilhação de fazer o aborto com o dinheiro da amante do marido.

— Eu teria me sentido melhor se ela não tivesse comprado nenhum presente para nós — disse Yasuko, pensativa. — Somando tudo, deve ter custado um bocado. Quanto teria sido?

— Pois é.
Shingo fez uma rápida conta mental, mas disse:
— Não faço ideia de quanto custa o barbeador elétrico. Nunca vi antes.
— Ah, sim — concordou Yasuko. — Se fosse um sorteio, você teria ganhado o primeiríssimo prêmio. Não é de admirar, pois é coisa de Kikuko. Além de tudo, o barbeador faz barulho e se movimenta, não é?
— Os dentes não se mexem.
— Mexem sim. Do contrário, como é que corta a barba?
— Não. Por mais que se observe, os dentes não se movem.
— Ah, é? — Yasuko riu, maliciosamente. — Só pelo fato de você ficar feliz como uma criança que ganhou um brinquedo, vale como o primeiríssimo prêmio. Todas as manhãs, fica fazendo o barulho do aparelho, e até na mesa da refeição você passa a mão no queixo várias vezes, bem satisfeito. Até Kikuko fica encabulada, se bem que deve se sentir feliz com o sucesso de seu presente.
— Empresto para você, se quiser — disse Shingo rindo, e Yasuko recusou sacudindo a cabeça.
No dia em que Kikuko voltou da casa dos pais, Shingo e Shuichi voltaram juntos da empresa. Naquela noite, na sala de estar, o barbeador elétrico foi um sucesso.
Poderia se dizer que a apreciação do barbeador substituiu as saudações constrangedoras no momento do reencontro das duas partes: Kikuko, que fora à casa dos pais sem avisar ninguém e lá ficara vários dias, e a família de Shuichi, que a levara a fazer o aborto.
Com uma expressão satisfeita, Fusako logo vestiu as filhas com as roupas novas, elogiando os bonitos bordados

das golas e dos punhos. Shingo, por sua vez, consultou o "Guia do usuário" e experimentou o aparelho na hora.

Todos o observavam como se perguntassem: "Que tal?"

Shingo passou o barbeador no queixo segurando-o numa mão, sem largar o "Guia do usuário" da outra.

— Diz aqui que tira com facilidade as penugens da nuca de senhoras. — Ao dizer isso, Shingo olhou para o rosto de Kikuko.

O contorno dos cabelos da testa de Kikuko até o lado das bochechas era admiravelmente bonito. Até aquele momento, Shingo não notara que eles descreviam curvas delicadas e graciosas. A pele de tez fina e os cabelos abundantes formavam um nítido contraste.

Seus olhos brilhavam de contentamento, e no rosto, que perdera um pouco a cor, destacava-se mais o tom rosado das bochechas.

— Ganhamos um ótimo brinquedo para o pai — disse Yasuko.

— Não é brinquedo, não. É um instrumento útil da civilização. É um aparelho de precisão. Tem número de registro e carimbos dos responsáveis pela inspeção mecânica, regulagem e conclusão.

Bem-humorado, Shingo passava o aparelho acompanhando a direção natural dos fios ou no sentido contrário.

— Não há perigo de machucar a pele, ou de a lâmina causar uma irritação — disse Kikuko. — Nem precisa de sabonete e água.

— Sim. E, para os velhos, a navalha tranca nas rugas. Isto aqui é bom para você também. — Shingo ia entregar para Yasuko.

Ela recuou, como se tivesse medo.

— Eu não tenho barba.

Shingo examinou os dentes do barbeador; depois, colocou os óculos e voltou a examiná-los. Disse:

— Os dentes não se movem, como é que consegue cortar? O motor gira, mas os dentes estão imóveis.

— Deixe-me ver? — Shuichi o tomou, mas logo passou para Yasuko.

— Realmente. Os dentes não se movem. Não seria o mesmo princípio do aspirador de pó? Ele suga o pó.

— Os fios cortados também, não sei para onde foram. — Com o comentário de Shingo, Kikuko baixou a cabeça e riu.

— O que acha de comprar um aspirador de pó em retribuição ao barbeador? — sugeriu Yasuko. — Pode ser também uma máquina de lavar roupas. Seria de grande ajuda a Kikuko.

— Pode ser — respondeu Shingo à velha esposa.

— Não temos nada desses instrumentos úteis da civilização em nossa casa — continuou Yasuko. — Nem geladeira elétrica temos. Todos os anos você diz que vai comprar, vai comprar, e já estamos na época de necessitar dela. Também já existe um modelo bem prático de torradeira de pães, que desliga automaticamente no instante em que o pão assa e o lança para fora.

— A velhinha é defensora da eletrificação dos lares, hein?

— Você trata Kikuko com carinho, mas esquece do essencial.

Shingo desligou o cabo do barbeador. Na caixa do aparelho havia duas escovinhas. A menor se parecia com um palitinho de dentes, e a outra tinha o aspecto de um pequeno limpador de garrafas. Experimentou as duas. Quando ele limpava os orifícios atrás dos dentes com a escova que tinha a forma de limpador de garrafas, olhou, por acaso para baixo e notou uns pequenos fios brancos espalhados sobre seu colo. Só enxergava os brancos.

Discretamente, Shingo limpou o colo.

III

Em primeiro lugar, Shingo adquiriu um aspirador de pó.

Antes da refeição matinal, ouviam-se pela casa os ruídos do aspirador que Kikuko usava e do motor do barbeador de Shingo. Ele achava certa comicidade nisso, embora não soubesse a razão.

No entanto, poderia ser o ruído do lar renovado.

Satoko também ficou curiosa com o aspirador e andava atrás de Kikuko.

Shingo sonhou com cavanhaques, e o motivo talvez tenha sido o barbeador elétrico.

No sonho, Shingo não era protagonista, mas espectador. E, como acontece nos sonhos, não havia uma clara distinção entre protagonista e espectador. Além disso, era um acontecimento nos Estados Unidos, onde Shingo nunca estivera. Pensou, mais tarde, ter sonhado com os Estados Unidos devido aos pentes de fabricação norte-americana trazidos por Kikuko.

No sonho de Shingo, dependendo do estado americano, havia mais descendentes de ingleses, espanhóis ou de outras nações; as cores e formas dos cavanhaques, portanto, tinham diferentes características. Depois de acordar, Shingo não lembrava quais eram essas diferenças, mas no sonho ele reconhecia com clareza as diferenças existentes entre os cidadãos de cada estado; isto é, os cavanhaques de cada raça que compunha a população. Entretanto, em um estado — cujo nome ele não lembrou mais depois de acordar — surgiu um homem que reunia em seu queixo as barbas de todas as características de raças e estados. Não que os fios de características variadas crescessem misturados em seu cavanhaque, mas se agrupavam em porções distintas do tipo francês, indiano e dos demais. Ou seja, no queixo desse homem estavam pendurados em cachos diferentes tipos de fios de barba, que variavam de acordo com os estados e as raças.

O governo norte-americano designou o cavanhaque desse homem patrimônio nacional. Por causa disso, o homem não poderia mais cortar nem tratar o próprio cavanhaque quando desejasse.

Era apenas isso. Shingo via o cavanhaque espetacular, multicolorido do homem, sentindo-o um pouco como se fosse seu. De certa forma, o orgulho e o embaraço que o homem estaria sentindo eram do próprio Shingo.

Tratava-se de um sonho quase sem história, ele apenas observava o homem de cavanhaque.

Naturalmente, o cavanhaque do homem era longo. Talvez porque Shingo fizesse a barba todas as manhãs com o barbeador elétrico, deixando o queixo limpo, teria tido um sonho contrário, de barba crescida à vontade. Achou cômico o fato de a barba ser designada patrimônio nacional.

Como foi um sonho inocente, pensou em contar de manhã para a família. Ouviu o som da chuva por algum tempo e voltou a adormecer. Então, teve um sonho perverso e logo acordou.

Shingo estava acariciando uns seios caídos um tanto pontudos. Os seios continuavam moles. Era um sinal de que a mulher não tinha a intenção de corresponder aos toques da mão dele. "Que sem graça", pensou.

Embora tocasse os seios, não sabia quem era a mulher. Antes, ele nem pensava em quem seria. Não havia rosto nem corpo, era como se apenas dois seios flutuassem no ar. Nesse momento, pensou pela primeira vez em quem seria; a mulher, então, se tornou a irmã mais nova de um amigo de Shuichi. Mas não sentia constrangimento ou estímulo. A impressão do que estava acontecendo com essa moça era mínima. A silhueta dela continuava indefinida. Os seios eram de uma mulher que nunca dera à luz, mas Shingo não achava que fosse intocada. Constatou os sinais de sua pureza nos dedos e se assustou. Achou que ficara numa situação embaraçosa, mas não sentiu que tivesse praticado algum mal.

— Faça de conta que foi uma atleta — murmurou.

Surpreendeu-se com a própria fala e despertou do sonho.

Ele se deu conta de que esse "Que sem graça" foram as últimas palavras de Ogai Mori[74] antes de morrer. Tinha lido isso certa vez num jornal.

Todavia, era possível que fosse uma desculpa de Shingo, que, ao acordar de um sonho desagradável, lembrasse, antes

---

74. Ogai Mori (1862-1923). Escritor japonês, romancista, novelista, contista e poeta. Traduziu obras ocidentais de ficção e teoria literária.

de tudo, das palavras finais de Ogai e as amarrasse às próprias palavras.

No sonho, não experimentou nem amor nem prazer. Não teve um pensamento lascivo de um sonho lascivo. Realmente, foi um "que sem graça." E um despertar insípido.

Talvez não tivesse chegado a violá-la, apenas tentado. Se a tivesse violado sob emoção ou estremecendo de medo, ao menos o mal teria ganhado vida depois que ele tivesse despertado.

Recordando os sonhos lascivos que tivera nos anos recentes, suas parceiras, em geral, eram as chamadas mulheres vulgares. Também o era a moça dessa noite. Até nos sonhos Shingo estaria temendo os remorsos morais da fornicação?

Tentou se lembrar da irmã mais nova do amigo de Shuichi. Achava que ela tinha os seios fartos. Antes da vinda de Kikuko, houve uma rápida tentativa de arranjar o casamento de Shuichi com aquela jovem, e eles tiveram alguns contatos socialmente.

— Ah! — Shingo foi fulminado por um raio.

A moça do sonho não teria sido uma encarnação de Kikuko? Talvez o senso moral interferisse no sonho apesar de tudo, e a moça do sonho, em vez de ser Kikuko, tivesse tomado a forma da irmã do amigo de Shuichi? Mais ainda, para camuflar esse ato imoral, para enganar o próprio remorso, ele não teria transformado a substituta em uma mulher insípida, muito inferior àquela jovem?

Se lhe fosse permitido realizar seus desejos carnais, se pudesse refazer a vida tal como desejasse, Shingo não teria querido amar Kikuko virgem, ou seja, uma Kikuko antes de se casar com Shuichi?

Essa verdade oculta no recôndito de seu coração ficou distorcida e se manifestou no sonho numa forma miserável. Mesmo no sonho, Shingo teria querido ocultá-la e enganar a si próprio?

O fato de ter usado como pretexto a jovem que queriam que casasse com Shuichi antes de Kikuko, e, mais ainda, tornado seu aspecto indefinido, não teria sido porque ele temia sobremaneira que a mulher do sonho fosse Kikuko?

E também, recordando mais tarde, sua parceira do sonho era uma presença vaga, o enredo do sonho também era vago, e ele não se lembrava direito nem sentia prazer com o contato da mão que acariciava os seios. Tudo isso o levava a desconfiar de que, no momento em que acordou, algum raciocínio já tivesse agido com rapidez e apagado o sonho da memória.

"É um sonho. Um cavanhaque ser designado patrimônio nacional é coisa de sonho. Não acredito na psicanálise dos sonhos." Shingo enxugou a face com a palma da mão.

O sonho insípido lhe esfriara o corpo, mas, depois de acordar, vinha-lhe um suor desagradável.

A chuva que ele ouvira, sem dar muita atenção depois do sonho com os cavanhaques, ganhara intensidade e batia na casa fustigada pelo vento. Até os tatames começavam a ficar úmidos. Entretanto, o barulho da chuva parecia anunciar que ela cessaria depois de cair torrencialmente.

Shingo se lembrou de um quadro de *sumie* de Watanabe Kazan[75], que vira na casa de um amigo havia quatro ou cinco dias.

---

75. Watanabe Kazan (1793-1841), nome artístico de Watanabe Nobori (ou Noboru). Samurai de certo destaque e pintor. Aprofundou-se em Estudos Holandeses. Escreveu um livro criticando o governo do xogunato e foi preso; depois, suicidou-se.

Era o quadro de um corvo pousado no topo de uma árvore seca.

Havia um título em forma de haicai: "Teimoso corvo do alvorecer; chuva de maio. Noboru."

Lendo o poema, Shingo achou que entendia o significado do quadro e o sentimento de Kazan.

O desenho mostrava um corvo que suportava o vento e a chuva no topo da árvore seca, esperando o amanhecer. As pinceladas em tinta fraca reproduziam a intensa chuva com vento. Shingo não se lembrava bem do aspecto da árvore seca; além disso havia somente um grosso tronco quebrado. Da figura do corvo, ele lembrava bem. O corvo estava um pouco inchado por estar adormecido ou molhado pela chuva, ou, decerto, por ambos os motivos. Seu bico era enorme. A mancha da tinta de carvão na parte superior do bico tornava-o mais forte e espesso. O olho estava aberto, mas talvez não desperto por completo; parecia sonolento. Contudo, tinha um olhar penetrante, como que carregado de ódio. No quadro, o corvo ocupava um espaço considerável.

Shingo sabia apenas que Kazan vivera na penúria e cometera haraquiri. Entretanto, compreendia que essa "figura de um corvo no alvorecer da chuva e do vento" representava um estado de espírito de Kazan em determinado momento de sua vida.

Seu amigo deve ter colocado esse quadro no *tokonoma* por estar de acordo com a estação.

— Este corvo tem uma expressão de forte determinação — opinou Shingo. — Não gosto disso.

— Você acha? Durante a guerra, eu olhava com frequência esse corvo e dizia para mim mesmo: "Aguente firme!"

O corvo aguenta firme. E tem também um ar sereno. Mas, meu amigo, se uma pessoa fizer haraquiri por um motivo como o de Kazan, quantas vezes nós teríamos de fazer também? Tudo depende da época — disse o amigo. — Nós também esperávamos pelo amanhecer...

Shingo imaginou que, mesmo nessa noite de forte chuva e vento, aquele quadro de corvo estaria dependurado na sala de visitas do amigo.

E pensou como estariam os milhafres e os corvos de sua casa.

IV

Depois do segundo sonho, Shingo não conseguiu mais pegar no sono e aguardou a chegada do alvorecer, embora não tivesse ânimo nem determinação como o corvo de Kazan.

Independentemente de ter sonhado com Kikuko ou com a irmã do amigo de Shuichi, ter um sonho erótico e não sentir o menor tremor no coração lascivo parecia-lhe algo lastimável.

Era uma infâmia muito pior do que qualquer ato de fornicação. Seria a decrepitude resultante da velhice?

Durante a guerra, Shingo perdera o hábito de tocar em mulheres. E continuou assim, mesmo depois. Não havia chegado à idade avançada, mas acabou por se acostumar. Ele fora esmagado pela guerra e, assim, deixou-se ficar sem reconquistar a vitalidade. Até seu modo de pensar, em função da guerra, parecia ter sido encurralado num estreito espaço de senso comum.

Tinha vontade de perguntar aos amigos se muitos idosos da sua faixa etária estariam como ele ou não, mas era provável que rissem da covardia dele.

Que mal teria amar Kikuko em sonhos? O que estaria temendo, e por que ter escrúpulo até no sonho? Mesmo acordado, não teria mal algum amá-la em segredo. Tentou convencer a si mesmo.

No entanto, veio à mente um haicai de Buson[76]: "Fria chuva de outono; tenta esquecer o amor, o velho homem apaixonado." Os pensamentos de Shingo cada vez mais mergulhavam na desolação.

Como Shuichi tivera uma amante, as relações entre Kikuko e Shuichi haviam evoluído. Depois do aborto de Kikuko, as intimidades do casal ganharam uma maior afetividade e harmonia. Na noite da violenta tempestade, Kikuko se entregava ao marido de uma forma muito mais intensa; e, na noite em que Shuichi voltara para casa completamente bêbado, ela o acolheu com uma ternura ainda maior do que de costume.

Seria fragilidade ou tolice de Kikuko?

Estaria ela consciente do que se passava consigo, ou nada percebia e apenas entregava-se, docilmente, ao encanto da Criação, às ondas da vida?

Recusando-se a ter a criança, Kikuko protestou contra Shuichi, assim como quando voltou para a casa dos pais, revelando com essas atitudes que seus sofrimentos tinham

---

76. Yosa Buson (1716-1783). Haicaísta e pintor.

chegado ao nível do insuportável. Mas retornou em dois ou três dias e, como se quisesse se redimir da própria culpa e procurasse cicatrizar a ferida, acabou se reaproximando de Shuichi muito mais do que antes.

Do ponto de vista de Shingo, não deixava de ser: "Que sem graça." Todavia, de qualquer maneira, poderia se concluir que tudo terminara bem.

Quanto ao problema de Kinuko, Shingo chegou a pensar que deixaria o assunto sem questionamento por um tempo, esperando que tudo se resolvesse por si.

Mesmo sendo Shuichi seu próprio filho, Shingo refletia se Kikuko deveria continuar atada a Shuichi apesar da situação em que se encontrava. Até que ponto eles formavam um casal ideal, um casal predestinado? As dúvidas de Shingo pareciam não ter fim.

Sem querer acordar Yasuko a seu lado, Shingo não podia acender a luz nem olhar o relógio, mas lá fora o dia já clareava, e logo soaria o sino do templo anunciando as seis horas.

Lembrou-se do badalar dos sinos que ouvira no Shinjuku Gyoen.

Era o aviso do fechamento do jardim no final da tarde.

— Parece o sino de uma igreja — observou Shingo para Kikuko, imaginando que estavam indo para a igreja, passando pela alameda do parque de algum país ocidental. Parecia haver uma igreja adiante, na direção da saída do jardim.

Shingo se levantou, apesar de não ter dormido o suficiente.

Sentindo-se embaraçado ao ver o rosto de Kikuko, saiu cedo de casa junto com Shuichi.

Shingo perguntou de modo abrupto:

— Você matou alguém na guerra?

— Não sei. Se alguém fosse atingido pelas balas da minha metralhadora, morreria na certa. Mas poderia se dizer que não era eu quem disparava a metralhadora.

Shuichi ficou com uma expressão desgostosa e virou o rosto para o outro lado.

A chuva cessou durante o dia mas voltou com intensidade, acompanhada de ventos, e uma densa cerração cobriu Tóquio.

Quando estava saindo de uma recepção de sua empresa em uma casa de diversão, Shingo foi colocado no último carro, incumbido de levar as gueixas para a casa delas.

As duas de meia-idade sentaram cada uma num lado de Shingo, e a terceira, a jovem gueixa, em seu colo. Shingo passou a mão pela frente, sobre o *obi*, e a apertou.

— Tudo bem.

— Perdoe-me — disse ela, tranquilizando-se e se acomodando no colo dele. Era quatro ou cinco anos mais nova do que Kikuko.

Para poder se lembrar dessa gueixa, Shingo pensou em anotar seu nome na caderneta logo que subisse no trem, mas foi apenas uma ideia passageira, e ele mal se lembrou de fazê-lo.

No período das chuvas

I

Naquela manhã, quem primeiro leu o jornal foi Kikuko. Devido à chuva que entrou na caixa de correspondências do portão, o jornal ficou molhado. Enquanto secava as folhas na chama de gás que cozinhava o arroz, ela aproveitava para ler as páginas.

Quando acordava cedo, Shingo, por vezes, buscava o jornal e o levava ao leito para ler, mas a função de recolhê-lo cabia a Kikuko.

No entanto, ela, em geral, só o abria depois que Shingo e Shuichi saíssem para o trabalho.

— Pai! Pai! — chamou Kikuko em voz baixa, do lado de fora do *shoji*.

— O que é?

— Se está acordado, por favor...

— Está se sentindo mal?

Devido ao tom da voz dela, Shingo se levantou na mesma hora.

Ela estava em pé na varanda com o jornal na mão.

— O que foi?

— É Aihara. Está no jornal.
— Polícia? Aihara foi preso?
— Não.
Recuando um pouco, Kikuko lhe entregou o exemplar.
— Oh, ainda está molhado — disse ela.
Shingo tinha estendido a mão sem muita vontade de pegar, e o jornal molhado pendeu com o próprio peso.
Kikuko apoiou com a palma da mão a outra ponta e sustentou o jornal.
— Eu não enxergo. O que aconteceu com ele?
— Tentou o suicídio duplo.
— Suicídio...? Morreram?
— Diz aqui que é possível que ele se salve.
— Entendo. Espere um pouco. — Shingo largou o jornal e ia se afastar quando perguntou: — Fusako está em casa, dormindo?
— Sim.
Na véspera, com certeza Fusako se deitara em seu quarto com suas duas crianças uma hora antes do que de hábito, portanto, não teria como se suicidar com Aihara nem aparecer no jornal matinal.
Olhando da janela do banheiro a chuva fustigada pelo vento, Shingo tentava se acalmar. As gotas de chuva escorriam velozes pelas longas folhas de eulálias pendentes do sopé da montanha.
— Que chuvarada forte. Nem parece que estamos em junho, que é um período de chuvas mais amenas. — Shingo disse isso para Kikuko e sentou-se na sala de estar.
Tomou o jornal nas mãos, mas antes que começasse a ler os óculos escorregaram pelo nariz. Estalou a língua, irritado.

Tirou os óculos e esfregou as laterais do nariz com a mão até embaixo dos olhos. Teve uma sensação desagradável por causa da oleosidade.

Enquanto lia o pequeno artigo, os óculos voltaram a deslizar.

Aihara tentara o suicídio duplo em uma terma de Rendaiji, da península de Izu. A mulher morreu. Aparentava ter cerca de 25 ou 26 anos, era do tipo garçonete, identidade desconhecida. O homem, provável dependente de entorpecentes, poderá se salvar. Pelo fato de terem usado um entorpecente, e pela ausência de testamento, há dúvidas se o homem não teria maquinado uma encenação.

Shingo sentiu vontade de agarrar os óculos, que teimavam em deslizar até a ponta do nariz, e arremessá-los contra algo.

Encontrava-se em tal estado que não conseguia discernir se estava com raiva do suicídio de Aihara ou se sua irritação era porque os óculos não paravam no lugar.

Esfregando de um modo rude as faces com a palma das mãos, levantou-se e foi para o lavabo.

O jornal informava o endereço em Yokohama, que Aihara registrara no hotel. Não aparecia o nome da esposa, Fusako.

Pelo menos, o artigo do jornal não revelava nenhuma ligação com a família de Shingo.

O endereço de Yokohama podia ser falso, e é bem provável que Aihara não tivesse residência fixa. Também era possível que Fusako não fosse mais esposa dele.

Shingo lavou o rosto e escovou os dentes.

Teria sido nada mais do que o sentimentalismo e a natureza indecisa de Shingo, que ficava ora angustiado ora hesitante,

por estar preso ao hábito de considerar que Fusako fora ainda a esposa de Aihara?
— A isso que se chama "o tempo resolve tudo"? — murmurou Shingo.
Enfim, o tempo resolvera a questão enquanto ele adiava uma decisão?
Entretanto, não teria havido para Shingo uma maneira de ajudar Aihara antes que o genro chegasse a esse ponto?
Por outro lado, era impossível saber se Fusako teria impelido Aihara à autodestruição, ou se Aihara teria levado Fusako à infelicidade. É possível que haja alguém com um caráter que impele outro à destruição ou à infelicidade, como também pode haver um que leve à própria destruição ou à infelicidade.
Após retornar à sala de estar, Shingo, tomando chá quente, perguntou:
— Sabe, Kikuko, que cinco ou seis dias atrás, Aihara mandou pelo correio o formulário de divórcio?
— Sei. O senhor ficou bravo...
— Sim, fiquei. Fusako também disse que estava além dos limites do desrespeito com ela. Mas aquilo pode ter sido um acerto de contas antes de morrer. Aihara estava decidido a se matar. Estou certo de que não foi uma encenação. A mulher, decerto, era apenas a companheira para o ato.
Kikuko, que franzia as bonitas sobrancelhas, manteve-se calada. Ela vestia um quimono listrado de seda ordinária.
— Vá acordar Shuichi — disse Shingo.
Olhando Kikuko, que se afastava, Shingo achou que, talvez por causa do quimono listrado, ela parecia mais alta.

— Aihara decidiu fazer o divórcio? — disse Shuichi para Shingo e apanhou o jornal.

— O formulário de divórcio da mana já foi entregue, não foi?

— Não. Ainda não.

— Ainda não? — Shuichi levantou o rosto.

— Por quê? É melhor entregar logo, hoje mesmo. Se Aihara não sobreviver, o que vai acontecer é que o documento será apresentado por uma pessoa morta.

— Mas o que faremos com os registros civis das duas filhas? Aihara não mandou dizer nada a respeito. As crianças pequenas não são capazes de decidir por si se ficarão com o pai ou a mãe.

O formulário, com o qual Fusako também concordou e onde pôs seu carimbo, estava guardado na pasta de Shingo, indo e voltando entre a casa e a empresa.

De tempos em tempos, ele mandava levar dinheiro à mãe de Aihara. Pensava em aproveitar o mesmo funcionário para levar o formulário à subprefeitura, mas acabou adiando dia após dia.

— As crianças já estão aqui, não há outro jeito — disse Shuichi de modo descuidado. — E a polícia, vai aparecer aqui?

— Para quê?

— Por achar que somos responsáveis por Aihara ou algo assim.

— Creio que não. Para que isso não acontecesse ele deve ter mandado o formulário de divórcio.

Abrindo o *fusuma* com violência, Fusako entrou na sala ainda de quimono de dormir.

Mal leu a notícia, rasgou o jornal em pedaços e os arremessou. Usou força em demasia para rasgar, mas não conseguiu atirar longe. Ela se jogou nos tatames, meio de lado, e varreu com as mãos as folhas espalhadas ao seu redor.

— Kikuko, deixe esse *fusuma* fechado — ordenou Shingo.

Do outro lado do *fusuma* aberto por Fusako, as duas crianças dormiam.

Com as mãos trêmulas, Fusako voltou a rasgar o jornal.

Shuichi e Kikuko se mantinham calados.

— Fusako, você gostaria de ir encontrar Aihara? — perguntou Shingo.

— Não quero!

Fusako apoiou um cotovelo no tatame e se ergueu com um impulso. Os cantos dos olhos estavam repuxados; ela fitou Shingo com raiva e prosseguiu.

— O que acha que sua filha é, pai? O senhor é um covarde! Nem consegue ter raiva do homem que arrastou sua filha a essa desgraça? O senhor, pai, que vá buscá-lo e que passe vergonha em público! Quem foi que me mandou casar com um homem como aquele?

Kikuko se levantou e foi à cozinha.

Naquele instante, Shingo dissera as palavras que surgiram em sua mente. Numa situação como essa, caso Fusako fosse acolher Aihara, os corações deles, que estavam distanciados, poderiam se reatar e, uma vez mais, os dois recomeçariam tudo. Shingo continuou pensando em silêncio que isso seria possível num ser humano.

II

Se Aihara se recuperou ou morreu, o jornal nada mais informou.

Já que a subprefeitura aceitou o formulário de divórcio, no registro ele não constava como morto.

No entanto, caso tivesse morrido, teria sido enterrado como alguém de identidade desconhecida? Não podia ser. Ele tem mãe, que está deficiente das pernas. Mesmo que a mãe não tivesse lido o jornal, algum parente dele deve ter tomado conhecimento. Shingo imaginou que Aihara sobrevivera.

No entanto, poderia continuar apenas na imaginação que as duas filhas de Fusako estavam sob tutela? Shuichi estava resoluto, mas para Shingo permaneceram alguns detalhes preocupantes.

De fato, os gastos com duas netas tornaram-se responsabilidade de Shingo. Shuichi parecia não pensar que, no futuro, passaria a ser sua responsabilidade.

Mesmo que deixasse de lado os encargos da criação, poderia se dizer que, de agora em diante, a felicidade de Fusako e das netas estaria meio perdida; mas isso também seria responsabilidade de Shingo?

Quando entregava o documento do divórcio, veio-lhe à mente a mulher que acompanhava Aihara.

Era certo que uma mulher morrera. Que significado teriam a vida e a morte dessa mulher?

— Apareça, fantasma! — disse Shingo para si e se assustou. — Mas, sem dúvida, foi uma vida sem graça.

Caso Fusako tivesse levado uma vida sossegada com Aihara, essa mulher não teria por que se suicidar; portanto, de certa maneira, não deixava de ser um assassinato indireto de Shingo. Considerando desse modo, não suscitaria uma piedade búdica para sufragar àquela mulher?

Contudo, não tinha como imaginar a feição dela; em vez disso, surgiu de repente a imagem do bebê de Kikuko. Não teria como imaginar a feição da criança que cedo foi abortada, mas Shingo imaginava o estereótipo de um gracioso bebê.

Aquela criança não nasceu; e isso, também, não teria sido um assassinato indireto de Shingo?

Os dias de tempo desagradável, que deixavam até os óculos escorregadios, continuavam. Shingo sentia um peso indefinido no pulmão direito.

Nesse período de chuvas, quando o tempo limpava, a luz do sol repentino era ofuscante.

— Este ano plantaram não sei que flores naquela casa onde havia um girassol no verão passado. Flores brancas semelhantes ao crisântemo europeu. Parece que quatro ou cinco casas, lado a lado, fizeram acordo e plantaram a mesma flor. É interessante. No ano passado, as mesmas casas tinham girassol — observou Shingo, enfiando os pés nas calças.

Kikuko estava parada à sua frente, segurando o casaco.

— Não seria porque os girassóis ficaram partidos na tempestade do ano passado?

— Bem possível. Kikuko, você tem crescido ultimamente?

— Sim, eu cresci. Desde que vim para esta casa, minha altura vinha aumentando pouco a pouco, mas, nos últimos tempos, aumentou de repente. Shuichi ficou admirado.

— Quando...?

O rubor espalhou-se no rosto de Kikuko, que passou por trás de Shingo e o ajudou a vestir o casaco.

— Bem que notei que está ficando mais alta. Achei que não era só por causa do quimono. Que bonito continuar crescendo depois de anos de casada.

— É que sou imatura e retraída...

— Nada disso! É uma graça. — Ao dizer isso, Shingo encarava o fato como algo esplendidamente rejuvenescedor. Quando a tinha nos braços, teria Shuichi notado que ela crescera tanto?

Shingo saiu de casa sentindo em seu íntimo que a vida da criança que se perdera estaria crescendo dentro de Kikuko.

Satoko estava agachada na beira da rua, observando as crianças vizinhas brincarem de casinha.

Como vasilhames, usavam conchas de abalone e folhas verdes de arália, onde estavam colocados tenros capins cortados de maneira caprichosa. Shingo parou admirado.

Pétalas de dália e margarida picadas bem miúdas também decoravam os "pratos".

Sobre a esteira estendida, as flores de margarida lançavam sombras escuras.

— Ah, era margarida — disse Shingo, lembrando-se.

No ano anterior, três ou quatro casas, lado a lado, tinham plantado margaridas no lugar dos girassóis.

Parecia que as crianças vizinhas não convidaram Satoko para brincar por ela ser pequena demais.

Quando Shingo começou a andar, ela correu e o agarrou.

— Vovô!

Shingo segurou sua mão e levou a neta até a esquina. A sombra de Satoko correndo também já era de verão.

Na empresa, Natsuko limpava as janelas envidraçadas do gabinete de Shingo com os braços brancos à mostra.

Shingo perguntou em tom casual:

— Viu o jornal desta manhã?

— Ah, sim — respondeu de modo vago.

— Dizendo só o jornal, não daria para saber qual. Que jornal foi, que...

— Está falando de que jornal?

— Esqueci em que jornal li o artigo. Pesquisadores de ciências sociais das universidades Harvard e Boston fizeram uma enquete com mil secretárias, perguntando o que lhes proporciona maior prazer, e a resposta foi unânime: "Ser elogiada na presença de outras pessoas." As garotas são assim mesmo, independente de serem do Ocidente ou do Oriente? E quanto a você?

— Ah, sim. Não se sentiriam envergonhadas?

— Sentir vergonha ou prazer tem muito em comum. Não é assim quando se é cortejada por um homem?

Natsuko baixou a cabeça e não respondeu. Shingo achou-a uma moça rara para os tempos atuais e disse:

— Tanizaki, por exemplo, era desse tipo. Devia tê-la elogiado mais na frente dos outros.

— Há pouco ela esteve aqui. Eram cerca de oito e meia — disse Natsuko, desajeitadamente.

— E então?

— Disse que vai voltar ao meio-dia.

Shingo foi tomado por um pressentimento sinistro.

Não saiu para o almoço e ficou esperando por ela.

Eiko abriu a porta, parou no limiar e olhou para Shingo, contendo a respiração e quase chorando.

— Olá! Hoje não trouxe flores? — disse Shingo, escondendo a inquietação.

Como se censurasse a brincadeira de Shingo, ela se aproximou com uma expressão séria.

— Desta vez também o assunto é sigiloso?

Natsuko saíra para o almoço, e Shingo estava sozinho no gabinete.

Ele levou um tremendo susto ao ser informado da gravidez da amante de Shuichi.

— Eu disse a ela que não deve dar à luz a essa criança. — Os lábios de Eiko tremiam. — Ontem, na saída da loja, agarrei a senhora Kinuko e lhe disse isso.

— Humm.

— Mas não tenho razão? É terrível demais.

Sem saber o que responder, Shingo permaneceu com uma expressão sombria.

Sabia que Eiko se referia ao caso de Kikuko.

A esposa e a amante de Shuichi engravidaram quase ao mesmo tempo. Casos semelhantes acontecem no mundo, porém Shingo nunca imaginara que iria acontecer com seu próprio filho. Além do mais, Kikuko fizera um aborto.

III

— Pode ir dar uma olhada? Se Shuichi estiver, que venha...
— Sim.

Eiko tirou da bolsa um espelhinho e disse, um pouco hesitante:

— Estou com uma cara esquisita, fico com vergonha. Além disso, a senhora Kinuko vai saber que eu vim aqui para contar.

— Com certeza.

— Não me importa que eu tenha de deixar aquela loja, mas...

— Nada disso.

Shingo pegou o telefone sobre a mesa e perguntou à secretária se o filho estava na empresa. Não queria ver Shuichi naquele momento, na presença de outros funcionários. Ele não estava.

Shingo convidou Eiko para ir a um restaurante de culinária ocidental ali perto, e eles saíram.

Eiko era uma mulher miúda. Caminhando quase encostada a Shingo, levantou o rosto para olhar o semblante dele e disse em tom casual:

— Na época em que eu trabalhava na sua sala, uma vez o senhor me levou para dançar. Lembra-se disso?

— Sim. Você estava com uma fita branca na cabeça.

— Não — Eiko sacudiu a cabeça, em negativa.

— Foi no dia seguinte à tempestade que fui de cabelo preso com uma fita branca. Aquele dia, perguntou-me pela primeira vez a respeito da senhora Kinuko e fiquei muito angustiada, por isso me lembro bem.

— Então foi isso.

Ele lembrou que, nessa ocasião, ouvira de Eiko que a voz rouca de Kinuko era sensual.

— Foi em setembro do ano passado, não foi? Desde então, causei muitas preocupações a você por causa de Shuichi.

Shingo tinha saído sem o chapéu e sentia agora o sol forte na cabeça.

— Não pude ajudar em quase nada...
— Isso porque não soubemos como aproveitar. Somos uma família vergonhosa.
— Eu tenho muito respeito pelo senhor e sua família. Depois que saí da empresa, sinto mais saudade — disse Eiko num tom estranho. Hesitou por algum tempo e continuou, enfim:
— Aconselhei a senhora Kinuko a não ter o bebê. Ela então me olhou como quem me achava arrogante e disse que não era da minha conta. "Você não está entendendo nada. Pare de se intrometer." E, por fim, declarou que só ela tem a ver com o que está dentro de seu ventre...
— Hum.
— Ela disse ainda: "Quem lhe pediu para me dizer essas coisas esquisitas? Quer que eu me separe de Shuichi? Se ele quiser terminar, não tem outro jeito senão terminar, mas eu é que vou ter a criança, não é? Ninguém pode interferir. Vai ser bom ou ruim, pergunte você à criança que está na barriga se for capaz..." Acho que a senhora Kinuko estava caçoando de mim, achando que ainda sou jovem. E, seja como for, ela me disse para parar de caçoar dela. Desconfio que ela pretenda dar à luz. Mais tarde, pensei bem e me dei conta de que ela não teve filho com o marido, que faleceu na guerra.
— Hum?
Shingo acenou com a cabeça em sinal de compreensão, enquanto caminhava.
— Eu disse isso porque fiquei irritada, mas pode ser que ela não venha a ter a criança.
— Ela está grávida de quantos meses?

— Quatro. Eu não tinha percebido, mas o pessoal da loja notou... Há boatos de que o patrão soube da história e a aconselhou que seria melhor não ter o bebê. A senhora Kinuko é ótima profissional, por isso ele tem pena de que ela pare de trabalhar.

Eiko pôs a mão numa das faces e disse:

— Eu não entendo. Estou lhe contando pois o senhor poderia aconselhar o senhor Shuichi e...

— Sim.

— Penso que quanto mais cedo encontrar com a senhora Kinuko, melhor será.

Shingo também pensava isso, mas Eiko antecipou.

— Aquela, aquela moça que esteve no escritório com você, continua morando com a senhora Kinuko?

— A senhora Ikeda?

— É. Quem é mais velha?

— Acho que a senhora Kinuko é dois ou três anos mais nova.

Depois da refeição, Eiko o acompanhou até a entrada da empresa. Sorriu quase chorando.

— Peço desculpas pelo incômodo.

— Eu agradeço. Vai voltar agora para a loja?

— Sim. Ultimamente, a senhora Kinuko tem saído, mais cedo. Fica só até seis e meia.

— É impossível eu aparecer na loja.

Parecia que Eiko urgia o encontro com Kinuko ainda naquele dia, mas Shingo se sentia deprimido.

Por outro lado, quando voltasse para casa em Kamakura, não suportaria ver o rosto de Kikuko.

Ela deixou de ter a criança por causa de sua natureza escrupulosa, por sentir revolta em ter o bebê enquanto o marido tivesse a amante. No entanto, nem por sonho teria imaginado a gravidez dessa mulher.

Quando soube que Shingo descobrira a cirurgia, ela foi para a casa dos pais, por dois ou três dias; depois que retornou, pareceu aumentar a intimidade com Shuichi, tanto que ele voltava cedo para casa, todos os dias, para cuidar dela com carinho. Afinal, o que significava tudo isso?

Se buscasse uma interpretação de boa-fé, poderia se pensar que Shuichi, atormentado pela pressão de Kinuko, que decidira ter o filho, afastou-se dela e buscou o perdão de Kikuko.

Mas a mente de Shingo parecia estar impregnada por um cheiro de degeneração e imoralidade.

Até a vida do feto parecia algo diabólico; enfim, de onde e como ela surge?

— Se nascer, será meu neto — disse Shingo para si.

Uma nuvem de mosquitos

I

Por algum tempo, Shingo caminhou pela calçada da avenida Hongo, ao lado da universidade. Descera do táxi do lado onde havia lojas de comércio e também a ruela na qual ficava a casa de Kinuko, mas fez questão de atravessar a avenida, que tinha trilhos de bonde.

Shingo sentia uma hesitação opressiva em ir à casa da amante do filho. Encontrá-la pela primeira vez, e, ainda por cima, grávida. Teria coragem de abordar o delicado assunto de lhe pedir para que desistisse de ter o filho?

— Assassinato de novo? Não havia a necessidade de sujar as mãos de um velho — murmurou consigo mesmo. — Mas toda solução do problema é cruel.

Quem teria de resolver era seu filho. Não é uma cena para os pais aparecerem. No entanto, Shingo estava indo se encontrar com Kinuko sem ter falado antes com Shuichi. Seria uma prova de que já não acreditava nele?

Shingo se surpreendeu ao constatar que, sem saber desde quando, havia uma barreira entre ele e o filho. Estaria indo encontrar Kinuko mais em função da compaixão que sentia por Kikuko, da indignação que sentia por sua causa, do que pelo desejo de solucionar o problema em lugar de Shuichi?

O sol forte de fim de tarde ainda iluminava as altas copas das árvores da universidade, mas a calçada estava na sombra. Estudantes de camisa e calça brancas estavam sentados com algumas colegas no gramado do pátio da universidade. Era uma cena própria de um dia límpido nessa estação de chuvas.

Shingo tocou a face com a mão. O efeito do saquê já passara.

Como faltava ainda algum tempo até que Kinuko saísse da loja, ele convidou um amigo que trabalhava em outra empresa para jantar num restaurante de culinária ocidental. Tinha esquecido que o amigo, que havia muito não encontrava, era bom bebedor. Antes de subirem ao restaurante do segundo andar, começaram a beber no bar do térreo, e Shingo o acompanhou moderadamente. Depois de comer, voltaram a sentar no bar.

— O quê? Já vai? — O amigo ficou espantado. Pensara que Shingo queria conversar com ele depois de tantos anos e reservara um lugar em uma casa noturna do bairro Tsukiji.

Desculpando-se, dizendo que tinha compromisso com uma pessoa por cerca de uma hora, Shingo deixou o bar. O amigo escreveu em seu cartão de visita o endereço e o telefone dessa casa de Tsukiji. Shingo não pretendia ir.

Caminhando ao longo do muro da universidade, procurou pela entrada da ruela da outra calçada. Apesar de ter apenas uma vaga lembrança, não se enganou.

Entrando no pequeno vestíbulo escuro, que era voltado para o norte, notou um vaso com uma flor ocidental colocado sobre um modesto guarda-calçados e um guarda-chuva feminino pendurado.

Uma mulher com avental surgiu da cozinha.

— Oh! — Ela fechou o semblante e tirou o avental. Usava uma saia azul-marinho e estava sem meias.

— É a senhora Ikeda? Noutro dia, teve a gentileza de ir até minha empresa... — disse Shingo.

— Bem, naquele dia eu fui obrigada por Eiko. Peço desculpas.

Meio sentada com os joelhos no tatame, Ikeda apertava o avental amassado numa mão. Olhou para Shingo como se indagasse o motivo da visita. Tinha sardas ao redor dos olhos. Talvez por estar sem maquiagem, as sardas eram bem visíveis. Seu nariz era reto e estreito, e as pálpebras lisas inspiravam um ar solitário. A feição de tez alva tinha um quê de elegância.

A blusa nova deve ter sido confeccionada por Kinuko.

— Na verdade, vim aqui com vontade de encontrar Kinuko — disse Shingo como que fazendo uma súplica.

— Entendo. Ela não chegou ainda, mas não deve demorar. Por favor, entre.

Um cheiro de peixe sendo cozido vinha da cozinha.

Shingo pensou em retornar mais tarde, quando Kinuko chegasse e tivesse terminado de jantar, mas Ikeda insistiu para que ele esperasse na sala.

No *tokonoma* da sala de oito tatames, havia pilhas de revistas de moda; muitas eram estrangeiras. Ao lado, postavam-se em pé duas bonecas francesas. As cores dos vestidos de rica decoração destoavam das paredes velhas. Um tecido de seda meio costurado pendia da máquina de costura. A estampa florida e vistosa do tecido tornava os tatames mais feios e gastos.

Sobre uma pequena mesa, colocada à esquerda da máquina, havia livros de nível primário e a fotografia de um garoto.

Entre a máquina e a mesa, via-se uma penteadeira, e, à frente do armário embutido, um espelho de corpo inteiro. Esse espelho chamava a atenção, e Kinuko na certa o usava para provar, no próprio corpo, as roupas feitas por ela. Também seria para as clientes que ela atendia em casa, como trabalho informal, provarem suas roupas. Perto desse espelho, havia uma grande mesa de passar a ferro.

Ikeda veio da cozinha trazendo suco de laranja. Notou que Shingo olhava a fotografia do garoto.

— É meu filho — disse com simplicidade.

— Está na escola?

— Não. Ele não mora aqui. Eu o deixei na casa dos pais de meu marido. Esses livros... Eu não tenho tanta capacidade quanto Kinuko, por isso dou aulas particulares, atendo seis ou sete casas.

— Entendo. São muitos livros para uma só criança.

— É que são crianças de vários níveis... É diferente das escolas de antes da guerra, e eu não consigo ensinar direito, mas quando estudo com as crianças me sinto como se estivesse com meu filho...

Shingo assentia com a cabeça; no entanto, não sabia o que dizer à viúva de guerra.

Kinuko também trabalha.

— Como encontrou esta casa? — indagou Ikeda. — Foi o senhor Shuichi que indicou?

— Não. Eu tinha vindo uma vez. Vim, mas não tive coragem de entrar. Foi no outono passado.

— Ah! No outono passado?

Ikeda levantou o rosto e olhou para Shingo, mas voltou a baixar os olhos e se calou por um instante.

— O senhor Shuichi não tem aparecido ultimamente — disse, como se quisesse encerrar o assunto.

Shingo achou que seria melhor contar para ela o motivo da visita de hoje.

— Eu soube que Kinuko está grávida.

Ikeda mexeu levemente os ombros e desviou o olhar para a direção da foto do filho.

— Acha que ela pretende dar à luz?

Ikeda continuou olhando a foto do garoto.

— Quanto a isso, é melhor falar diretamente com Kinuko.

— Tem razão. Mas penso que tanto a mãe quanto a criança serão infelizes.

— Quanto a ser feliz ou não, Kinuko já é uma mulher infeliz, tendo ou não a criança.

— Mas a senhora também a tem aconselhado que termine com Shuichi, não é?

— Bem, penso que ela deveria... — disse Ikeda e continuou. — Kinuko é uma pessoa superior a mim, e, por isso, não se trata de conselhos. Eu e ela somos muito diferentes, mas, como se diz... temos afinidades? Desde que nos conhecemos numa reunião de viúvas de guerra, passamos a morar juntas, e ela tem me dado muita força. Ambas deixamos a casa da família do marido e não voltamos à casa paterna; de certa forma, levamos uma vida livre. Nós decidimos pensar de forma livre e, por isso, guardamos todas as fotografias dos maridos nos baús. Mesmo assim, deixei essa foto de meu filho... Kinuko consegue ler revistas americanas e francesas com muita facilidade, usa dicionários e diz que consegue entender por que são poucos os vocábulos ligados a corte e costura. Estou certa de que um dia ela terá sua própria loja de modas. Nós temos dito que, se for possível, voltaríamos a nos casar, por isso não entendo por que continua ligada ao senhor Shuichi.

A porta da rua se abriu, e Ikeda se levantou rápido e foi até lá. Shingo escutou-a dizer, bem alto:

— Que bom que está de volta. O pai do senhor Ogata está esperando você.

— Eu devo vê-lo? — disse uma voz rouca.

II

Parece que Kinuko foi para a cozinha tomar água. Ouviu-se o barulho da torneira.

— Ikeda, fique com a gente — disse Kinuko, olhando atrás e entrando na sala.

Vestia um conjunto vistoso. Era uma mulher de estatura elevada, e talvez por isso Shingo não tivesse notado a gravidez. Sua pequena boca de lábios unidos não parecia ser capaz de emitir aquela voz rouca.

Parecia ter retocado o rosto, rapidamente, com o pó compacto, já que a penteadeira estava na sala.

A primeira impressão que Shingo teve não foi má. De rosto arredondado, com o nariz pouco elevado, ela não parecia ter um caráter tão firme quanto Ikeda dissera. As mãos também eram cheias.

— Sou Ogata — apresentou-se Shingo.

Kinuko não respondeu.

Ikeda sentou-se em frente à mesinha e se voltou para ambos.

— Ele a esperou por algum tempo — disse, mas Kinuko continuou calada.

Talvez sua feição alegre escondesse revolta ou perplexidade; Kinuko, porém, parecia que estava prestes a chorar. Shingo se lembrou de que, quando Shuichi ficava bêbado e obrigava Ikeda a cantar, Kinuko chorava.

Teria ela se apressado em voltar para casa, pois sua face estava afogueada e seu volumoso busto arfava.

Shingo sentiu que não poderia abordar o assunto de um modo áspero.

— Sei que é estranho eu ter vindo aqui; de qualquer modo, precisava conversar pessoalmente com a senhora... Creio que possa imaginar o motivo de minha visita.

Kinuko permaneceu calada.

— Naturalmente, sobre Shuichi.

— Com relação a Shuichi, não tenho nada a dizer. Quer que eu peça desculpas? — De um modo abrupto, Kinuko teve uma atitude agressiva.

— Pelo contrário, eu é que devo desculpas.

— Nós já terminamos. Não causarei mais preocupações à sua casa — disse e olhou para Ikeda.

— Querida, assim está tudo certo, não é?

Shingo disse hesitante:

— Mas não permanece a questão da criança?

Kinuko empalideceu, mas disse, como se concentrasse toda sua energia:

— Não sei do que o senhor está falando. — Tornando-se mais grave, a voz ficou mais rouca.

— Queira me desculpar, mas está esperando uma criança, não está?

— E eu devo responder a tal pergunta? Uma mulher deseja ter um filho, e com que direito um estranho pode impedi-la? Os homens não entendem isso!

Falando rápido, Kinuko logo ficou com os olhos rasos em lágrimas.

— Disse um estranho, mas sou pai de Shuichi. Seu filho deve ter um pai, não é?

— Não, não tem. A viúva de guerra decidiu ter um filho bastardo, só isso. Não tenho a intenção de lhe pedir, mas, por favor, permita-me ter meu filho. Por piedade! Faça vista grossa, por favor! A criança está dentro de mim, ela pertence a mim!

— Compreendo o que quer dizer. Mas, se a senhora voltar a se casar, decerto terá filhos... Não há motivo para ter agora esse filho antinatural.

— Antinatural por quê?

— Bem...

— Não há garantia de que eu venha a me casar no futuro, nem de que vá nascer um filho. Como pode o senhor predizer como se fosse Deus? Eu não tive filhos antes.

— A relação com o pai da criança vai ser tormentosa tanto para a criança quanto para a senhora.

— Há muitos filhos de pais mortos na guerra que estão atormentando as mães. Podem fazer de conta que ele esteve nos países do sul durante a guerra e deixou um filho mestiço. A mulher cria o filho que seu homem esqueceu em uma terra distante.

— Estamos tratando do filho de Shuichi.

— Se não causar incômodos à sua família, não haverá problema, não é? Juro que não irei bater à porta de sua casa para pedir ajuda. Já rompi com Shuichi.

— A questão não é essa. O futuro da criança vai longe e o fio de ligação entre pai e filho pode se reatar, mesmo que tenha se rompido uma vez.

— Não! O filho que eu carrego não é de Shuichi.

— A senhora deve saber que a mulher de Shuichi desistiu de ter um filho.

— A senhora dele, sim, é que pode ter quantos filhos quiser. Se não tiver nenhum, ela se arrependerá. Uma senhora que tem tudo na vida não pode compreender meus sentimentos.

— A senhora também não compreende os sentimentos de Kikuko.

Sem querer, Shingo disse o nome da nora.

— Foi Shuichi que pediu para o pai vir aqui? — disse Kinuko em tom de acusação. — Ele me disse para não ter o filho e me bateu, me pisoteou e me deu pontapés. Tentou me levar ao médico e me arrastou do segundo andar para baixo. Não acha que, com essas violências e por comportamentos teatrais, ele pagou as dívidas para com a esposa?

Shingo ficou com uma expressão amarga.

— Foi horrível, não foi? — Kinuko se voltou para Ikeda. Ela concordou com a cabeça e disse para Shingo:

— Desde cedo, ela guarda os retalhos de roupas que costura, tudo o que pudesse servir como alguma peça para criança, como também para fraldas.

— Por causa dos pontapés, fiquei com medo e fui consultar o médico depois — continuou Kinuko. — Eu disse para

Shuichi que o filho não é dele. "Não é seu filho." Assim, rompemos. Não voltou mais.

— Quer dizer que é de outro homem...?

— Sim. Pode interpretar dessa maneira.

Kinuko ergueu o rosto. Já chorava havia algum tempo, mas agora novas lágrimas escorriam sem cessar.

Shingo estava totalmente embaraçado; porém, achava-a bela. Examinando com cuidado suas feições, que não chegavam a ser bem talhadas, a primeira impressão que vinha era de uma atraente beleza.

Contudo, ao contrário da aparência dócil, essa mulher chamada Kinuko não se deixava convencer por Shingo.

III

Shingo saiu cabisbaixo da casa de Kinuko.

Ela aceitou o cheque que Shingo levara.

— Se você rompeu definitivamente com o senhor Shuichi, é melhor aceitar — sugeriu Ikeda com simplicidade, e Kinuko concordou.

— Você acha? Significa uma indenização por rompimento? Quer dizer que eu cheguei ao nível de ganhar uma indenização por danos morais? Quer que dê um recibo?

Shingo tomou um táxi e continuou indeciso entre as duas possibilidades: sugerir uma reconciliação com Shuichi e depois convencê-la a fazer o aborto, ou deixar tudo como está e cortar as relações em definitivo.

Sem dúvida, Kinuko estava exaltada, revoltada com a atitude de Shuichi e com a visita de Shingo. Todavia, também era forte o doloroso desejo de uma mulher que quer ter seu filho.

Era perigoso deixar Shuichi se reaproximar dela. No entanto, se deixasse como estava, a criança nasceria.

Seria bom que fosse filho de outro homem, mas a verdade sobre isso nem Shuichi saberia. Se Kinuko insistisse nessa versão e Shuichi acreditasse, e pudessem ficar livres de complicações posteriores, tudo terminaria em paz; contudo, a criança iria ter existência real. "Mesmo depois de minha morte, um neto desconhecido viverá."

— O que significa tudo isso? — murmurou Shingo.

Depois que Aihara cometeu suicídio duplo e sobreviveu, Shingo apressou-se em registrar o divórcio, mas acabou ficando com a filha e as duas netas. Mesmo que Shuichi terminasse com a amante, um neto estaria vivendo em algum lugar? Em ambos os casos, as soluções não eram definitivas. Seriam apenas saídas paliativas?

"Eu não pude ser útil à felicidade de ninguém."

Mesmo assim, a falta de habilidade que demonstrou na conversa com Kinuko o deixou desgostoso até em recordar a cena.

Na estação Tóquio, Shingo pretendia voltar para casa, mas viu o cartão do amigo que estava no bolso e resolveu prosseguir de táxi até a casa de Tsukiji.

Queria contar as mágoas ao amigo, mas ele estava embriagado e em companhia de duas gueixas, incapaz de ouvi-lo.

Shingo se lembrou de que uma delas era a jovem gueixa que outro dia sentara em seu colo, na volta da recepção.

Quando ele chegou, o amigo implicou, de maneira insistente, dizendo que Shingo era esperto, que tinha bom gosto e outras bobagens. Não se lembrava da fisionomia dela, apenas do nome — o que já era bom demais para Shingo. Era uma gueixa graciosa e refinada.

Foi à alcova com ela, mas nada fez.

Em algum momento, ela encostou docemente o rosto no peito de Shingo. Ele pensou que ela o estivesse seduzindo e olhou para ela, mas viu que tinha adormecido.

— Adormeceu? — perguntou Shingo, espiando seu rosto; mas, como ela estava encostada nele, não conseguiu vê-lo.

Ele sorriu. Sentiu um calor reconfortante na garota que dormia em paz, apoiando a cabeça em seu peito. Não devia ter vinte anos, quatro ou cinco a menos que Kikuko.

Sentiu-se consolado pela doce felicidade de dormir em companhia de uma jovem mulher, apesar de sua lastimável condição de prostituta.

Achou que a felicidade seria algo tão frágil e passageiro quanto esse momento.

Ficou refletindo, distraído, que até na vida sexual há diferença entre ricos e pobres, ou ter sorte e azar. Deixou a alcova sorrateiramente e voltou para casa no último trem da noite.

Yasuko e Kikuko o esperavam acordadas na sala de estar. Passava de uma hora da manhã.

Shingo evitou olhar o rosto de Kikuko e perguntou:

— E Shuichi?

— Já foi deitar.

— Foi? Fusako também?

— Sim — disse Kikuko, arrumando as roupas de Shingo.
— Hoje o tempo permaneceu bom até a noite, mas está ficando nublado de novo.
— Ah, é? Não notei.
Ao se levantar, Kikuko deixou cair as roupas de Shingo e voltou a alisar as pregas das calças.
Talvez a nora tivesse ido ao salão de beleza, pois Shingo notou que ela estava com os cabelos mais curtos.
Ouvindo a respiração de Yasuko, custou a pegar no sono e, em seguida, teve um sonho.
Ele era um jovem oficial da infantaria. Vestia uniforme militar, cingia uma espada japonesa na cintura e carregava três pistolas. A espada parecia aquela que pertencia ao tesouro da família, a que foi dada a Shuichi quando ele fora convocado.
Shingo caminhava pela trilha montanhosa à noite. Levava consigo um cortador de lenha.
— Caminhar à noite é perigoso, por isso eu quase nunca ando a essa hora. É mais seguro caminhar pelo lado direito — disse o lenhador.
Shingo passou para o lado direito, mas, sentindo-se inseguro, acendeu uma lanterna. Devido ao brilho dos diamantes que adornavam o contorno do vidro, a lanterna tinha uma luz mais forte do que as comuns. Quando o facho de luz varreu o caminho, notou algo escuro à sua frente, que impedia a passagem. Eram dois ou três pés gigantescos de cedro bem juntos, e seus troncos pareciam um só. No entanto, observando bem, era uma aglomeração de mosquitos. Era uma nuvem de mosquitos que se aglomeravam em coluna na forma de um gigantesco pé de cedro. Shingo pensou no que poderia fazer. A única solução era abrir caminho

com a espada. Desembainhou a espada japonesa e a brandiu; cortou, cortou, cortou a aglomeração de mosquitos.

Num momento, voltou-se para olhar para trás, a tempo de ver o lenhador fugindo feito um pé de vento. Saía fogo de várias partes do uniforme militar de Shingo. Estranho é que, nesse momento, ele passara a ser dois. Um Shingo observava o outro Shingo de uniforme militar, que emitia chamas das aberturas do punho, das linhas dos ombros, da bainha e logo se extinguiam. As chamas não queimavam, mas crepitavam, como se acendessem brasas miúdas.

De qualquer forma, Shingo conseguiu chegar à sua casa. Parecia a casa do interior de Shinshu, da sua infância. Avistou a bela irmã de Yasuko. Estava exausto, mas não sentia comichão.

O lenhador, que antes fugira, conseguiu chegar mais tarde. Mal alcançou a casa, caiu desfalecido.

Um grande balde cheio de mosquitos foi retirado do corpo do lenhador.

Shingo não sabia como conseguiram retirá-los, mas viu com muita clareza os mosquitos apinhados formando um montículo, sobressaindo do balde. E acordou.

"Tem mosquitos dentro do mosquiteiro?" Tentou apurar o ouvido, mas sua cabeça estava turva e pesada.

Chovia.

O ovo de serpente

I

O cansaço acumulado pelos esforços de verão teria se manifestado com a chegada do outono. Shingo cochilava, de vez em quando, no trem de volta para casa.

Naquela hora da tarde, os trens da linha Yokosuka vinham a cada quinze minutos, e os vagões da segunda classe não ficavam cheios.

Mesmo agora, semiadormecido, ressurgia em sua mente entorpecida a visão da aleia de acácias. Os pés de acácia estavam todos floridos. Quando passou por ali, Shingo ficou admirado ao observar que as acácias de uma aleia de Tóquio produzissem flores. A rua ligava Kudanshita à via marginal da fossa do palácio imperial. Era um dia de meados de agosto, e chuviscava. Um único pé, entre todos os da aleia, espalhava as flores no asfalto embaixo dele. Enquanto o carro foi passando, Shingo se perguntou o porquê daquele fenômeno e virou-se para trás para olhá-lo. A impressão permaneceu em sua memória. Eram flores miúdas, amarelo-pálidas e esverdeadas. A impressão teria permanecido em sua memória mesmo que não houvesse um único pé espalhando as flores, somente pelo fato de ver a aleia de acácia em flor. Isso porque ele voltava de uma visita a um amigo que sofria de câncer de fígado.

O amigo, na realidade, era apenas um ex-colega da faculdade, com o qual não mantinha uma amizade muito próxima. Parecia bastante enfraquecido, mas só havia uma enfermeira no quarto.

Shingo não sabia nem se a esposa desse amigo ainda estaria viva.

— Você vai se encontrar com Miyamoto? Mesmo que não o encontre, telefone para ele e peça aquilo para mim — disse o amigo.

— Aquilo?

— Em nosso encontro do ano-novo, falamos sobre isso.

Shingo lembrou que tinham falado de cianureto. Nesse caso, o homem doente sabia que tinha câncer.

Nas ocasiões em que Shingo e os amigos se reuniam, já com mais de sessenta anos, era comum surgirem os temas da decrepitude da velhice ou temor à doença mortal. Ao saber que na fábrica de Miyamoto se utilizava cianureto, alguém começou a dizer que, caso caísse vítima de doença incurável, como câncer, tomaria esse veneno. Seu argumento era que seria miserável demais prolongar os sofrimentos e as aflições da doença. E, já que fora condenado à morte, queria assegurar a liberdade de escolher o momento de morrer.

— Mas aquilo foi apenas uma conversa à toa, animada pela bebida — Shingo tentou desconversar.

— Não usarei. Eu não usarei. Como na conversa daquele dia, só gostaria de assegurar minha liberdade. Pensando que tenho isso na mão, a qualquer momento, terei força para suportar os sofrimentos de agora em diante. Não concorda comigo? Será minha última liberdade, a minha única contestação, não resta mais nada para mim. Mas prometo que não usarei.

Enquanto falava, os olhos do amigo ganharam um pouco de brilho. A enfermeira, que tricotava um suéter com lã branca, manteve-se calada.

Era impossível para Shingo transmitir o pedido para Miyamoto, por isso deixou o tempo correr. No entanto, sentia um mal-estar de lembrar que talvez o doente condenado à morte esperasse seu retorno.

No caminho de volta do hospital, Shingo respirou aliviado quando chegou até a aleia de acácias floridas. Mas, mesmo agora, no instante em que ia cochilar, vinha à mente aquela aleia de acácia, decerto porque não conseguia esquecer-se do doente.

Por fim, acabou adormecendo e, ao despertar, o trem estava parado.

Não era uma estação.

Ele deve ter sido acordado pela trepidação produzida pelo trem que passava pelos trilhos ao lado, no sentido oposto, pois no trem parado o impacto se fazia sentir mais forte.

O trem de Shingo andava um pouco e estancava, voltava a andar e parava novamente.

Por uma ruela, crianças vinham correndo em direção ao trem.

Alguns passageiros esticavam o pescoço para fora da janela e espiavam à frente.

Pela janela da esquerda, avistava-se o muro de concreto de uma fábrica. Entre o muro e os trilhos um valão de água suja e estagnada exalava o odor que alcançava o interior do trem.

Pela janela da direita, avistava-se o caminho por onde as crianças vinham correndo. Um cachorro enfiou o focinho dentro do capim à beira do caminho e continuou imóvel por um longo tempo.

Onde a ruela terminava junto aos trilhos, havia dois ou três casebres feitos de tábuas pregadas. De uma janelinha, que mais se assemelhava a um buraco quadrado, uma moça que aparentava ter problemas mentais acenava para o trem. O movimento da mão era lento e sem vigor.

— O trem que saiu quinze minutos antes sofreu um acidente na estação Tsurumi e está parado agora. Pedimos desculpas pelo grande atraso — disse um funcionário.

Um estrangeiro sentado em frente a Shingo sacudiu seu companheiro, um rapaz, e perguntou em inglês: "O que ele disse?"

O rapaz envolvia o grosso braço do estrangeiro com os seus e dormia com a face apoiada no ombro do outro. Abriu os olhos, mas continuou nessa posição e levantou um olhar de deleite para o outro. Seus olhos eram baços e avermelhados, e tinha as pálpebras afundadas. Os cabelos eram tingidos. Mas as raízes pretas apareciam, resultando num conjunto marrom-sujo. Só as pontas estavam estranhamente vermelhas. "Seria um prostituto que atende estrangeiros?", pensou Shingo.

O rapaz pegou a mão do estrangeiro, pousada sobre a coxa, e, virando a palma para cima e sobrepondo sua própria mão, apertou com suavidade. Parecia uma mulher bem satisfeita.

O estrangeiro usava uma camisa sem manga, expondo os braços peludos que lembravam os de um urso pardo.

O rapaz não era de constituição miúda, mas, devido ao outro ser grandalhão, parecia um garoto. O homem com o ventre saliente e o pescoço grosso, que parecia ser um incômodo na hora de virar a cabeça para o lado, mostrava total indiferença ao rapaz que se agarrava a ele. Seu semblante era assustador. A viva coloração de sua face contrastava com a de seu companheiro, acentuando ainda mais a palidez doentia do rapaz esgotado.

A idade dos estrangeiros era difícil de se saber, mas a cabeça avantajada e calva, as rugas do pescoço e as manchas senis dos braços expostos indicavam que ele teria idade próxima à de Shingo. Ao pensar nisso, Shingo achou que esse homem, que veio para um país estrangeiro e se fez acompanhar por um rapaz desse país, parecia um monstro gigantesco. O rapaz vestia uma camisa bordô-escuro e, pela abertura desabotoada, deixava entrever os ossos do peito.

Shingo teve a impressão de que o rapaz não viveria por muito tempo. Desviou o olhar.

Na beira do valão malcheiroso, as artemísias cresciam enfileiradas e viçosas. O trem continuava parado.

II

Shingo não gostava do mosquiteiro por achá-lo incômodo, e já dispensara seu uso.

Yasuko reclamava quase todas as noites e, às vezes, batia nos mosquitos como se fosse de propósito.

— No quarto de Shuichi ainda usam mosquiteiro.

— Então, vá dormir no quarto dele — disse Shingo, olhando o teto livre do mosquiteiro.

— Não posso ficar com eles, mas a partir de amanhã ficarei com Fusako.

— Boa ideia. Durma abraçando uma das netas.

— Satoko tem uma irmãzinha, por que será que vive tão grudada na mãe? Não acha que tem algo fora do normal? Por vezes, ela tem um olhar estranho.

Shingo não respondeu.

— Será a ausência do pai que a faz ser daquele jeito?

— Quem sabe melhore caso ela se apegue a você.

— Eu prefiro Kuniko — disse Yasuko, mas acrescentou. — Você precisa fazer algo para que ela se apegue a você também.

— Aihara nunca mais mandou notícias. Não se sabe se está morto ou vivo — disse Shingo.

— Já entregou o formulário de divórcio, por isso está tudo certo, não é?

— Está tudo certo e acabou para você?

— É verdade. Mas, mesmo que Aihara esteja vivo em algum lugar, de qualquer forma não sabemos nem onde ele mora... Eu estou conformada, aceitando que o casamento não deu certo, mas tiveram duas filhas e, depois que se separaram, é desse jeito. Pensando assim, o casamento não dá nenhuma garantia para o futuro.

— Mesmo que se fracasse no casamento, poderia haver um pouco de beleza do sabor remanescente. Fusako também tem parte da culpa. Aihara errou o caminho da vida e quanto amargor terá provado: faltou atitude compassiva e afetuosa em Fusako.

— O ato desesperado dos homens ultrapassa, muitas vezes, a capacidade de uma mulher em administrá-lo; por vezes, não permite nem a aproximação da mulher. Se Fusako, que foi abandonada, tivesse ficado apenas resignada, não teria outra saída a não ser se suicidar com as crianças. Quando um homem chega a um beco sem saída, pode acontecer que alguma mulher, até então estranha, concorde em morrer junto com ele; o que não é de total má sorte. — E acrescentou: — Shuichi parece que está melhor agora, mas nunca sabemos o que vai acontecer, nem quando. Para Kikuko, foi uma experiência muito dura.

— Em relação à criança, sim.

O que Shingo disse tinha duplo sentido. O fato de Kikuko ter decidido não ter o bebê, e o fato de Kinuko estar decidida a ter. E do último Yasuko não sabia.

Embora Kinuko tivesse declarado que o filho não era de Shuichi, ao tomar uma atitude desafiadora de não aceitar a intromissão de Shingo, embora ele não soubesse se era ou não filho de Shuichi, tinha ficado com a forte impressão de que a mulher dissera aquilo para enganá-lo.

— Quem sabe não seria melhor se eu fosse dormir junto com Shuichi e Kikuko, no mosquiteiro deles — disse Yasuko. — Não imaginamos que coisas horríveis aqueles dois são capazes de tramar. Fico tão preocupada...

— Que quer dizer com coisas horríveis?

Yasuko, que dormia de costas, voltou-se para o lado de Shingo. Mexeu a mão parecendo querer pegar a do marido, mas, como ele não estendeu a sua, tocou de leve a borda do travesseiro dele e sussurrou como se segredasse:

— Kikuko parece que está esperando um bebê outra vez.

— Ah, é?

Shingo levou um choque.

— Achei um pouco cedo, mas Fusako disse que parece que sim.

Yasuko já não estava mais com aquela atitude de quando contava a própria gravidez.

— Foi Fusako quem disse?

— Um pouco cedo demais — repetiu Yasuko. — Se bem que a gravidez seguinte costuma acontecer logo.

— Shuichi ou Kikuko contaram para ela?

— Nenhum dos dois. Acho que é observação de Fusako.

O termo "observação" de Yasuko era engraçado, mas Shingo não podia deixar de pensar que Fusako, uma mulher divorciada que voltou para a casa dos pais, estava pondo o olhar perscrutador na esposa de seu irmão.

— Diga para eles terem mais cuidado dessa vez — pediu Yasuko.

Shingo sentia um aperto no coração. Ao saber da gravidez da nora, a gravidez de Kinuko pressionava-o com mais intensidade.

Não era nada extraordinário que as duas mulheres engravidassem de um mesmo homem. Entretanto, ao pensar que isso acontecia na realidade com seu filho, o fato vinha acompanhado de um terror misterioso. Não seria vingança ou maldição de algo, mostrando-lhe uma faceta do inferno?

Dependendo do modo de ver, não passava de um fenômeno fisiológico natural e saudável, mas, nesse momento, para Shingo era impossível um pensamento, assim, magnânimo.

Além do mais, era a segunda vez para Kikuko. Quando

ela fez o aborto do primeiro filho, Kinuko estava grávida. E, antes que esta desse à luz, Kikuko engravidou de novo, sem que ela soubesse da gravidez de Kinuko. O estado dela já seria visível, e o feto estaria se mexendo no ventre materno.

— Desta vez, Kikuko não vai poder fazer o que quer, já que nós sabemos.

— Pois é — disse Shingo, sem ânimo. — Fale com ela e lhe dê um bom conselho.

— Você vai ficar derretido com o filho de Kikuko, não é?

Shingo não conseguia conciliar o sono.

Enquanto pensava, impaciente, se não haveria uma solução violenta para impedir que Kinuko tivesse o filho, imaginou coisas hediondas.

Kinuko dissera que o filho não era de Shuichi. Se investigasse sua conduta, quem sabe não descobriria motivos que proporcionassem tranquilidade à sua consciência?

O cricrilar dos insetos outonais do jardim sensibilizava seus ouvidos; passava das duas da madrugada. Não eram os apreciados sons dos *suzumushi*[77] ou *matsumushi*[78], mas sim cantos difíceis de discernir; Shingo ficou com a sensação de estar deitado dentro da terra escura e úmida.

Ultimamente tivera muitos sonhos, e na madrugada teve mais um, bem longo.

Não se lembrava mais de como chegara nele. Quando despertou, parecia ainda enxergar dois ovos brancos do sonho. Era um deserto de areia, areia para onde se olhasse. Havia

---

77. Espécie de inseto canoro da família dos *grilídeos*. No outono, emite sons que lembram toques de guizo (*suzu*).

78. Espécie de inseto canoro da família dos *grilídeos*. Tem corpo e asas verdes. No outono, emite belos sons, tão apreciados quanto os dos *suzumushi*.

dois ovos lado a lado. Um deles era enorme, de avestruz. O outro, menor, de serpente, cujo casco estava um pouco quebrado, e a pequena serpente, graciosa, punha a cabeça para fora e a movia. Shingo a observava, achando-a realmente mimosa.

Não havia dúvida de que ele teve esse sonho por ter refletido sobre Kikuko e Kinuko. Era óbvio que ele não sabia qual dos fetos era simbolizado pelo ovo de avestruz ou pelo de serpente.

— Pensando bem, a serpente se reproduzia por viviparidade ou oviparidade? — murmurou Shingo.

III

O dia seguinte era domingo, e Shingo ficou deitado no leito até depois das nove. Sentia as pernas pesadas.

Lembrou que eram horripilantes tanto o ovo de avestruz quanto o filhote de serpente que punha a cabeça para fora do ovo.

Escovou os dentes com lentidão e foi à sala de estar.

Kikuko empilhava os jornais e os amarrava com um cordão. Estava preparando-os para serem vendidos.

Fazia parte das funções de Kikuko juntar para Yasuko matinais com matinais e vespertinos com vespertinos, organizando-os de acordo com a data.

Ela se levantou e foi preparar chá para Shingo.

— Pai, os artigos sobre o lótus de dois mil anos atrás

estavam em dois jornais. Chegou a ler? Deixei-os separados — disse, colocando os exemplares de dois dias sobre a mesinha para a refeição.

— Ah, sim. Creio que li.

No entanto, abriu-os mais uma vez.

De um sítio arqueológico do estilo Yayoi foram descobertas sementes de lótus de dois mil anos atrás. Um especialista em lótus conseguiu que elas brotassem e florescessem. Essa foi a notícia que apareceu no jornal. Shingo levara o jornal ao aposento de Kikuko e mostrara o artigo. Ela acabara de voltar do hospital, depois de ter feito o aborto, e estava deitada.

Depois disso, as notícias do lótus saíram no jornal em duas ocasiões. Uma delas informava que o doutor, pesquisador de lótus, separara uma parte da raiz e a plantara no lago Sanshiro da Universidade Tóquio, onde era formado. A outra notícia vinha dos Estados Unidos. O doutor fulano da Universidade Tohoku, do Japão, desenterrara da camada turfosa da Manchúria uma semente de lótus, praticamente transformada em fóssil, e a enviara para os Estados Unidos. No parque nacional de Washington, a calota externa endurecida fora retirada, e a semente envolvida em algodão úmido colocada num frasco de vidro. No ano passado despontou um lindo broto.

Este ano, ele foi plantado num lago e deu dois botões, que abriram em pálidas flores rosa. O Departamento de Parques anunciou que a semente teria entre mil e cinquenta mil anos.

— Quando li isso, achei que, se anunciaram mesmo "entre mil e cinquenta mil anos", foi um cálculo de aproximação espantosa — disse Shingo, rindo.

Dessa vez, releu com mais atenção. Dizia que o cientista japonês, baseando-se nas condições do solo da Manchúria, onde descobrira a semente, supôs que tivesse em torno de cinquenta mil anos. Porém, a radiação do carbono-14 foi aplicada nos Estados Unidos e a nova estimativa foi em torno de mil anos.

Foi a informação de um enviado especial do jornal em Washington.

— Está bem, então? — Kikuko apanhou os jornais que Shingo pôs ao lado. E perguntou se podia vender também as edições com as notícias do lótus.

— Sejam mil ou cinquenta mil anos, a vida da semente de lótus é longa. Comparando com a vida humana, as sementes de plantas possuem uma vida quase eterna — disse, olhando para Kikuko. — E se nós também pudéssemos ficar enterrados por mil anos, dois mil anos, sem morrer, apenas descansando, o que acha?

Kikuko murmurou como para si:

— Seria um horror ficar enterrado debaixo da terra...

— Não no cemitério, morto, mas só descansando. Não poderíamos ficar, de fato, enterrados para descansar? Quando acordássemos depois de cinquenta mil anos, todas as dificuldades pessoais e os problemas sociais estariam resolvidos e, quem sabe, o mundo teria se transformado em um paraíso terrestre.

Fusako, que estava na cozinha alimentando as crianças, chamou:

— Kikuko, o desjejum do pai. Pode dar uma olhada?

— Pois não.

Kikuko se levantou e foi buscar a refeição de Shingo.

— Nós todos já terminamos. Só faltava o senhor.

— Ah, é? E Shuichi?

— Foi pescar num *tsuribori*.[79]
— E Yasuko?
— Está no jardim.
— Epa! Hoje não vou querer ovo — disse Shingo, devolvendo para Kikuko a pequena tigela com o ovo ainda cru. Sentiu repugnância ao se lembrar do ovo de serpente do sonho.

Fusako trouxe peixe seco, assado, mas, sem dizer nada, pôs o prato sobre a mesinha de Shingo e voltou para junto das crianças.

Pegando a tigela de arroz servido por Kikuko, Shingo perguntou em voz baixa, mas sem rodeios:
— Kikuko, você está esperando um bebê?
— Não.

Ela respondeu rápido, mas pareceu ficar espantada com a pergunta inesperada, e reforçou, sacudindo a cabeça negativamente:
— Não estou grávida.
— Então, era uma notícia sem fundamento.
— Sim.

Ela olhou intrigada para Shingo, e ruborizou um pouco.
— Dessa vez, tome muito cuidado. Tive uma discussão com Shuichi daquela vez. Perguntei se você garantia que teria outro filho, e ele disse que tinha certeza, como se fosse um assunto simples. Eu disse que isso era uma prova de que não teme Deus. Na verdade, no dia de amanhã não se pode nem assegurar a própria vida. O filho é de vocês,

---

79. Instalação na qual há viveiro de peixes e várias piscinas anexas para pesca esportiva.

mas para nós é um neto. Estou certo de que você vai ter uma ótima criança.

— Peço desculpas — disse Kikuko, cabisbaixa.

Não parecia que ela estivesse escondendo a verdade.

Por que Fusako pensou que Kikuko estivesse grávida? Shingo desconfiou que fosse por excesso de interesse. Seria impossível que Fusako tivesse percebido o que a própria Kikuko não percebeu.

Shingo voltou-se para trás para saber se a conversa teria chegado aos ouvidos de Fusako, mas ela saíra com as crianças.

— Até agora, Shuichi nunca tinha ido a um *tsuribori*, não é?

— Não. Acho que ele ficou sabendo por algum amigo — disse Kikuko. Shingo imaginou que Shuichi havia terminado mesmo com Kinuko.

Muitas vezes, mesmo aos domingos, ele ia ver a amante.

— Que acha de ir mais tarde até o *tsuribori*? — Shingo convidou Kikuko.

— Sim.

Quando Shingo desceu ao jardim, encontrou Yasuko parada, olhando o pé de cerejeira.

— O que há?

— Não é nada, mas vejo que a cerejeira perdeu boa parte das folhas. Será que é alguma praga? Ainda há poucos dias, as cigarras-do-anoitecer[80] estavam cantando no tronco, que já ficou desfolhado.

---

80. *Higurashi*, em japonês. Espécie de cigarra que só canta ao anoitecer no final do verão. É apreciada por seu canto melancólico.

Enquanto ela falava, as folhas amarelecidas caíam uma após a outra. Como não havia vento, caíam diretamente, sem flutuar.

— Shuichi foi ao *tsuribori*. Vou até lá com Kikuko.

— Ao *tsuribori*?

— Perguntei para Kikuko. Ela disse que não há nada. Só pode ser engano de Fusako.

— Ah, é? Você perguntou? — disse Yasuko, aparentando desapontamento. — Que decepção.

— E Fusako, a custo de que ela largou as rédeas da imaginação? — resmungou Shingo.

— Pois é, por que será?

— Eu é que pergunto.

Quando os dois voltaram do jardim, Kikuko esperava na sala de estar, usando um suéter branco e com meias. Tinha colocado um pouco de ruge, parecia radiante.

IV

Subitamente, as flores vermelhas refletiram na janela do trem. Eram *manjushage*.[81] Floresciam na encosta do barranco sobre o qual passavam os trilhos da via férrea, tão próximo que pareciam balançar com a passagem dos trens.

---

81. Planta da família das *amarilidáceas*, com flor vermelho-fogo muito vistosa. Comum nos campos japoneses. Floresce na época do equinócio de outono.

Shingo também apreciou a extensa fileira de *manjushage* florescidas que havia ao longo da alameda de cerejeiras, beirando o dique de Totsuka. O tom do vermelho era suave por estar começando a época de sua floração.

Era uma manhã em que essas flores vermelhas suscitavam a quietude do campo outonal.

Avistavam-se ainda as novas espigas de eulálias.

Shingo tirou o sapato do pé direito, colocou sobre o joelho esquerdo e massageou a planta do pé.

— O que há? — perguntou Shuichi.

— Sinto meu pé pesado. Ultimamente, até para subir as escadarias das estações, fico às vezes com as pernas cansadas. De algum modo, estou ficando fraco. A sensação que tenho é de perda de vitalidade.

— Kikuko estava preocupada, disse que o pai anda cansado.

— Ah, foi? Porque eu disse que sentia vontade de me enterrar e descansar por cinquenta mil anos.

Com expressão de estranheza, Shuichi olhou para o pai.

— É a história das sementes de lótus. Lembra-se de que os jornais contaram histórias de sementes de lótus de tempos remotos que germinaram e floresceram?

— Ah, é?

Shuichi acendeu um cigarro e disse:

— Kikuko ficou um tanto desnorteada porque o pai perguntou se estava esperando um bebê.

— E está?

— Creio que ainda não.

— Antes disso, o que me diz do filho daquela mulher, Kinuko?

Por um instante, Shuichi ficou sem fala, mas logo respondeu em tom rebelde:

— O pai fez então a gentileza de ir até lá, não foi? Soube que deu dinheiro como indenização. Não era necessário pagar por uma coisa dessas.

— Quando soube?

— Soube indiretamente. Não tenho mais nada com ela.

— O filho é seu, não é?

— Segundo Kinuko diz com insistência, não.

— Independente do que ela diga, seria mais a questão de sua consciência. O que me diz, então? — A voz de Shingo tremia.

— A consciência nada resolve.

— Como?

— Mesmo que eu sofra sozinho, não posso mudar a loucura da decisão dela.

— Decerto, a outra está sofrendo mais do que você. Kikuko também.

— No entanto, agora que rompemos, estou começando a perceber que Kinuko vivia, mesmo antes, do modo como queria viver.

— E vai ficar assim? Não quer saber se realmente é seu filho ou não? Ou sua consciência já sabe?

Shuichi não respondeu. Ficou pestanejando, várias vezes, com suas pálpebras de linhas bem definidas, bonitas demais para um homem.

Na empresa, sobre a mesa de Shingo havia um cartão de correspondência de contorno negro. Trazia a notícia dos pêsames daquele amigo com câncer no fígado, mas era cedo demais para morrer da enfermidade.

Alguém teria lhe arranjado veneno? Pode ser que tenha pedido para outros amigos além de Shingo. Ou talvez tenha se suicidado de outra maneira.

A outra carta era de Eiko Tanizaki. Avisava que deixara aquela loja de confecção e estava trabalhando em outra. Escreveu que, pouco antes dela, Kinuko também se demitiu e se retirou para Numazu. Contara para Eiko que achava difícil começar em Tóquio, por isso decidiu estabelecer uma pequena loja própria em Numazu.

Eiko não escrevia a respeito, mas Shingo imaginou que Kinuko pretendia se recolher em Numazu para ter seu filho.

Tal como Shuichi dissera, teria ela se tornado uma mulher decidida a levar sua própria vida, independente de Shuichi ou Shingo?

Olhando os brilhantes raios do sol fora da janela, Shingo continuava com ar distraído.

O que teria acontecido com aquela mulher de nome Ikeda, que morava com Kinuko?

Shingo tinha vontade de se encontrar com Ikeda ou com Eiko para saber mais sobre Kinuko.

À tarde, foi ao velório do amigo. Soube que a esposa falecera havia sete anos. Ele vivia com o filho mais velho e os cinco filhos deste. Nem o filho nem os netos se pareciam com o amigo que morrera.

Shingo imaginava que talvez tivesse se suicidado, mas era óbvio que não podia perguntar tal coisa. Havia muitos crisântemos magníficos entre as flores oferecidas diante do ataúde.

Retornando à empresa, examinava documentos com a ajuda de Natsuko quando, sem que ele esperasse, Kikuko telefonou. Pensando no que teria acontecido, Shingo foi assaltado pela ansiedade.

— Kikuko? Onde está? Em Tóquio?

— Sim. Estou na casa dos meus pais — disse com uma

voz alegre, rindo. — Vim para cá porque mamãe disse que queria falar uma coisa comigo. Mas não era nada demais. Disse-me que se sentia só e teve vontade de me ver.

— Ah, sim?

Shingo sentiu que algo suave penetrava sua alma. Pode ter sido pela voz de Kikuko, límpida e jovem; no entanto, talvez não fosse só por isso.

— Pai, já está na hora de voltar para casa, não é?

— Sim. E seus familiares estão todos bem?

— Estão. Eu telefonei pensando em voltarmos juntos.

— Ah, é? Mas, Kikuko, você pode se demorar mais. Avisarei Shuichi.

— Não, eu vou voltar logo.

— Então, passe aqui na empresa.

— Não há problema que eu vá? Pensava em esperá-lo na estação.

— Pode vir aqui. Quer que passe a ligação para Shuichi? Poderíamos jantar nós três, antes de irmos para casa.

— A pessoa que atendeu o telefone disse que ele saiu para algum lugar, não se encontra na sala.

— Ah, é?

— Posso ir agora mesmo? Já estou pronta para sair.

Shingo sentiu um calor nas pálpebras, e, de repente, a vista pela janela da cidade lhe pareceu mais nítida.

Peixes do outono

I

Numa manhã de outubro, Shingo estava amarrando sua gravata quando, de repente, ficou confuso e parou.
— Hã? Como é que...?
Com a expressão de quem está em apuros, susteve as mãos.
— Como é que era mesmo?
Desmanchou o nó que estava fazendo e tentou recomeçar, mas não conseguiu amarrar direito.
Puxou as extremidades da gravata, ergueu-as na altura do peito e, pendendo a cabeça para o lado, olhou-as com dúvida.
— Que aconteceu?
Kikuko, que estava atrás de Shingo numa posição oblíqua, preparando-se para ajudá-lo a vestir o casaco, contornou-o e ficou em frente a ele.
— Não estou conseguindo amarrar a gravata. Esqueci como fazer. Que estranho.
Num gesto desajeitado, enrolou devagar a gravata nos dedos e tentou passar a extremidade na abertura, mas ela ficou embaraçada de um jeito complicado, resultando numa bolota. Pretendia ser um gesto engraçado, porém o

olhar de Shingo revelava desespero e um pavor sombrio, o que assustou Kikuko.

— Pai! — chamou.

— Como é que era?

Shingo ficou parado em pé, como se não tivesse mais em sua mente ânimo para tentar lembrar como dar o nó da gravata.

Não podendo continuar apenas a observar, Kikuko suspendeu o casaco num dos braços e se aproximou do peito de Shingo.

— Como devo fazer?

Os dedos perplexos de Kikuko, que seguravam a gravata, estavam enevoados aos olhos de Shingo.

— É que esqueci por completo.

— O senhor faz isso todos os dias.

— Pois é.

Havia quarenta anos que ele trabalhava na empresa, estava acostumado a amarrar a gravata todos os dias. Por quê, então, nessa manhã não conseguia mais fazer isso? Nem precisava pensar em como dar o nó, as mãos se moviam de forma automática; portanto, ele deveria conseguir fazê-lo naturalmente.

Era uma sensação aterradora pensar que chegara, de modo inesperado, à perda ou à omissão da memória.

— Eu também tenho visto todos os dias, mas... — Com a expressão séria, Kikuko tentava enrolar e desenrolar a gravata de Shingo.

Deixando-se ficar nas mãos de Kikuko, Shingo teve uma sensação semelhante à de uma criança pedindo afago por se sentir só.

Veio o cheiro do cabelo de Kikuko.
Súbito, ela susteve as mãos e ruborizou.
— Não estou conseguindo.
— Não fez para Shuichi nenhuma vez?
— Não, nunca.
— Uma vez você só desmanchou, quando ele voltou bêbado.
Kikuko se afastou um pouco, e com a respiração rígida encarou a gravata pendente de Shingo.
— Talvez a mãe saiba dar o nó. — Ela tomou fôlego e chamou, elevando a voz:
— Mãaae! Mãaae! O pai disse que não está conseguindo amarrar a gravata... Pode dar uma chegada aqui?
— Mas por que isso?
Yasuko chegou com uma expressão de quem achava que era uma tolice.
— Por que não amarra você mesmo?
— Diz que esqueceu como fazer.
— Por um acaso, esqueci completamente. É estranho.
— Estranho mesmo.
Kikuko cedeu o lugar, e Yasuko se postou na frente de Shingo.
— Bem. Eu também não sei ao certo. Acho que esqueci. — Enquanto falava, Yasuko segurou a gravata e, com a mesma mão, levantou o queixo de Shingo. Ele fechou os olhos.
Parecia que Yasuko estava conseguindo amarrar de algum modo.
Ao pender a cabeça para trás, a parte posterior do crânio foi pressionada e ele, por um instante, sentiu-se desfalecer. Um intenso brilho dourado de flocos de neve, que se

elevavam como fumaça, encheu o interior das pálpebras. A coluna de flocos de neve, provocada pela enorme avalanche, fora iluminada pelo brilho do pôr do sol. Ele tinha a sensação de ouvir o estrondo da avalanche.

    Shingo abriu os olhos, espantado, pensando se teria sofrido um derrame.

    Kikuko prendia a respiração, observando o movimento das mãos de Yasuko.

    Era a ilusão da avalanche que, havia muitos anos, Shingo vira na montanha da terra natal.

— Está bem assim?

Terminando de amarrar, Yasuko endireitou a forma do nó.

Shingo levantou a mão e tocou os dedos de Yasuko.

— Ah!

Lembrou-se. Quando se formou na universidade, vestiu um terno pela primeira vez, e quem amarrou sua gravata foi a bela irmã de Yasuko.

    Como se quisesse se esquivar dos olhares de Yasuko e Kikuko, virou-se para o espelho do guarda-roupa.

— Está bem assim. Ai, ai. Fiquei caduco mesmo? De repente, esqueço como amarrar a gravata, é de dar arrepios.

    Já que Yasuko conseguiu amarrar, deve ter sido no tempo de recém-casados que ela o fazia, mas Shingo não se lembrava disso.

    Quando trabalhava na família de sua irmã, Yasuko teria tido a oportunidade de amarrar a gravata do belo cunhado depois que ela morrera?

    Preocupada, Kikuko calçou suas sandálias de madeira e acompanhou Shingo até o portão.

— E hoje à noite?

— Não tem nenhuma recepção. Voltarei cedo.
— Por favor, volte cedo.

Na altura de Oofuna, Shingo viu da janela do trem o monte Fuji projetando-se contra o límpido céu do outono. Examinando a gravata, percebeu que os lados direito e esquerdo estavam invertidos. Yasuko deixara o lado esquerdo mais comprido para fazer o nó; como estavam frente a frente, ela se enganara.

— Então era isso.

Desmanchou e refez o nó, sem dificuldade.

Parecia mentira que havia pouco tinha esquecido como fazê-lo.

II

Nos últimos tempos, Shuichi e Shingo voltavam muitas vezes juntos para casa.

Os trens da linha Yokosuka, que saíam a cada meia hora, aumentavam a frequência para cada quinze minutos no final da tarde e eram mais vazios.

Na estação Tóquio, Shingo e Shuichi estavam sentados lado a lado; no assento da frente, havia uma mulher jovem.

— Por gentileza... — disse ela a Shuichi e se levantou, colocando uma bolsa vermelha de camurça no assento.

— Dois lugares?

— Sim, pois...

A resposta da jovem não era clara, mas ela não mostrou sinais de perturbação no rosto de maquiagem um tanto forte. Virou de costas e desceu à plataforma. Vestia um longo casaco de meia-estação com as extremidades dos ombros magros levantadas de um modo gracioso e drapejado dos ombros para baixo com uma leve ondulação; o resultado era suave e elegante.

    Shingo ficou admirado que Shuichi tenha perguntado de pronto se seriam dois lugares. Uma presteza surpreendente. Como percebeu que a mulher esperava alguém?

    Depois que Shuichi dissera aquilo, Shingo se deu conta de que ela fora procurar sua companhia.

    Mesmo assim, por que a mulher que estava sentada junto à janela, na frente de Shingo, dirigiu-se a Shuichi? Deve ter sido porque, ao se levantar, estava virada para ele, ou haveria algo em Shuichi que facilitava a aproximação de uma mulher?

    Shingo examinou o perfil do filho.

    Ele lia o vespertino.

    Pouco depois, a jovem mulher retornou ao vagão, mas ficou parada segurando a porta aberta, e continuou olhando a extensa plataforma. A pessoa prometida não apareceu. Enquanto ela retornava ao assento, o casaco de cor clara se ondulava dos ombros para a bainha da roupa em lento movimento. Tinha um botão grande no peito. A abertura dos bolsos se localizava à frente numa altura mais baixa que a usual. A mulher enfiava uma das mãos no bolso e caminhava como se sacudisse o braço. O casaco de corte um tanto singular combinava bem com ela.

    Dessa vez, ela se sentou na frente de Shuichi. O assento do corredor oferecia maior facilidade para olhar a entrada, e, por sinal, ela se voltou três vezes em direção à porta.

    A mulher deixara sua bolsa no assento diante de Shingo.

Era de um modelo cilíndrico, em forma oval, e a abertura larga tinha uma armação metálica.

Os brincos de diamantes deviam ser imitações, mas cintilavam lindamente. No rosto de traços bem definidos, chamava atenção o nariz largo. A boca era pequena e bela. As sobrancelhas escuras se elevavam à medida que se afastavam, terminando de forma abrupta. As belas linhas de definição das pálpebras também desapareciam antes de alcançarem os cantos dos olhos. O maxilar inferior era pequeno e firme. Ela podia ser considerada bela.

Um certo cansaço estava estagnado em seus olhos, e sua idade era indefinida.

Houve agitação nos lados da entrada, e a jovem e Shingo também olharam. Eram cinco ou seis homens, carregando nos ombros grandes e coloridos ramos de bordo. Talvez estivessem voltando de uma viagem de lazer, pois faziam algazarra.

A cor rubra dos ramos de bordo devia ser de alguma região fria, pensou Shingo.

Ouvindo as conversas em altos brados, que não se importavam com os outros passageiros, Shingo entendeu que o bordo era do interior da região de Echigo.[82]

— As árvores de Shinshu também devem estar bonitas — disse Shingo para Shuichi.

Porém, uma coisa que ele se recordava mais do que das montanhas da terra natal tingidas em cores outonais era o vermelho intenso do grande pé de bordo — de bonsai — que havia na sala do oratório de Buda quando a irmã de Yasuko tinha morrido.

---

82. Denominação antiga da parte do atual província de Niigata.

Era óbvio que Shuichi ainda não havia nascido.

Shingo contemplava, sem desviar o olhar, os ramos de bordo, que não cabiam no porta-bagagem sobre os assentos e espalhavam suas cores outonais no interior do trem.

Quando voltou a si, o pai da jovem estava sentado à sua frente.

Então, a mulher esperava por seu pai; Shingo sentiu certo alívio.

O pai dela também tinha o mesmo nariz largo, e os dois, lado a lado, pareciam engraçados. Os contornos do couro cabeludo também eram idênticos. Ele usava óculos de armação grossa.

Como se não houvesse interesse algum entre eles, não se falavam nem se olhavam. Antes de chegar a Shinagawa, o pai adormeceu. A filha também fechou os olhos. Até as pestanas dos dois pareciam idênticas.

Shuichi não se parecia tanto assim com Shingo.

Ele esperava com certa expectativa o momento em que o pai e a filha trocassem, ao menos, uma palavrinha; mas, ao mesmo tempo, sentia certa inveja do desinteresse de ambos, como se fossem estranhos.

Decerto, reinava a paz no lar deles.

Por isso, quando a jovem mulher se preparou para descer na estação Yokohama, Shingo levou um choque. Não eram pai e filha, mas totalmente estranhos.

A decepção deixou Shingo prostrado.

O homem que estava ao lado da jovem mulher apenas abriu um pouco os olhos quando o trem saiu de Yokohama e continuou dormitando de um jeito desleixado.

Depois que a jovem foi embora, esse homem de meia--idade de repente começou a parecer indolente.

III

Shingo cutucou discretamente Shuichi com o cotovelo.

— Não eram pai e filha, não é? — sussurrou.

Shuichi não reagiu como Shingo esperava.

— Viu? Não viu? — quis saber Shingo.

Shuichi apenas assentiu em concordância.

— Coisa fantástica!

Shuichi não parecia achar nada fantástico.

— Eram parecidos, não eram?

— Pois é.

Embora o homem dormisse e houvesse o barulho do trem em movimento, ele não poderia comentar em voz alta sobre a pessoa que estava na sua frente.

Nem seria correto ficar olhando demais. Shingo, então, baixou os olhos e, de repente, foi assaltado por uma profunda solidão.

Pensava também na solidão desse homem; no entanto, com o tempo, essa solidão foi se sedimentando em seu próprio âmago.

Encontravam-se na longa passagem entre as estações Hodogaya e Totsuka. O céu de outono escurecia.

O homem era mais novo do que Shingo, mas já passava pelo menos dos cinquenta. A mulher que desceu em Yokohama parecia ter a idade de Kikuko, mas era bem diferente da pureza dos olhos de sua nora.

"Contudo, por que aquela mulher não era filha desse homem?", Shingo refletia.

A estranheza foi crescendo mais e mais.

No mundo, há pessoas tão parecidas que só poderiam ser pai, ou mãe, e filho. Mas são casos raros. Certamente para aquela moça, esse homem seria o único no mundo a ter tamanha semelhança com ela, e vice-versa. Cada um só possuía ao outro. Ou talvez esses dois fossem um par único no mundo. Os dois levavam suas vidas sem ter contato entre si, nem por sonho um sabia da existência do outro.

E, por acaso, eles tomaram o mesmo trem. Encontraram-se, pela primeira vez, e nunca mais voltariam a se reencontrar. Apenas trinta minutos em uma longa vida. Não trocaram sequer uma palavra e se separaram. Sentaram-se lado a lado e mal se olharam; portanto, não deviam ter percebido a semelhança entre si. Os protagonistas de um milagre abandonaram a cena sem dele tomar conhecimento.

Quem foi atingido pelo mistério da vida foi Shingo, um espectador.

Shingo refletiu, entretanto, que ele próprio sentara, por acaso, na frente dos dois e observara o milagre; nesse caso, ele próprio teria participado desse milagre?

Que poder sobrenatural teria criado um homem e uma mulher tão parecidos quanto pai e filha, que se encontraram apenas por trinta minutos em suas vidas e fizeram com que Shingo assistisse à cena?

Além do mais, só porque a pessoa que a jovem esperava não compareceu, ela sentara ao lado do homem que parecia ser seu pai.

Restava a Shingo dizer a si mesmo que assim era a vida.

Quando o trem parou em Totsuka, o homem que dormitava se levantou atrapalhado e deixou cair ao pé de Shingo o chapéu que tinha posto no porta-bagagem do alto. Shingo o apanhou e lhe entregou.

— Opa! Obrigado.

Nem bateu o pó, colocou na cabeça e se foi.

— Acontecem coisas assombrosas, não é? Eram estranhos — disse Shingo numa voz que já não precisava ser contida.

— Eram parecidos, mas o modo de vestir era bem diferente — respondeu Shuichi.

— Modo de vestir...?

— A moça era requintada, mas aquele tio era todo surrado.

— É muito comum ver a filha vestida com esmero e o pai andando esfarrapado.

— Mesmo assim, a lógica do vestir era diferente.

— Hum — assentiu Shingo. — A mulher desceu em Yokohama. E, quando o homem ficou sozinho, comecei a achar que era um pobretão...

— Não é mesmo? Desde o começo era isso.

— Mas é estranho para mim que ele começasse, de repente, a me parecer um pobretão. Sentia certa empatia por ele. Se bem que é relativamente mais novo do que eu...

— Concordo que o homem idoso acompanhado de uma bela mulher jovem chama muita atenção. Que tal, o senhor também, pai? — brincou Shuichi.

— Porque os homens novos, como você, olham com inveja — desconversou Shingo.

— Eu não tenho inveja. Um par formado por um belo rapaz e uma bela moça não inspira muita segurança, e um homem feio com uma bela mulher inspira pena. Mas uma beldade fica bem com um idoso.

Shingo continuava impressionado com o mistério daqueles dois.

— Mas aqueles dois podem ser pai e filha de verdade. Dei-me conta nesse instante de que pode ser uma filha que ele teve em algum outro lugar, não é? Nunca se encontraram e se apresentaram, por isso nem o pai nem a filha sabem...

Shuichi virou o rosto para o outro lado.

Shingo logo se arrependeu do que disse.

Todavia, já que Shuichi pensou que fosse uma insinuação, continuou:

— Você também pode passar pela mesma situação daqui a vinte anos.

— Era isso que o senhor queria dizer? Para seu conhecimento, eu não sou um fatalista assim sentimental. As balas inimigas passaram sibilando, quase raspando minhas orelhas, e nenhuma me acertou! Até podem ter nascido, sem que eu saiba, alguns filhos meus na China ou nos países do sul. Encontrar com algum desses filhos e me separar sem tomar conhecimento não é nada comparado às balas que passam raspando as orelhas. Não há perigo de morte. Além disso, não temos certeza se Kinuko vai ter mesmo uma filha, e, já que ela afirma que o bebê não é meu, eu só posso aceitar.

— Os tempos de guerra e de paz são diferentes.

— Mesmo agora, uma nova guerra pode vir a nosso encalço; a guerra passada que está dentro de nós pode continuar nos perseguindo como um fantasma — disse Shuichi com ódio. — E o senhor, então, só porque aquela moça era um pouco diferente, sentiu-se atraído e ficou remoendo essas ideias esquisitas, falando nela de modo insistente. Só porque uma mulher é um pouco diferente das demais, o homem fica preso a ela, não é?

— E você? Só porque uma mulher era um pouco diferente, fez um filho com ela e vai deixar que ela o crie. Acha que está certo?

— Eu não quis isso. Se alguém queria, era ela.

Shingo não encontrou palavras.

— A jovem que desceu em Yokohama é uma mulher livre.

— O que quer dizer livre?

— Não está casada e, se a convidasse, ela aceitaria. Ostentava um ar fino, mas não leva uma vida regulada, está cansada da vida instável.

Shingo recuou ante as observações de Shuichi.

— Fico assombrado com você. Desde quando ficou assim degenerado?

— Kikuko também é livre. Digo que é realmente livre. Ela não é soldado nem prisioneira — disse Shuichi, cuspindo as palavras, como se desafiasse o pai.

— Que absurdo você dizer que sua mulher é livre! Você diz essas coisas para Kikuko?

— Peço que o senhor diga a ela.

Shingo controlou-se:

— Ou seja, está me dizendo que eu trate de seu divórcio com Kikuko?

— Nada disso. — Shuichi também baixou o tom da voz. — Só porque conversávamos sobre a liberdade daquela moça que desceu em Yokohama... Para o senhor, aqueles dois pareciam pai e filha por causa da moça, que aparentava a mesma idade de Kikuko, não é?

— Hein?

Tão inesperado foi o que o filho apontou que Shingo fez uma cara de espanto.

— Não foi isso. Eram tão parecidos que, se não fossem pai e filha, seria um milagre.

— Mas não chega a causar tanta emoção quanto o senhor diz.

— Pois eu me emociono! — respondeu. Todavia, sentiu a garganta sufocada pelas palavras de Shuichi, que apontou a existência de Kikuko no fundo do coração de Shingo.

Os passageiros que levavam ramos de bordo desceram em Oofuna. Acompanhando com o olhar os coloridos ramos se distanciarem na plataforma, Shingo disse:

— Vamos com Yasuko e Kikuko a Shinshu apreciar de novo as cores outonais?

— Pode ser. Se bem que não tenho interesse em olhar as cores outonais.

— Quero ver as montanhas de minha terra natal. A casa de Yasuko também. No sonho que ela teve, a casa estava toda estragada e em ruínas.

— Estragada sim.

— Precisa de reparos, senão vai apodrecer em pé.

— A casa não está em ruínas porque tem estruturas grossas, mas dá para fazer obras de reparo... E o que pretende fazer depois?

— Bem. Ou moramos lá depois de me aposentar, ou algum dia, quem sabe, vocês vão se refugiar da guerra naquela casa?

— Dessa vez, ficarei cuidando da casa. Kikuko deveria ir porque ainda não conhece a terra natal de vocês.

— Como ela está indo?

— Agora que eu não tenho mais amante, parece que está entediada.

Shingo teve de sorrir amargo.

IV

No domingo à tarde, Shuichi foi de novo ao *tsuribori*.

Shingo aquecia-se sob o sol do outono, deitado com a cabeça sobre o antebraço, em cima dos coxins que ele juntou e dispôs lado a lado.

À sua frente, sobre o *kutsunugi-ishi* [83], Teru também estava deitada.

Na sala de estar, Yasuko lia, sobre as coxas, os jornais dos últimos dez dias.

Quando encontrava algum assunto que achava interessante, ela chamava Shingo e lia para ele. Como isso acontecia repetidas vezes, ele respondeu de modo preguiçoso e reclamou:

— No domingo, Yasuko, não me leia o jornal, por favor! — disse e se virou para o outro lado, indolente.

Em frente ao *tokonoma* da sala de visitas, Kikuko fazia arranjo com os frutos de *karasuuri*.[84]

---

83. Grande pedra achatada que serve de patamar para tirar ou calçar os sapatos, antes de entrar na residência de estilo japonês. Também chamado de *kutsunugi-dai*.
84. Planta da família dos cucumeroides. Nativa do Japão, dá flor branca, que se abre somente à noite, e fruto de cerca de 6 cm, que, quando maduro, fica vermelho-escarlate.

— Kikuko, você os encontrou pendurados na montanha de trás? — perguntou Shingo.
— Sim. Achei-os lindos.
— Devem ter ficado mais lá, não é?
— Sim, uns cinco ou seis.

Havia três frutos no caule da trepadeira que Kikuko manuseava.

Sempre que lavava o rosto pela manhã, Shingo observava que os frutos de *karasuuri*, acima das eulálias da encosta, iam ganhando cor. E, quando trazidos para dentro da sala, o tom do vermelho ficava ainda mais ofuscante.

Olhando os frutos, ele sem querer via Kikuko à sua frente.

A linha do queixo para o pescoço era de uma beleza elegante. Shingo sentiu tristeza ao refletir que uma linha como essa não surgiria em uma única geração, seria uma beleza que vinha através de muitas gerações.

Talvez, devido ao penteado, que expunha o pescoço, o rosto de Kikuko parecesse mais magro.

Shingo já conhecia bem a delicada beleza da linha do fino e longo pescoço de Kikuko; além disso, como estava deitado a uma distância adequada, o ângulo de seu olhar pode ter contribuído para acentuar essa beleza.

Talvez a incidência dos raios do sol outonal a tenha favorecido.

Ainda pairava um ar virginal de Kikuko nessa linha do queixo ao pescoço.

Contudo, começava a se arredondar, suavemente, e essa linha virginal estava prestes a desaparecer.

— Só mais uma notícia — chamou Yasuko. — Há uma engraçada aqui.
— Ah, é?

— Aconteceu nos Estados Unidos. Num lugar chamado Buffalo, em Nova York. Buffalo... Um homem sofreu um acidente de carro, perdeu a orelha esquerda e foi ao médico. O médico, sem mais nem menos, saiu às pressas, correu para o local do sinistro ocorrido, procurou e achou a orelha ensanguentada, levou-a de volta ao consultório e a recolocou. Diz aqui que ela continua no lugar, sem problemas.

— Dizem que se consegue colar os dedos também de volta, se for logo em seguida à amputação.

— Ah, é?

Por algum tempo, Yasuko ficou lendo outros artigos. Depois, como se retomasse o assunto, disse:

— Pode acontecer também com um casal. Se os dois se reconciliarem logo depois da separação, pode ser que voltem a viver bem. Mas se passar muito tempo...

— Que está dizendo? — disse Shingo sem intenção de perguntar.

— Isso se aplica também a Fusako, não é?

— Não se sabe se Aihara está vivo ou morto, nem seu paradeiro — devolveu Shingo, em tom casual.

— O paradeiro pode ser encontrado se mandássemos investigar... Mas o que aconteceria depois?

— É apego da velhinha. Já entregamos o formulário de divórcio há muito tempo. É melhor desistir.

— Desistir é minha especialidade desde que eu era nova. Mesmo assim, vendo Fusako daquele jeito na minha frente, e com duas filhas, não posso deixar de pensar no que se poderia fazer.

Shingo se manteve calado.

— Fusako não é nada bonita, mas, caso tivesse chance de se casar outra vez, ela deixaria as duas aqui — continuou Yasuko. — Isso seria lamentável para Kikuko.

— Se isso acontecer, Kikuko e Shuichi irão viver separados de nós dois. A velhinha é que vai tomar conta das crianças.

— Eu, é? Não estou recusando o trabalho, mas sessenta e quantos anos você acha que eu tenho?

— Fazer todo o humanamente possível e esperar pelo que o destino traz. Para onde foi Fusako?

— Foi ver o Grande Buda. A criança é engraçada, não é? Satoko quase foi atropelada quando foi ver o Grande Buda, mas ela o adora e quer revê-lo muitas vezes.

— Não que ela goste do próprio Grande Buda, não é?

— Parece que gosta mesmo.

— Ah é?

— Fusako não voltaria a viver no interior, já que é herdeira daquela casa?

— Não precisamos de herdeira para a casa do interior — declarou Shingo, de modo decisivo.

Sem dizer mais nada, Yasuko prosseguiu a leitura de jornal.

— Pai. — Dessa vez, Kikuko o chamou. — A história da orelha que a mãe contou me fez lembrar daquilo que o senhor falou outro dia: que talvez fosse possível separar a cabeça do corpo, entregá-la num hospital e mandar lavar ou fazer reparos.

— Lembro sim. Eu estava olhando a flor de girassol da casa vizinha. Parece que estou necessitando mesmo do serviço. Ando esquecendo de como amarrar a gravata; daqui a algum tempo, posso, por exemplo, olhar o jornal virado de ponta-cabeça e continuar assim sem perceber.

— Eu me lembro daquilo muitas vezes e fico imaginando minha cabeça no hospital.

Shingo olhou para Kikuko.

— Hum. Mas, na verdade, todas as noites a cabeça está no hospital do sono. Por falar nisso, talvez por causa da idade, eu tenho sonhado com muita frequência. Lembro-me de ter lido em algum lugar um poema que diz mais ou menos assim: por carregar a angústia no coração, "meus sonhos são uma continuação da realidade". Se bem que os meus não chegam a ser assim.

Kikuko examinava de vários ângulos o arranjo de *karasuuri* que tinha terminado de fazer.

Shingo também contemplava o arranjo.

— Kikuko. Vá viver com Shuichi separada de mim e de Yasuko — disse, de maneira abrupta.

Assustada, Kikuko se voltou. Levantou-se e veio sentar junto de Shingo.

— Tenho medo de morar só com ele. Tenho medo de Shuichi — disse em voz diminuta para Yasuko não ouvir.

— Pensa em se separar de Shuichi?

A expressão de Kikuko se tornou séria.

— Se me separasse dele, tenho certeza de que eu poderia cuidar melhor do senhor, de todas as maneiras.

— Isso seria sua infelicidade.

— Não! Se eu fizer tudo com prazer, não haverá infelicidade!

Shingo levou um choque. Pela primeira vez, vislumbrou a revelação da paixão de Kikuko. Sentiu perigo.

— Você me trata tão bem assim porque me confunde com Shuichi. Creio que é por causa disso que se sente distante dele.

— Há alguma coisa nele que eu não consigo compreender. Às vezes, sinto medo dele de repente, e aí não sei mais o que fazer. — Com o rosto empalidecido, ela olhava para Shingo com ar de súplica.

— Sim, ele mudou desde que foi para a guerra — disse Shingo, perplexo. — E mudou também comigo. Shuichi não me deixa captar seu verdadeiro coração e o faz de propósito... Da mesma forma que a história de há pouco, quem sabe tudo possa dar certo se vocês apenas recolocarem as coisas nos devidos lugares, como foi feito com a orelha arrancada e ensanguentada.

Kikuko estava imóvel.

— Shuichi não lhe disse, Kikuko, que você está livre?

— Não. — Intrigada, ela levantou o olhar. E continuou: — Livre como?

— Bem, eu retruquei: "Como pode dizer que sua própria mulher é livre?" Mas, pensando bem, isso pode significar que Kikuko deve ficar mais livre de mim, e eu também devo deixar Kikuko mais livre.

— "Eu" quer dizer o pai?

— Sim. Ele me disse para eu lhe transmitir suas palavras: Kikuko está livre.

Nesse momento, ouviu-se um som vindo do céu. Realmente, Shingo pensou ter ouvido.

Olhou para o alto: eram cinco ou seis pombas, que atravessavam o jardim voando baixo.

Kikuko também deve ter ouvido, pois foi até a beira da varanda.

— Eu seria livre? — disse, acompanhando o voo das pombas com lágrimas nos olhos.

Teru, que estava deitada sobre a pedra, correu para além do jardim, perseguindo o barulho do bater de asas.

V

No jantar do mesmo domingo, todos os sete membros da família estavam reunidos.

Fusako, agora divorciada, e suas duas filhas já faziam parte da família.

— Só encontrei três *ayu*[85] na peixaria. Você vai ganhar um inteirinho, Satoko — disse Kikuko, colocando os pratos de peixe na frente de Shingo, Shuichi e Satoko.

— *Ayu* não é próprio para crianças — Fusako estendeu a mão para tomar o prato. — Dê isso para a vovó.

— Não! — Satoko segurou o prato.

Yasuko interveio calmamente.

— Que *ayu* graúdos. Devem ser os últimos deste ano. Eu vou beliscar o do vovô, por isso não preciso desse seu. Kikuko pode dividir com Shuichi...

De fato, estavam reunidos ali três grupos, que deviam estar cada um em sua própria casa.

Satoko tentava comer com os hashis, antes de qualquer outra comida, o *ayu* assado na brasa.

— Está gostoso? Que modo feio de comer, está desmontando

---

85. Peixe de água doce. Passa uma fase no mar, mas vive basicamente nos rios de correnteza e se alimenta de musgos que se alojam nas pedras. Chega a 30 cm.

tudo — disse Fusako, franzindo o cenho. Ela pegou então a ova com os hashis e a levou à boca da menor, Kuniko. Satoko não reclamou.

— A ova... — murmurou Yasuko e cortou com seus hashis um pedaço da ova do *ayu* de Shingo.

— Há muito tempo no interior, eu pratiquei um pouco de haicai, incentivado pela irmã de Yasuko. Soube que há os *kigo*[86] ligados ao *ayu*: como o *ayu* do outono, *ochi--ayu, sabi-ayu*...[87] — começando a falar, Shingo parou um instante e relanceou o rosto de Yasuko, mas continuou.

— Refere-se aos *ayu* que se arrastam ao mar depois da desova, extenuados, praticamente irreconhecíveis.

— Como eu, não é? — disse Fusako, sem perda de tempo. — Se bem que nunca tive a beleza de um *ayu*.

Shingo fez de conta que não ouviu, e continuou:

— Há haicais antigos que se referem a eles:

Entregues à água
Lá estariam agora,
Os ayu *do outono?*

ou, ainda:

Descem sem saber
Os ayu *da correnteza?*
Que a morte os espera

---

86. Expressões e termos utilizados em um haicai, segundo as estações do ano, considerados, no Japão, presença quase obrigatória nessa forma.
87. Em japonês "*ochi*" vem de "*ochiru*": cair, decair; e "*sabi*", de "*sabiru*": enferrujar, envelhecer.

— Desconfio que estejam se referindo a mim — completou Shingo.

— É sobre mim — disse Yasuko. — Depois da desova, descem para o mar e morrem?

— Creio que sim. Há raros casos de *ayu* que se escondem nas piscinas naturais existentes no rio e conseguem sobreviver ao inverno. Se não me falha a memória, são chamados de *tomari-ayu*.[88]

— Talvez eu seja esse *tomari-ayu* — disse Yasuko.

— Acho que não conseguiria parar — replicou Fusako.

— Mas, depois que voltou para casa, você engordou e está com um aspecto mais saudável — comentou Yasuko, olhando para Fusako.

— Não quero engordar!

— Voltar para casa paterna é como se esconder na porção de água parada no rio — observou Shuichi.

— Não vou ficar muito tempo escondida. Não quero! Vou descer para o mar! — disse e ralhou com voz estridente.

— Satoko só tem ossos. Já chega!

Yasuko comentou com uma expressão estranha:

— Não é que, com a história do pai, nosso precioso *ayu* perdeu o sabor?

Fusako se conservava cabisbaixa, mastigando de um jeito apressado, mas se endireitou e disse:

— Pai, poderia me ajudar a abrir uma loja, mesmo que fosse pequena? Pode ser de cosméticos, de materiais escolares ou de escritório... Não me importo mesmo que seja num subúrbio. Poderia até ser um bar.

---

[88]. "*Tomari*" vem de "*tomaru*": parar, permanecer.

Shuichi não escondeu a surpresa.

— Irmã! Você conseguiria trabalhar nesse tipo de negócio?

— Claro que conseguiria! Para seu conhecimento, os clientes não vêm para beber a cara de uma mulher, eles vêm para tomar saquê! Não fale bobagem só porque tem uma bela esposa!

— Não estou dizendo isso.

— Claro que ela pode. Todas as mulheres são capazes de lidar com uma casa do ramo de comes e bebes — disse Kikuko, de modo inesperado. — Eu também posso ajudá-la.

— Ah, é? A coisa está ficando fora de controle.

Shuichi se mostrou espantado, mas um silêncio sepulcral envolveu a mesa do jantar.

Kikuko ficou ruborizada até as orelhas.

— E então? Estou pensando em irmos todos juntos para o interior no próximo domingo para apreciarmos as cores das árvores tingidas — propôs Shingo.

— Árvores tingidas? Gostaria muito de ir — disse Yasuko, com os olhos brilhando de expectativa.

— Vamos, Kikuko. Ainda não lhe mostrei nossa terra natal — disse Shingo.

— Sim, pai.

Fusako e Shuichi, aborrecidos, se mantiveram em silêncio.

— Quem vai ficar para cuidar da casa? — perguntou Fusako.

— Eu fico — respondeu Shuichi.

— Eu fico — contestou Fusako. — Mas, antes de ir para Shinshu, quero saber a resposta do pai.

— Até lá darei uma resposta. — Enquanto dizia isso, Shingo pensava em Kinuko, que, segundo lhe contaram, abrira, ainda com o bebê no ventre, uma pequena loja de confecção em Numazu.

Após a refeição, Shuichi se levantou primeiro e saiu do recinto.

Shingo também se levantou, massageando a nuca tensa, e foi espiar a sala e acendeu a luz.

— Kikuko, os *karasuuri* estão quase caídos, pesados demais — disse.

Talvez ela não ouvisse, enlevada pela agitação familiar das louças sendo lavadas.

Yasunari Kawabata na Estação Liberdade

A casa das belas adormecidas (2004)
O País das Neves (2004)
Mil tsurus (2006)
Kyoto (2006)
Contos da palma da mão (2008)
A dançarina de Izu (2008)
O som da montanha (2009)
O lago (2010)
O mestre de go (2011)
A Gangue Escarlate de Asakusa (2013)

ESTE LIVRO FOI COMPOSTO EM GATINEAU CORPO 11
POR 15 E IMPRESSO SOBRE PAPEL OFF-SET 75 g/m² NAS
OFICINAS DA MUNDIAL GRÁFICA, SÃO PAULO — SP,
EM FEVEREIRO DE 2022